T0179582

BESTSELLER

Isaac Asimov, escritor norteamericano de origen ruso, nació en Petrovich en 1920 y falleció en 1992. Doctor en ciencias por la Universidad de Columbia, fue también profesor de bioquímica y doctor en filosofía. Autor de notables libros de divulgación científica y de numerosas novelas de ciencia ficción que le dieron fama internacional. Entre sus obras más conocidas figura la Trilogía de la Fundación –*Fundación*, *Fundación e Imperio* y *Segunda Fundación*–, que el autor complementó con una precuela –*Preludio a la Fundación* y *Hacia la Fundación*– y una secuela –*Los límites de la Fundación* y *Fundación y Tierra*–. Asimismo, destaca la serie Robots formada por dos antologías de relatos y novelas cortas –*Visiones de Robot* y *Sueños de Robot*– y cuatro novelas –*Bóvedas de acero, El sol desnudo, Los robots del amanecer* y *Robots e imperio*.

Biblioteca

ISAAC ASIMOV

Segunda Fundación

Traducción de
Pilar Giralt

DEBOLS!LLO

Papel certificado por el Forest Stewardship Council®

Título original: *Second Foundation*

Primera edición con esta cubierta: junio de 2022

© 1952, Isaac Asimov
© 1986, 2022, Penguin Random House Grupo Editorial, S. A. U.
Travessera de Gràcia, 47-49. 08021 Barcelona
© 1976, Pilar Giralt, por la traducción
© 1976, Carlo Frabetti, por la introducción
Diseño de la cubierta e ilustración: Mike Topping
para © HarperCollinsPublishers Ltd 2016

Printed in Spain – Impreso en España

ISBN: 978-84-9759-676-3
Depósito legal: B-5.421-2022

Impreso en Novoprint
Sant Andreu de la Barca (Barcelona)

P 8 9 6 7 6 E

DOBLE DESENLACE PARA UNA
DOBLE ESPIRAL (GALÁCTICA)

Segunda Fundación es la tercera y última parte de la «Trilogía de la Fundación». Al igual que los dos anteriores de la serie, este libro constituye un todo autónomo y puede ser leído independientemente, aunque para el lector interesado en una visión completa de «El ciclo de Trántor», como también se ha llamado la trilogía (por motivos que el lector comprenderá plenamente al final del libro), es aconsejable leer las tres partes en su orden cronológico.

En *Fundación* asistíamos a los conflictos internos de un planeta de científicos establecido para preservar la cultura durante la irreversible decadencia del Imperio Galáctico. En *Fundación e Imperio* veíamos una Fundación ya consolidada enfrentarse de igual a igual con los restos de un Imperio agonizante pero todavía poderoso, para luego encontrarse ante un enemigo imprevisible, un mutante de extraordinarios poderes: el Mulo.

Pero quedaba una Segunda Fundación, oculta y misteriosa, en cuyas manos podía estar la solución a los interrogantes y tensiones planteados.

La serie de la Fundación empezó a publicarse en 1942, en forma de relatos sueltos, en la revista *Astounding* (hoy *Analog*), pero hasta 1949 no terminaría Asimov el último capítulo de lo que se convertiría en la trilogía más famosa y más veces editada de la ciencia ficción.

Si en las dos primeras partes el autor se inspiró abiertamente —como él mismo reconocería— en la *Ascensión y caída del Imperio Romano*, de Edward Gibbon, en *Segunda Fundación* los esquemas del relato histórico dejan paso, en gran medida, a los propios del relato policíaco. La búsqueda de la misteriosa Segunda Fundación se convierte en un juego de astucias y contraastucias en el que no desentonaría en absoluto la presencia de un Holmes... aunque en este caso tuviera que sustituir su tradicional sombrero a cuadros por un casco espacial.

Tras su terminación como serie de relatos, en 1949, «El ciclo de Trántor» fue publicado en forma de trilogía, y en 1966, en la XXIV Convención Mundial de Ciencia Ficción, celebrada en Cleveland, se le concedió el premio Hugo[1] a la mejor «serie de novelas» publicada hasta entonces.

La estructura definitiva del ciclo en tres volúmenes, que ha quedado como uno de los grandes clásicos de la ciencia ficción de todos los tiempos, es la misma que hemos ofrecido a nuestros lectores, y tiene en este tomo su culminación y desenlace. Doble desenlace, como conviene a la doble espiral galáctica que sirve de marco al colosal drama cósmico planteado.

CARLO FRABETTI

1. Los premios Hugo se conceden anualmente, por votación de los participantes, en las convenciones mundiales de CF. Se llaman así en honor de Hugo Gernsback, creador del término «ciencia ficción» y considerado como el «padre» del género.

A Marcia, John y Stan.

PRÓLOGO

El Primer Imperio Galáctico se prolongó durante decenas de miles de años. Había incluido todos los Planetas de la Galaxia en un gobierno centralizado, unas veces tiránico, otras benevolente, pero siempre ordenado. Los seres humanos habían olvidado que pudiera existir otra forma de existencia.

Todos, menos Hari Seldon.

Hari Seldon fue el último gran científico del Primer Imperio. Fue él quien llevó la ciencia de la psicohistoria a su desarrollo completo. La psicohistoria era la quintaesencia de la sociología; era la ciencia de la conducta humana reducida a ecuaciones matemáticas.

El ser humano individual actúa de modo imprevisible, pero, según descubrió Seldon, las reacciones de las masas humanas podían ser tratadas estadísticamente. Cuanto mayor es la masa, mayor es la exactitud de la predicción. Y el volumen de las masas con que trabajó Seldon fue nada menos que el de la población completa de la Galaxia, que en su tiempo se calculaba en trillones de personas.

Así pues, fue Seldon quien previó, contra todo sentido común y creencia popular, que el brillante Imperio que parecía tan fuerte se hallaba en un estado de irremediable decadencia. Previó (o resolvió sus ecuaciones e interpretó sus símbolos, lo cual equivale a lo mismo) que la Galaxia, si no recibía ayuda, pasaría por un período de treinta mil años de miseria, anarquía y barbarie antes de que una forma de gobierno unificado apareciese de nuevo.

Se dispuso a remediar la situación de forma que la paz y la civilización se restaurasen en un solo milenio. Cuidadosamente, estableció dos colonias de científicos a las que llamó «Fundaciones». Las colocó deliberadamente «en extremos opuestos de la Galaxia». Una Fundación fue instituida con conocimiento de todos y amplia publicidad. La existencia de la otra, la Segunda Fundación, fue sumida en el silencio.

En *Fundación* y *Fundación e Imperio* se describen los tres primeros siglos de la historia de la Primera Fundación. Empezó como una pequeña comunidad de enciclopedistas perdida en el vacío de la periferia exterior de la Galaxia. Periódicamente se enfrentaba a una crisis derivada de las relaciones humanas y las corrientes sociales y económicas de la época. Su libertad de movimientos se desarrollaba a lo largo de una línea determinada y sólo en ella, y cuando se movía en aquella dirección, un nuevo horizonte de desarrollo se abría ante ella. Todo había sido planeado por Hari Seldon, fallecido hacía ya mucho tiempo.

La Primera Fundación, con su ciencia superior, se apoderó de los planetas bárbaros que la rodeaban. Se enfrentó a los anárquicos señores guerreros que se separaron del Imperio moribundo, y los derrotó. Se enfrentó a los restos del propio Imperio, gobernados por su último y poderoso emperador y su también último general, y los derrotó.

Entonces se enfrentó a algo que Hari Seldon no

había podido prever: el poder arrobador de un solo ser, un mutante. El ser conocido como el Mulo nació con la facultad de moldear las emociones y las mentes de los hombres. Sus más acérrimos adversarios se convirtieron en sus fieles servidores. Los ejércitos no podían, *no querían*, luchar contra él. Frente a él, la Primera Fundación cayó, y los planes de Seldon fracasaron parcialmente.

Quedaba la misteriosa Segunda Fundación, objetivo de todas las búsquedas. El Mulo tenía que encontrarla para completar su conquista de la Galaxia. Los fieles que sobrevivieron a la Primera Fundación tenían que encontrarla por una razón completamente distinta. Pero ¿dónde estaba? Eso no lo sabía nadie.

Ésta, pues, es la historia de la búsqueda de la Segunda Fundación.

PRIMERA PARTE

EL MULO INICIA
LA BÚSQUEDA

1. DOS HOMBRES Y EL MULO

EL MULO.—*Después de la caída de la Primera Fundación, los aspectos constructivos del régimen del Mulo tomaron forma. Tras el hundimiento definitivo del Primer Imperio Galáctico, fue él quien introdujo en la historia un volumen de espacio unificado verdaderamente imperial en extensión. El antiguo imperio comercial de la Fundación caída había sido multiforme y débilmente hilvanado, pese al apoyo intangible de las predicciones de la psicohistoria. No podía compararse a la férreamente controlada Unión de Mundos bajo el mando del Mulo, que comprendía una décima parte del volumen de la Galaxia y la decimoquinta parte de su población. En particular, durante la era de la llamada Búsqueda...*

Enciclopedia Galáctica[1]

1. Todas las citas de la Enciclopedia Galáctica reproducidas aquí proceden de la edición 116 publicada en 1020 D. F. por la Enciclopedia Galáctica Publishing Co., Términus, con permiso de los editores.

La Enciclopedia tiene mucho más que decir sobre el tema del Mulo y su Imperio, pero casi todo ello es ajeno al propósito de este libro y demasiado árido para nuestros fines. En particular, el artículo se refiere en este punto a las condiciones económicas que condujeron a la elevación del Primer Ciudadano de la Unión —título oficial del Mulo— y a las consecuencias derivadas de ello.

Si alguna vez el autor del artículo siente un vago asombro ante la colosal rapidez con que el Mulo se elevó en cinco años desde la nada al logro de un vasto dominio, lo disimula bien. Si queda sorprendido por el cese repentino de la expansión en favor de cinco años de consolidación territorial, oculta el hecho.

Por consiguiente, abandonamos la Enciclopedia y continuamos nuestro propio camino para lograr los fines que nos hemos propuesto, iniciando la historia del Gran Interregno —entre el Primero y el Segundo Imperio Galáctico—, que comienza al final de los cinco años de consolidación.

Políticamente, la Unión de Mundos está tranquila. Económicamente, es próspera. Pocos desearían cambiar la paz del firme gobierno del Mulo por el caos que la había precedido. En los mundos que cinco años antes habían conocido la Fundación podía haber cierta nostalgia, pero nada más. Los dirigentes inútiles de aquella Fundación estaban muertos; los útiles eran los denominados Conversos.

Y entre los Conversos, el más útil era Han Pritcher, ahora teniente general.

En los días de la Fundación, Han Pritcher era capitán y miembro de la ilegal Oposición Democrática. Cuando la Fundación cayó en poder del Mulo, sin oponer resistencia, Pritcher luchó contra el mutante, hasta que también él pasó a ser un Converso.

La Conversión no era la normal; no era la impuesta por el poder de una razón superior. Y Han Pritcher lo sabía muy bien. Había sido transformado porque el Mulo era un ser que poseía poderes mentales capaces de cambiar a su conveniencia las condiciones de los humanos ordinarios. No obstante, esto le satisfacía completamente. Era como debía ser. La misma satisfacción de la Conversión era el principal síntoma de ella, pero Han Pritcher ya no sentía ni siquiera curiosidad por la cuestión.

Y ahora que regresaba de su quinta expedición importante al espacio sin límites de la Galaxia, fuera de la Unión, el veterano astronauta y agente de Inteligencia reflexionaba, con franco optimismo, sobre su inminente audiencia con el Primer Ciudadano. Su rostro endurecido, como esculpido en una madera oscura y sin poros, que no parecía capaz de sonreír sin resquebrajarse, no lo demostraba; pero las indicaciones exteriores eran innecesarias. El Mulo podía ver las emociones internas del mismo modo que un hombre normal veía los movimientos externos de cualquier individuo que tuviese delante.

Pritcher dejó su coche aéreo en los antiguos hangares del virrey y entró en el área del palacio a pie, como estaba ordenado. Caminó un kilómetro y medio por la gran avenida en forma de flecha, vacía y silenciosa. Pritcher sabía que en todos los kilómetros cuadrados del área del palacio no había un solo guarda, un solo soldado, un solo hombre armado.

El Mulo no necesitaba protección.

El Mulo era su propio protector, el mejor y todopoderoso.

Las pisadas de Pritcher resonaban suavemente en sus oídos mientras se aproximaba al palacio, cuyos muros resplandecientes, hechos de metal increíblemente ligero y fuerte, se elevaban ante él formando las atrevidas y fantásticas arcadas que caracterizaban la arquitectura del Primer Imperio. El palacio se cernía sobre el área vacía desde donde se dominaba la populosa ciudad que cubría el horizonte.

Dentro del palacio había un hombre —un hombre solitario— de cuyos sobrehumanos atributos mentales dependía la nueva aristocracia y la entera estructura de la Unión.

La enorme puerta giró sobre su macizo marco cuando el general se acercó, y Pritcher franqueó el umbral. Se colocó en la ancha rampa móvil que le elevó al nivel superior, y una vez allí entró en el ascensor. Llegado a su punto de destino salió y se encontró ante la pequeña y sencilla puerta del aposento del Mulo, situado en la parte más alta de las torres del palacio.

La puerta se abrió...

Bail Channis era joven. Bail Channis no era un Converso. Es decir, en lenguaje más claro, sus emociones no habían sido manipuladas por el Mulo. Estaban exactamente tal como habían sido formadas por la herencia y las subsiguientes modificaciones de su medio ambiente. Y esto le agradaba.

Aún no había cumplido treinta años y gozaba de una excelente reputación en la capital. Era guapo e inteligente, y por ello tenía éxito en sociedad. Poseía una mente rápida y un completo dominio de sí mismo, y por ello tenía también éxito con el Mulo. Ambos triunfos le llenaban de satisfacción.

Y entonces, por primera vez, el Mulo le había llamado para una audiencia personal.

Avanzó por la larga y reluciente avenida que conducía directamente hacia las torres de aluminio que en su día fueran la residencia del virrey de Kalgan, que gobernó bajo el mandato de antiguos emperadores; las que más tarde sirvieran de mansión a los príncipes independientes de Kalgan, que reinaron en su propio nombre; las que ahora eran el palacio del Primer Ciudadano de la Unión, que dirigía un Imperio propio.

Channis tarareaba suavemente. No dudaba de lo que iba a serie planteado. ¡La Segunda Fundación, naturalmente! Aquella fantasmal organización que llegaba a todas partes y cuya mera consideración había hecho aplazar al Mulo su política de expansión ilimitada para sumirse en una precaución estática. El término oficial era «consolidación».

Ahora corrían rumores..., rumores que no se podían detener. El Mulo iba a empezar de nuevo la ofensiva... El Mulo había descubierto el paradero de la Segunda Fundación, y la atacaría... El Mulo había llegado a un acuerdo con la Segunda Fundación y dividiría la... El Mulo había llegado a la conclusión de que la Segunda Fundación no existía y se apoderaría de toda la Galaxia...

Es inútil enumerar todos los comentarios que se oían en las antesalas. No era la primera vez que circulaban tales rumores. Pero ahora parecían tener más consistencia, y todas las almas libres y expansivas que amaban la guerra, las aventuras militares y el caos político, y que languidecían en la estabilidad y la monotonía de la paz, estaban eufóricas.

Bail Channis era uno de éstos. No temía a la misteriosa Segunda Fundación. Tampoco temía al Mulo, y alardeaba de ello. Tal vez algunos, que censuraban a alguien tan joven y a la vez tan rico, esperaban ansiosamente el fracaso del alegre galanteador que exhibía su ingenio a costa del aspecto físico del Mulo y de su vida enclaustrada. Nadie se atrevía a reírse con él, pero, al ver que nada le ocurría, su reputación crecía proporcional a su buena suerte.

Channis improvisaba el texto de la melodía que tarareaba. Eran palabras frívolas con el estribillo: «La Segunda Fundación amenaza a la nación y a toda la creación.»

Ya estaba en el palacio.

La enorme puerta giró suavemente cuando se acercó, y franqueó el umbral. Se colocó en la ancha rampa móvil que le elevó al nivel superior, y una vez allí entró en el ascensor. Se encontró ante la pequeña y sencilla puerta del aposento del Mulo, situado en la parte más alta de las torres del palacio.

La puerta se abrió...

El hombre que no tenía otro nombre que el Mulo ni ningún otro título que el de Primer Ciudadano miraba a través de la transparencia unilateral de la pared hacia la débil luz exterior y la grandiosa ciudad que se extendía en el horizonte.

En la penumbra del atardecer iban apareciendo las estrellas, y no había ninguna de las que veía que no estuviese bajo su poder.

Sonrió con pasajera amargura al pensarlo. Debían acatamiento a una persona que muy pocos habían visto.

El Mulo no era un hombre agradable de ver; no se le podía mirar sin escarnio. No más de cincuenta kilos repartidos en un metro y medio de altura. Sus miembros eran palos huesudos y delgados que se disparaban en ángulos faltos de toda gracia. Y su rostro, también delgado, casi desaparecía tras la prominencia de una enorme nariz carnosa que medía siete centímetros.

Solamente sus ojos desentonaban de la farsa general que era el Mulo. Eran suaves —una extraña suavidad en el rostro del más grande conquistador de la Galaxia—, y la tristeza nunca se extinguía totalmente en ellos.

En la ciudad podía encontrarse toda la animación de una lujosa capital en un mundo de lujo. Podía haber establecido su capital en la Fundación, el más fuerte de sus derrotados enemigos, pero se hallaba muy lejos, en el mismo borde de la Galaxia. Kalgan, situado más en el centro, con una larga tradición como lugar de recreo de la aristocracia, le convenía más, estratégicamente hablando.

Pero en su alegría tradicional, incrementada por una prosperidad sin precedentes, no lograba encontrar la paz.

Le temían y le obedecían, y, tal vez, incluso le respetaban... desde una prudente distancia. Pero ¿quién podía mirarle sin desprecio? Sólo aquellos a quienes había convertido. ¿Y qué valor tenía su lealtad artificial? Le faltaba sabor. Podía haber adoptado títulos, exigido un ritual e inventado ceremonias, pero incluso aquello no hubiese cambiado nada. Era mejor —o al menos, no era peor— ser simplemente el Primer Ciudadano... y ocultarse.

Sintió en su interior un repentino impulso de rebelión, fuerte y brutal. No debían negarle ni una sola porción de la Galaxia. Durante cinco años se había mantenido silencioso y escondido en Kalgan por culpa de la eterna y confusa amenaza de la Segunda Fundación, invisible, inasequible, desconocida. Ahora tenía treinta y dos años. No era viejo..., pero se sentía viejo. Su cuerpo, cualesquiera que fuesen sus poderes mentales de mutante, era físicamente débil.

¡Todas las estrellas! Todas las estrellas que podía ver y todas las que se escapaban a su vista. ¡Todas tenían que ser suyas!

Se vengaría de todos. De una humanidad a la que no pertenecía. De una Galaxia en la que no encajaba.

La luz de aviso parpadeó sobre su cabeza. Podía seguir el avance del hombre que había entrado en el palacio, y, simultáneamente, como si su sentido de mutante se hubiese incrementado y sensibilizado en el solitario crepúsculo, sintió la oleada de contenido emocional tocando las fibras de su cerebro.

Conoció la identidad del recién llegado sin ningún esfuerzo. Era Pritcher. El capitán Pritcher, de la antigua Primera Fundación. El capitán Pritcher, que había sido ignorado y despreciado por los burócratas del derrotado Gobierno. El capitán Pritcher, al que había liberado de su trabajo de espía y elevado de la mediocridad. El capitán Pritcher, al que primero hizo coronel y después general, y al que asignara toda la Galaxia como campo de acción. El ahora general Pritcher, que había pasado de una rebeldía férrea a una completa lealtad. Y, sin embargo, no era leal por los beneficios cosechados, no era leal por gratitud, no era leal para corresponder a su confianza, sino que lo era a través del artificio de la Conversión.

El Mulo era consciente de aquella fuerte e inalterable superficie de lealtad y amor que presidía todos los altibajos de las emociones de Han Pritcher, la superficie que él mismo implantara cinco años atrás. Muy por debajo subsistían los rasgos originales de obstinado individualismo, impaciencia de mando, idealismo..., pero ni siquiera él podía ya detectarlos.

La puerta que había a sus espaldas se abrió, y se volvió para ver al que entraba. La transparencia de la pared se hizo opaca, y la luz crepuscular exterior de color purpúreo dejó paso al ardiente resplandor blanco de la energía atómica.

Han Pritcher ocupó el asiento indicado. No había reverencias, ni genuflexiones, ni el uso de títulos honoríficos en las audiencias privadas con el Mulo. El Mulo era simplemente el Primer Ciudadano. Se le llamaba «señor». La gente podía sentarse en su presencia, e incluso darle la espalda.

Para Han Pritcher todo aquello no era sino prueba del poder seguro y efectivo de aquel hombre, y ello le satisfacía. El Mulo habló:

—Su informe final llegó ayer. No puedo negar que lo encuentro un poco deprimente, Pritcher.

Las cejas del general se fruncieron.

—Ya, me lo imagino, pero no veo a qué otras conclusiones podría haber llegado. Lo cierto es que no existe una Segunda Fundación, señor.

El Mulo reflexionó y luego meneó lentamente la cabeza, como había hecho en muchas ocasiones anteriores:

—Está la evidencia de Ebling Mis. Siempre contamos con la evidencia de Ebling Mis.

No era ninguna novedad. Pritcher respondió:

—Mis podía ser el más grande psicólogo de la Fundación, pero era un niño de pecho comparado con Hari Seldon. Cuando investigaba los trabajos de Seldon se hallaba bajo el estímulo artificial del control cerebral de usted. Tal vez le obligó a ir demasiado lejos. Podría haberse equivocado, señor. *Seguramente* se equivocó.

El Mulo suspiró y su lúgubre rostro se adelantó, torciendo su delgado cuello.

—Ojalá hubiera vivido un minuto más. Estaba a punto de decirme dónde estaba la Segunda Fundación. Lo *sabía*, se lo aseguro. Yo no hubiera tenido que retirarme. Me hubiese ahorrado toda esta espera. ¡Cuánto tiempo perdido! ¡Cinco años para nada!

Pritcher no podía censurar la débil nostalgia de su jefe; su controlado estado mental se lo impedía. No obstante, se sintió vagamente confuso y molesto.

—Pero ¿qué otra explicación puede haber, señor? He salido cinco veces. Usted mismo ha fijado las rutas, y no he dejado ni un solo asteroide sin registrar. Fue hace trescientos años cuando Hari Seldon, del Primer Imperio, estableció supuestamente dos Fundaciones para que fueran el núcleo de un nuevo Imperio que reemplazase al primero, antiguo y decadente. Cien años después de Seldon, la Primera Fundación, de la que tanto sabemos, era conocida en toda la periferia. Ciento cincuenta años después de Seldon, en la época de la última batalla contra el primer Imperio, era conocida en toda la Galaxia. Ahora han pasado trescientos años... ¿y dónde puede estar esa misteriosa Segunda Fundación? No se ha oído hablar de ella en ningún rincón de la corriente galáctica.

—Ebling Mis dijo que se mantenía en secreto. Sólo el secreto puede transformar su debilidad en fuerza.

—Un secreto tan profundo equivale a la inexistencia.

El Mulo levantó la vista; sus ojos eran agudos y astutos.

—No. Sé que existe. —Señaló con un dedo huesudo—. Va a haber un ligero cambio de táctica.

Pritcher frunció el ceño.

—¿Se propone salir usted mismo? Yo no se lo aconsejaría.

—No, claro que no. Tendrá usted que salir una vez más..., una última vez. Pero con un adjunto en el mando.

Hubo un silencio. A continuación, la voz de Pritcher sonó con dureza:

—¿Quién, señor?

—Hay un joven aquí, en Kalgan. Bail Channis.

—Nunca he oído hablar de él, señor.

—No, ya lo supongo. Pero tiene una mente ágil, es ambicioso... y no está convertido.

La larga mandíbula de Pritcher tembló por un instante.

—No puedo comprender la ventaja de este hecho.

—Existe una, Pritcher. Usted es un hombre de recursos y experiencia. Me ha prestado buenos servicios. Pero está convertido. Su motivación es simplemente una lealtad forzada e impotente hacia mí. Cuando perdió sus motivaciones originales perdió algo: un ímpetu sutil que ya no puedo reemplazar.

—Yo no lo creo, señor —dijo severamente Pritcher—. Recuerdo muy bien cómo era yo cuando me sentía enemigo suyo. Considero que ahora no soy inferior.

—Claro que no —y la boca del Mulo se torció en una sonrisa—. Su juicio en esta materia no es del todo objetivo. Volviendo a Channis, es ambicioso... para sí mismo. Es totalmente digno de confianza..., porque sólo es leal a sí mismo. Sabe que su vida depende de mí y haría cualquier cosa para incrementar mi poder a fin de que su existencia sea larga, próspera y gloriosa. Si va con usted, lo hará con este impulso adicional..., con esta ambición egoísta.

—Entonces —dijo Pritcher, insistiendo—. ¿Por qué no anula mi Conversión, si cree que ello puede mejorarme? Ahora ya podría fiarse de mí.

—Eso nunca, Pritcher. Mientras le tenga a usted cerca, permanecerá bajo el firme control de la Conversión. Si le liberara en este momento, yo estaría muerto al siguiente instante.

El general se mostró ofendido.

—Me duele que piense usted así.

—No deseo ofenderle, pero es imposible que usted se imagine cuáles serían sus sentimientos si pudieran formarse según el criterio de su motivación natural. La mente humana odia el control. El hipnotizador humano corriente no puede hipnotizar a una persona contra su voluntad por esa misma razón. Yo puedo hacerlo, porque no soy un hipnotizador, y, créame, Pritcher, el resentimiento que ahora no puede mostrar y que incluso ignora que alberga, es algo a lo que no querría enfrentarme.

Pritcher bajó la cabeza. La futilidad le doblegó, dejándole una sensación gris y hosca en su interior. Dijo con un esfuerzo:

—Pero ¿cómo puede usted confiar en ese hombre?

Me refiero a confiar en él completamente, como puede confiar en mí gracias a la Conversión.

—Bueno, supongo que no puedo confiar completamente, y ésa es la razón por la que usted debe acompañarle. Verá, Pritcher —y el Mulo se arrellanó en el enorme sillón, contra cuyo respaldo parecía un palillo viviente—, si él *encontrase* por casualidad la Segunda Fundación y se le *ocurriera* que un acuerdo con ellos sería ser más provechoso que conmigo... ¿me comprende?

Una luz de profunda satisfacción brilló en los ojos de Pritcher.

—Es mucho mejor así, señor.

—Exacto. Pero, recuerde, ha de darle rienda suelta hasta el límite de lo posible.

—Comprendido.

—Y... bien, Pritcher. Ese joven es apuesto, agradable y en extremo simpático. No se deje cautivar por él. Es una persona peligrosa y sin escrúpulos. No se enfrente a él a menos que esté preparado para hacerlo adecuadamente. Eso es todo.

El Mulo estaba solo de nuevo. Dejó que las luces se extinguieran y la pared que había frente a él volvió a transparentarse. El cielo era purpúreo, y la ciudad, una mancha de luz en el horizonte.

¿Para qué todo aquello? Si al final *llegara a ser* dueño de todo lo existente, ¿qué ocurriría? ¿Dejarían realmente los hombres como Pritcher de ser altos y erguidos, fuertes y seguros? ¿Perdería Bail Channis sus correctas facciones? ¿Sería él mismo diferente de como era?

Maldijo sus dudas. ¿Qué perseguía realmente?

La fría luz de aviso que había sobre su cabeza parpadeó. Podía seguir el avance del hombre que había entrado en el palacio y, casi contra su voluntad, sintió nuevamente la suave oleada de contenido emocional invadiendo su cerebro.

Reconoció la identidad de quien llegaba sin ningún esfuerzo. Era Channis. Aquí el Mulo no vio uniformidad, sino la primitiva diversidad de una mente fuerte, intacta y sin moldear, si se exceptuaban las numerosas influencias del universo. Se retorcía en flujos y olas. Había cautela en la superficie, un efecto sutil y suavizante, pero con toques de cinismo en los remolinos ocultos. Y por debajo barruntaba la suerte, marca del egoísmo y el amor propio, salpicada de algunas gotas de humor cruel aquí y allí, y un profundo y tranquilo estanque de ambición como fondo de todo ello.

El Mulo sintió que podía llegar hasta allí y calmar la corriente, sacar el estanque de su lecho y trasladarlo a uno nuevo, detener aquella marea y reemplazarla por otra. Pero ¿para qué? Si hacía que la cabeza de Channis se inclinara por la más profunda adoración, ¿cambiaría aquello su propio aspecto grotesco, que le obligaba a rehuir el día y ampararse en la noche, que le convertía en recluso en un imperio que era incondicionalmente suyo?

La puerta que había a sus espaldas se abrió, y el Mulo dio media vuelta. La transparencia de la pared se hizo opaca, y la oscuridad dio paso a la brillante luz blanca de la energía atómica.

Bail Channis se sentó con naturalidad y dijo:

—Éste es un honor no del todo inesperado, señor.

El Mulo frotó su nariz con cuatro dedos a la vez y se mostró algo irritado en su respuesta:

—¿Cómo es eso, joven?

—Una corazonada, supongo. A menos que quiera admitir que he escuchado los rumores.

—¿Rumores? ¿A cuál de las varias docenas que circulan se está refiriendo?

—A los que dicen que se prepara una nueva ofensiva galáctica. Abrigo la esperanza de que así sea y de que yo pueda participar de modo activo.

—Entonces, ¿usted cree que *existe* una Segunda Fundación?

—¿Por qué no? Lo haría todo mucho más interesante.

—¿Y a usted le interesa la cuestión?

—Desde luego. ¡Su mismo misterio es un aliciente! ¿Qué mejor tema se podría encontrar para hacer conjeturas? Últimamente los suplementos de la prensa no hablan de otra cosa... lo cual es, a buen seguro, muy significativo. El *Cosmos* hizo escribir a uno de sus corresponsales una fantástica crónica acerca de un mundo compuesto por seres de mente pura —la Segunda Fundación, claro—, que han transformado la fuerza mental en energía lo bastante potente como para competir con cualquier ciencia física conocida. Las cosmonaves podrían ser destruidas desde años-luz de distancia; los planetas podrían ser desviados de sus órbitas...

—Es interesante, sí. Pero ¿qué opina *usted* al respecto? ¿Se adhiere a la idea de esa energía mental?

—¡Por la Galaxia, no! ¿Cree que seres como ésos se quedarían en su propio planeta? No, señor. Pienso que la Segunda Fundación permanece oculta porque es más débil de lo que suponemos.

—En ese caso, puedo explicarme con mayor facilidad. ¿Le gustaría mandar una expedición en busca de la Segunda Fundación?

Por un momento Channis pareció abrumado bajo la repentina sucesión de acontecimientos a una rapidez mayor de la que estaba acostumbrado. Su lengua parecía incapaz de romper el silencio que siguió.

El Mulo preguntó secamente:

—¿Y bien?

Channis arrugó la frente.

—Naturalmente. Pero ¿adónde voy a ir? ¿Tiene usted alguna información que nos oriente?

—El general Pritcher le acompañará...

—Entonces, ¿yo no estaré al mando?

—Juzgue usted mismo cuando yo termine de hablar. Escuche, usted no es de la Fundación. Es nativo de Kalgan, ¿verdad? Sí. Bien, en tal caso, su conocimiento del Plan Seldon puede ser vago. Cuando el Primer Imperio Galáctico se estaba desintegrando, Hari Seldon y un grupo de psicohistoriadores, al analizar el curso futuro de la historia con instrumentos matemáticos de los que ya no disponemos en estos degenerados tiempos, establecieron dos Fundaciones, cada una de ellas en un extremo de la Galaxia, de manera que las fuerzas económicas y sociológicas que se desarrollaban lentamente las convirtieran en focos del Segundo Imperio. Hari Seldon planeó su realización en un milenio... ¡cuando hubieran sido precisos treinta mil años sin las Fundaciones! Pero no podía contar *conmigo*. Soy un mutante, e imprevisible por la psicohistoria, que sólo puede tratar con las reacciones medias de muchedumbres. ¿Lo comprende usted?

—Perfectamente, señor. Pero ¿qué tiene que ver todo eso conmigo?

—Lo comprenderá enseguida. Ahora me propongo unir a toda la Galaxia y alcanzar el objetivo de Seldon, no en mil años, sino en trescientos. Una Fundación —el mundo de científicos físicos— es todavía floreciente bajo *mi* mando. En la prosperidad y el orden de la Unión, las armas atómicas que han producido son capaces de vencer a todo lo existente en la Galaxia, excepto, tal vez, a la Segunda Fundación. Por eso tengo que saber más acerca de ella. El general Pritcher mantiene la opinión decidida de que no existe. Yo sé algo más.

Channis preguntó con delicadeza:

—¿Cómo lo sabe, señor?

Las palabras del Mulo fueron de pronto pura indignación:

—¡Porque mentes que están bajo mi control han sido manipuladas! ¡Delicada y sutilmente! Pero no con la sutileza suficiente como para que yo no lo advirtiera. Estas interferencias están afectando a hombres valiosos en momentos importantes. ¿Le extraña ahora que cierta discreción me haya mantenido inactivo todos estos años? De ahí la importancia de usted. El general Pritcher es el mejor hombre que me queda, y por ello ya no está seguro. Como es natural, él lo ignora. Se da la circunstancia de que usted no está convertido, y por lo tanto no es instantáneamente detectable como hombre del Mulo. Usted puede engañar a la Segunda Fundación durante más tiempo que cualquiera de mis propios hombres..., tal vez durante el tiempo suficiente. ¿Lo ha comprendido?

—Humm. Sí. Pero, perdóneme, señor, si le interrogo. ¿Cómo interfieren en esos hombres de usted? Sabiéndolo, yo podría detectar el cambio en el general Pritcher, en caso de que ello ocurriera. ¿Queda anulada su Conversión? ¿Se convierten en desleales?

—No. Ya le he dicho que era algo sutil. Es más peligroso que todo eso, porque es más difícil de detectar, y a veces he de esperar antes de actuar, ya que ignoro si un hombre clave está sencillamente desorientado o ha sido manipulado. Su lealtad permanece intacta, pero se les borra el ingenio y la iniciativa. En apariencia trato con una persona perfectamente normal, pero que es totalmente inútil. En el último año han sido tratados así seis de mis mejores hombres. —Torció los labios—. Ahora tienen a su cargo las bases de entrenamiento... y deseo con todas mis fuerzas que no se presenten emergencias que les obliguen a tomar decisiones.

—Supongamos, señor..., supongamos que no fuera la Segunda Fundación. ¿Y si se tratara de otro mutante como usted mismo?

—La planificación es demasiado cuidadosa, demasiado a largo plazo. Un hombre solo tendría más prisa. No, se trata de un mundo, y usted será mi arma contra él.

Los ojos de Channis brillaron mientras decía:

—Estoy encantado con la oportunidad.

Pero el Mulo captó la repentina oleada emocional, y advirtió:

—Sí, al parecer piensa que prestará un servicio único, digno de una recompensa única..., tal vez incluso la de ser mi sucesor. Está bien. Pero hay asimismo castigos únicos, no lo olvide. Mi gimnasia emocional no se limita a la creación de la lealtad.

La pequeña sonrisa de sus labios era sombría. Channis salto de su asiento, sobrecogido por el horror.

Durante un instante, un solo instante pasajero, Channis se había sentido invadido por la angustia de una profunda pena. Le había penetrado con un dolor físico que oscureció insoportablemente su mente, y enseguida se desvaneció. No quedaba nada más que una violenta ira.

—La ira no le servirá de nada... —dijo el Mulo—. Sí, ahora ya se ha repuesto, ¿verdad? Puedo verlo. Pero, recuerde, *esa* sensación puede intensificarse y llegar a ser permanente. He matado a hombres con el control emocional, y no existe una muerte más cruel.

Hizo una pausa y después dijo:

—¡Esto es todo!

El Mulo volvía a estar solo. Hizo que las luces se apagasen y la pared que tenía enfrente recobró su transparencia. El cielo estaba negro, y el núcleo ascendente de la lente galáctica se extendía por las profundidades aterciopeladas del espacio.

Todo aquel esplendor de nebulosas era una masa de estrellas en número tan exorbitante que se confundían unas con otras y sólo se veía una nube de luz.

Y todas serían suyas...

Ahora sólo le quedaba atender otro asunto y podría dormir.

PRIMER INTERLUDIO

El Consejo Ejecutivo de la Segunda Fundación estaba reunido en asamblea. Para nosotros son simplemente voces. Ni el escenario exacto de la reunión, ni la identidad de los presentes son esenciales para el caso.

Tampoco, estrictamente hablando, podemos considerar siquiera una reproducción exacta de una parte cualquiera de la sesión..., a menos que deseemos sacrificar completamente el mínimo de comprensión que tenemos derecho a esperar.

Aquí tratamos con psicólogos, aunque no con simples psicólogos. Digamos que son científicos con una orientación psicológica. Es decir, hombres cuyo concepto fundamental de la filosofía científica apunta hacia una dirección totalmente distinta de todas las orientaciones que conocemos. La psicología de los científicos educados entre los axiomas deducidos de los hábitos de observación de la ciencia física tiene sólo una muy vaga relación con la verdadera PSICOLOGÍA.

Algo así, con un fondo similar, sería lo máximo que podría decir a un hombre ciego de nacimiento al tratar de explicarle lo que es el color... siendo yo tan ciego como él.

Lo esencial es saber que las mentes allí reunidas comprendían perfectamente el trabajo de las demás, no sólo por teoría general, sino también por la aplicación específica de esas teorías durante un largo período a individuos particulares. El lenguaje, tal como nosotros lo conocemos, era innecesario. Un fragmento de una frase equivalía casi a una larga explicación. Un gesto, un gruñido, la curva de una línea facial, incluso una pausa oportuna, comunicaba la información requerida.

Por lo tanto, nos tomaremos la libertad de traducir libremente una pequeña porción de la conferencia a las combinaciones de palabras extremadamente específicas que son necesarias para las mentes orientadas desde la infancia hacia una filosofía de las ciencias físicas, incluso aunque corramos el peligro de perder los matices más delicados.

Predominaba una «voz», que pertenecía al individuo conocido simplemente como el Primer Orador.

Éste dijo:

—Al parecer ya está determinado lo que detuvo al Mulo en su primer impulso demente. No puedo decir que la cuestión diga mucho en favor de... bueno, de nuestro cálculo de la situación. Parece ser que estuvo a punto de localizarnos por medio de la energía cerebral artificialmente activada de lo que llaman un «psicólogo» en la Primera Fundación. Este psicólogo fue muerto justo antes de que pudiera comunicar su información al Mulo. Los sucesos que condujeron a aquel asesinato fueron completamente fortuitos, según todos los cálculos de la Fase Tres. Ocúpese usted del asunto —indicó al Quinto Orador, con una inflexión de la voz.

Entonces continuó:

—Es seguro que la situación fue mal calculada. Por

supuesto, somos altamente vulnerables al ataque masivo, y en particular a un ataque dirigido por un fenómeno mental como el Mulo. Al poco tiempo de alcanzar celebridad galáctica con la conquista de la Primera Fundación, medio año después, para ser exactos, estuvo en Trántor. Al cabo de otro medio año hubiese llegado hasta aquí, y las probabilidades hubieran estado abrumadoramente en contra de nosotros, más o menos en un 96,3 por 100. Hemos pasado un tiempo considerable analizando las fuerzas que le detuvieron. Conocemos, naturalmente, sus impulsos originales. Las ramificaciones internas de su deformidad física y la calidad única de su mentalidad son evidentes para todos nosotros. Sin embargo, fue sólo penetrando en la Fase Tres que pudimos determinar, *después del hecho*, la posibilidad de que su anómala acción fuese debida a la presencia de un ser humano que le profesara un afecto sincero.

»Y puesto que tan extraño comportamiento dependería de la presencia de un ser humano en el momento apropiado, hasta ese punto todo el asunto fue fortuito. Nuestros agentes están seguros de que fue una joven quien mató al psicólogo; una joven en quien el Mulo confiaba por sentimentalismo y a quien, por consiguiente, no controlaba mentalmente, sólo porque ella le demostraba simpatía.

»Desde aquel suceso (de cuyos detalles se ha elaborado un estudio matemático que se halla en la Biblioteca Central a disposición de los interesados en el tema) que nos sirvió de advertencia, hemos mantenido a raya al Mulo con métodos nada ortodoxos, con los que ponemos diariamente en peligro todo el esquema histórico de Seldon. Eso es todo.»

El Primer Orador hizo una pausa para que los reunidos pudieran asimilar todas las implicaciones. Después, añadió:

—La situación, pues, es altamente inestable. Con el esquema original de Seldon tensado hasta el punto de fractura, y debo poner de relieve que hemos cometido graves errores en todo el asunto con nuestra horrible falta de previsión, y nos enfrentamos a la posibilidad de un fracaso irreversible del Plan. El tiempo se nos escapa. Creo que sólo nos queda una solución, pero es peligrosa: hemos de dejar que el Mulo nos encuentre..., en cierto sentido.

Hizo otra pausa, durante la cual captó las reacciones de los presentes, y al final de ella añadió:

—Repito: ¡en cierto sentido!

2. DOS HOMBRES SIN EL MULO

La nave estaba casi dispuesta. No faltaba nada, a excepción del destino. El Mulo había sugerido un retorno a Trántor, el mundo que había albergado a la incomparable metrópoli galáctica del mayor Imperio que la humanidad conociera jamás, el mundo muerto que había sido capital de todas las estrellas.

Pritcher desaprobaba la idea. Era un viejo camino, explorado hasta la saciedad.

Encontró a Bail Channis en la sala de control de la nave. Los cabellos rizados del joven estaban lo bastante desordenados como para permitir que un rizo le cayera sobre la frente —tal parecía que lo habían colocado allí a propósito—, y su sonrisa mostraba una hilera de dientes muy regulares. El rígido oficial sintió vagamente que su antipatía hacia él se incrementaba.

La excitación de Channis era evidente.

—Pritcher, es una coincidencia demasiado grande.

El general replicó con frialdad:

—No estoy enterado del tema de la conversación.

—¡Oh! Pues bien, acérquese una silla, amigo, y hablemos. He echado una mirada a sus notas. Las encuentro excelentes.

—Es... muy agradable que piense así.

—Pero me pregunto si habrá llegado a las mismas conclusiones que yo. ¿Ha intentado alguna vez analizar el problema por deducción? Quiero decir que está muy bien recorrer las estrellas al azar, y lo que usted ha hecho en cinco expediciones representa muchos saltos de estrella a estrella. Esto es obvio. Pero ¿ha calculado cuánto tiempo se necesitaría para recorrer todos los mundos conocidos a este ritmo?

—Sí, varias veces. —Pritcher no tenía deseos de discutir con el joven, pero era importante espiar su mente, una mente incontrolada y, por tanto, imprevisible.

—Bien, pues procedamos ahora analíticamente y tratemos de delimitar qué es lo que buscamos con exactitud.

—La Segunda Fundación —dijo Pritcher brevemente.

—Una Fundación de psicólogos —puntualizó Channis— que saben tan poco de ciencias físicas como la Primera Fundación de psicología. Bien, usted es de la Primera Fundación, y yo no. Probablemente las implicaciones son evidentes para usted. Hemos de encontrar un mundo gobernado por facultades mentales, pero muy atrasado científicamente.

—¿Por qué necesariamente atrasado? —interrogó Pritcher con calma—. Nuestra propia Unión de Mundos no está atrasada científicamente, pese a que nuestro dirigente debe su fuerza a sus facultades mentales.

—Porque tiene los conocimientos de la Primera Fundación, en los que se apoya —fue la impaciente respuesta—, y ésa es la única reserva de sabiduría de la Galaxia. La Segunda Fundación ha de subsistir entre las migajas del desintegrado Imperio Galáctico, y allí no hay nada aprovechable.

—¿De modo que usted postula que el poder mental es suficiente como para establecer un Gobierno que abarque a un grupo de dos mundos, y que no es necesaria la potencia física?

—Me refiero a una impotencia física *relativa*. Son lo bastante competentes como para defenderse de las decadentes áreas vecinas. No pueden enfrentarse a las fuerzas del Mulo, respaldadas por una economía atómica desarrollada. De lo contrario, ¿por qué se mantendrían tan ocultos, tanto al principio, bajo su fundador Hari Seldon, como ahora que están solos? Su Primera Fundación no hizo un secreto de su existencia cuando no era más que una ciudad indefensa en un planeta solitario, hace trescientos años.

Las suaves líneas del rostro moreno de Pritcher se retorcieron sarcásticamente.

—Ahora que ha terminado su profundo análisis, ¿desea una lista de todos los reinos, repúblicas, estados y dictaduras de una y otra especie de esa selva política que correspondan a su descripción y a varios otros factores?

—¿Así que todo esto ya ha sido considerado? —preguntó Channis sin perder la ecuanimidad.

—Aquí no lo encontrará, naturalmente, pero tenemos una guía completa de las unidades políticas de la periferia pertenecientes a la Oposición. ¿Supone en realidad que el Mulo trabaja enteramente al azar?

—Entonces —y la voz del joven se elevó en una explosión de energía—, ¿qué me dice de la Oligarquía de Tazenda?

Pritcher se rascó la oreja, pensativo.

—¿Tazenda? ¡Oh, sí!, creo que conozco ese planeta. No está en la periferia, ¿verdad? Me parece que se encuentra a un tercio del camino hacia el centro de la Galaxia.

—Sí. ¿Qué sabe de ella?

—Nuestros archivos sitúan a la Segunda Fundación en el otro extremo de la Galaxia. El espacio sabe que es lo único que conocemos. ¿Por qué me habla de Tazenda? Su desviación angular del radián de la Primera Fundación es sólo de ciento diez a ciento veinte grados. No se aproxima en absoluto a ciento ochenta.

—En los archivos se hace otra mención. La Segunda Fundación fue establecida en el Extremo Estelar.

—Esa región jamás ha sido localizada en la Galaxia.

—Tal vez se trate de un nombre local, suprimido más tarde para mayor secreto. O quizá fue inventado con ese fin por Seldon y su grupo. Sin embargo, hay alguna relación entre Extremo Estelar y Tazenda, ¿no cree usted?[1]

—¿Una vaga similitud de sonido? Es insuficiente.

—¿Ha estado usted allí alguna vez?

—No.

—Pese a ello, lo menciona en sus informes.

—¿Dónde? ¡Ah, sí!, pero fue solamente para aprovisionarme de alimentos y agua. Le aseguro que no había nada especial en ese mundo.

—¿Aterrizó en el planeta rector?

—No sabría decírselo.

Channis reflexionó un momento bajo la mirada fría del otro. Luego, dijo:

—¿Quiere mirar conmigo por la Lente unos segundos?

—Claro.

La Lente era tal vez la más reciente innovación de los cruceros interestelares. De hecho era una complicada máquina calculadora que podía proyectar en una pan-

1. En inglés, las palabras *star's end* y *tazend* suenan similarmente. *(N. del T.)*.

talla una reproducción del firmamento visto desde un punto determinado de la Galaxia.

Channis ajustó las coordenadas y las luces murales se extinguieron. A la débil luz del tablero de control de la Lente, montada en la cabina del piloto, el rostro de Channis estaba iluminado por un resplandor rojizo. Pritcher se sentó en el asiento del piloto, cruzó las piernas, y su rostro quedó sumido en la penumbra.

Lentamente, a medida que pasaba el período de inducción, los puntos de luz fueron apareciendo en la pantalla. Muy pronto se espesaron y abrillantaron con los innumerables grupos de estrellas del centro de la Galaxia.

—Esto —explicó Channis— es el cielo nocturno tal como se ve en invierno desde Trántor. Éste es el punto importante que hasta ahora ha sido olvidado en la búsqueda, que yo sepa. Toda orientación inteligente ha de partir desde Trántor, en el punto cero. Trántor era la capital del Imperio Galáctico. Aún más científica y culturalmente que por lo que a política se refiere. Por lo tanto, un nombre descriptivo ha de tener su origen, nueve de cada diez veces, en una orientación trantoriana. Recordará usted a este respecto que, a pesar de que Seldon era de Helicón, hacia la periferia, su grupo trabajaba en el propio Trántor.

—¿Qué está intentando mostrarme? —La voz serena de Pritcher interrumpió glacialmente el creciente entusiasmo de su compañero.

—El mapa se lo explicará. ¿Ve esa nebulosa oscura? —La sombra de su brazo cayó sobre la pantalla, cubierta por las estrellas de la Galaxia. Un dedo señaló una diminuta mancha negra que parecía un agujero en el espeso tejido de estrellas—. Los archivos estelográficos la denominan la Nebulosa de Pelot. Mírela bien. Voy a agrandar la imagen.

Pritcher ya había visto antes el fenómeno de la expansión de la imagen de la Lente, pero aun así se quedó sin aliento. Era como estar ante el mirador de una astronave que irrumpiera en una superpoblada Galaxia sin entrar en el hiperespacio. Las estrellas divergían hacia ellos desde un centro común, se extendían hacia fuera y se salían del borde de la pantalla. Los puntos aislados se hicieron dobles y después globulares. Franjas confusas se disolvieron en millones de puntos. Y siempre daba aquella ilusión de movimiento.

Mientras tanto, Channis hablaba:

—Observará que nos movemos a lo largo de la línea directa que separa Trántor de la Nebulosa de Pelot, por lo que seguimos mirando desde una orientación estelar equivalente a la de Trántor. Probablemente hay un ligero error debido a la desviación gravitacional de la luz, para cuyo cálculo carezco del conocimiento matemático necesario, pero estoy seguro de que no es importante.

La oscuridad se extendía por la Lente. A medida que la amplificación disminuía su ritmo, las estrellas desaparecían por los cuatro lados de la pantalla en una triste despedida. En los bordes de la creciente nebulosa, el brillante universo de estrellas resplandeció de improviso, mostrando la luz escondida tras el vertiginoso remolino de fragmentos atómicos de sodio y calcio que llenaban parsecs cúbicos de espacio.

Channis señaló de nuevo:

—Esto ha sido llamado la Desembocadura por los habitantes de esa región del espacio. Y esto es significativo, porque sólo parece una desembocadura desde la orientación trantoriana.

Lo que estaba señalando era una hendidura en el núcleo de la Nebulosa, formada como una boca abierta vista de perfil y delimitada por el ardiente resplandor de las estrellas que la llenaban.

—Siga la Desembocadura —continuó Channis—,

sígala hasta la garganta donde se estrecha hasta parecer una delgada y astillada línea de luz.

De nuevo la pantalla se movió, ampliando el detalle de la imagen, hasta que la Nebulosa se separó de la Desembocadura y quedó solamente a la vista aquella estrecha franja. El dedo de Channis la siguió en silencio y llegó un punto en que se interrumpió; entonces el dedo continuó señalando hacia arriba, hacia un lugar donde una única estrella brillaba en solitario, y allí se detuvo, porque más allá todo era una inmensa negrura.

—El Extremo Estelar —dijo el joven escuetamente—. Aquí el tejido de la Nebulosa es tenue y la luz de esa única estrella se abre camino en esta precisa dirección... para brillar sobre Trántor.

—Quiere usted decir que... —La voz del general del Mulo se extinguió, ahogada por la sospecha.

—No quiero decirlo, lo digo. Es Tazenda... el Extremo Estelar.

Se encendieron las luces: la Lente se apagó. Pritcher se acercó a Channis dando tres largos pasos.

—¿Cómo se le ocurrió pensar en esto?

Channis se apoyó en el respaldo de su asiento con una expresión de perplejidad en el rostro.

—Fue accidental. Me gustaría que hubiera sido por mérito intelectual, pero fue puro accidente. En cualquier caso, sea cual fuese el modo en que lo descubrí, encaja muy bien en mi teoría. Según nuestras referencias, Tazenda es una oligarquía. Gobierna veintisiete planetas habitados. No está avanzado científicamente. Y, sobre todo, es un mundo anónimo que ha conservado una estricta neutralidad con respecto a las políticas locales de aquella región estelar, y no es expansionista. Creo que deberíamos visitarlo.

—¿Ha informado de esto al Mulo?

—No. Y no le informaremos. Ahora estamos en el espacio, a punto de dar el primer salto.

45

Pritcher, con repentino horror, saltó hacia el mirador. El frío espacio se apareció a su vista cuando lo hubo enfocado. Miró con fijeza el vacío panorama, y luego se volvió. Automáticamente, su mano fue a buscar la dura y reconfortante curva de su pistola.

—¿Por orden de quién?

—Por orden mía, general. —Era la primera vez que Channis usaba el título del otro—. La he dado mientras le tenía distraído aquí. Es probable que usted no sintiera la aceleración debido a que se produjo en el momento en que yo expandía el campo de la Lente, y sin duda imaginó que era una ilusión del aparente movimiento de las estrellas.

—¿Por qué? ¿Qué es exactamente lo que está haciendo? ¿Cuál era entonces el motivo de su palabrería sobre Tazenda?

—No ha sido palabrería. Hablaba completamente en serio. Nos dirigimos hacia allí. Nos vamos hoy porque estaba programado que no lo haríamos hasta dentro de tres días. General, usted no cree que exista una Segunda Fundación, y yo sí. Usted se limita a obedecer, sin fe, las órdenes del Mulo. Yo reconozco que nos acecha un grave peligro. La Segunda Fundación ha tenido cinco años para prepararse. Ignoro hasta qué punto lo estará, pero ¿y si tuvieran agentes en Kalgan? Si yo llevo grabado en mi mente el punto donde se halla la Segunda Fundación, ellos pueden descubrirlo. Mi vida ya no estaría segura, y siento un gran afecto por ella. Prefiero no arriesgarla, ni siquiera por una posibilidad tan remota como ésta. Ahora nadie sabe nada de Tazenda salvo usted, y usted no se ha enterado hasta que estábamos en el espacio. Incluso así, está el asunto de la tripulación.

Channis sonreía de nuevo, irónicamente, con evidente y completo control de la situación.

La mano de Pritcher se apartó del arma y, por un momento, le invadió una vaga desazón. ¿Qué era lo que le impedía actuar? ¿Qué le paralizaba? Hubo un tiempo en que era un rebelde e insatisfecho capitán de la Primera Fundación y su imperio comercial, y entonces hubiera sido *él*, y no Channis, quien realizara un acto tan oportuno y osado como aquél. ¿Tendría razón el Mulo? ¿Estaría su controlada mente tan absorta en la obediencia como para perder toda iniciativa? Sintió que un profundo desaliento le dejaba en un estado de extraña lasitud.

—¡Bien hecho! —exclamó—. Sin embargo, en el futuro deberá consultarme antes de tomar decisiones de esta índole.

La señal parpadeante atrajo su atención.

—Es la sala de máquinas —dijo Channis casualmente—. Calentaron los motores cinco minutos después de avisarles, y les pedí que me notificaran si había algún problema. ¿Quiere tomar el mando?

Pritcher asintió en silencio, y en su repentina soledad meditó sobre los inconvenientes de acercarse a los cincuenta años. En el mirador había pocas estrellas. El núcleo central de la Galaxia aparecía en una esquina. ¿Y si se librara de la influencia del Mulo...?

Pero se estremeció de horror ante la idea.

El ingeniero jefe Huxlani miró con agudeza al hombre joven y sin uniforme que se portaba con la seguridad de un oficial de la Flota y parecía ocupar un puesto de autoridad. Huxlani, que pertenecía a la Flota desde los primeros años de su juventud, solía confundir la autoridad con las insignias.

Pero el Mulo había dado el cargo a aquel hombre, y el Mulo, naturalmente, tenía la última palabra. De hecho, la única palabra. No discutía aquello ni siquiera en su subconsciente. El control emocional calaba muy hondo.

Alargó a Channis el pequeño objeto ovalado sin pronunciar una sola palabra.

Channis lo sopesó y sonrió amablemente.

—Usted es de la Fundación, ¿verdad?

—Sí, señor. Serví dieciocho años en la Flota de la Fundación, antes de que llegara el primer Ciudadano.

—¿Estudió ingeniería en la Fundación?

—Técnico cualificado de primera clase. Escuela Central de Anacreonte.

—Excelente. ¿Y ha encontrado esto en el circuito de comunicación, donde le encargué que mirara?

—Sí, señor.

—¿Es su lugar apropiado?

—No, señor.

—¿Y qué es?

—Un hiper-rastreador, señor.

—Eso no basta. No soy de la Fundación. ¿Qué es?

—Un dispositivo que permite rastrear la nave a través del hiperespacio.

—En otras palabras, que nos pueden seguir a cualquier parte.

—Sí, señor.

—Muy bien. Es un invento reciente, ¿verdad? Se fabricó en uno de los Institutos de Investigación creados por el Primer Ciudadano, ¿no es cierto?

—Creo que sí, señor.

—Sin embargo, está aquí. Es curioso.

Channis se pasó metódicamente el hiper-rastreador de mano en mano durante unos segundos. Luego, bruscamente, se lo alargó al ingeniero.

—Tómelo y colóquelo exactamente donde lo ha encontrado y en la misma posición. ¿Comprendido? Y después, olvide este incidente, ¡por completo!

El ingeniero interrumpió el saludo militar casi automático en él, se volvió en redondo y se alejó.

La nave viajaba a través de la Galaxia en una amplia trayectoria entre las estrellas. Los puntos de la trayectoria eran los escasos períodos de diez a sesenta segundos-luz empleados en el espacio normal, y entre ellos había los huecos de cien y más años-luz que representaban los saltos a través del hiperespacio.

Bail Channis estaba sentado ante el tablero de control de la Lente y sentía de nuevo la involuntaria oleada de casi adoración al contemplarlo. No era de la Fundación, y la interacción de fuerzas al girar un botón o la interrupción de un contacto no eran como su segunda naturaleza.

Aquello no significa, no obstante, que la Lente pudiese aburrir ni siquiera a un hombre de la Fundación. En el interior de su estructura, increíblemente compacta, había los suficientes circuitos electrónicos como para señalar con exactitud cien millones de estrellas diferentes y la justa relación existente entre ellas. Y como si esto no fuera suficiente maravilla en sí mismo, también era capaz de trasladar cualquier porción determinada del campo galáctico por cualquiera de los tres ejes espaciales, o hacer girar cualquier porción del campo alrededor de un centro.

Por estas razones la Lente había supuesto casi una revolución en los viajes interestelares. En los días en que se iniciaron tales viajes, el cálculo de cada salto a través del hiperespacio significaba un trabajo que podía durar incluso una semana; y la mayor parte de dicho trabajo era el cálculo más o menos preciso de la «Posición de la Nave» en la escala galáctica de referencia. Esencialmente, esto significaba la minuciosa observación de por lo menos tres estrellas muy espaciadas, cuyas posiciones, con referencia al arbitrario triple cero galáctico, eran conocidas.

Y el quid de la cuestión residía en la palabra «conocidas». Para cualquiera que conozca bien el campo galáctico desde un punto de referencia determinado, las estrellas son tan individuales como las personas. Sin embargo, se saltan diez parsecs y ni siquiera se puede reconocer al propio sol. Incluso puede resultar invisible.

La solución, naturalmente, era el análisis espectroscópico. Durante siglos, el objetivo principal de la ingeniería interestelar había sido el análisis de la «rúbrica de la luz» de más y más estrellas, con siempre mayor detalle. Con esto y con la creciente precisión del propio salto, se adoptaron las rutas ordinarias de viaje a través de la Galaxia, y el viaje interestelar dejó de ser un arte para convertirse en ciencia.

Y, no obstante, incluso en la Fundación y con calculadoras perfeccionadas, además de un nuevo método para observar mecánicamente el campo galáctico en busca de una «rúbrica de luz» conocida, a veces se tardaban días para localizar tres estrellas y calcular seguidamente la posición en regiones que no eran familiares para el piloto.

La Lente había cambiado todo aquello. Por un lado, solamente requería una única estrella conocida. Por otro, incluso un profano en el espacio como Channis podía manejarla.

La estrella de cierto tamaño más cercana por el momento era Vincetori, según los cálculos de salto, y en el centro del mirador se veía ahora una brillante estrella. Channis esperaba que fuese Vincetori.

La pantalla de la Lente fue proyectada directamente junto a la del mirador, y, con dedos cautelosos, Channis tecleó las coordenadas de Vincetori. Cerró un relé, y el campo de estrellas apareció en todo su esplendor. También allí había una brillante estrella en el centro, pero no parecía haber otra relación. Ajustó la Lente sobre el eje Z y extendió el campo hasta que el fotómetro demostró que las dos estrellas centradas eran de idéntico brillo.

Channis buscó una segunda estrella, de considerable brillo, en el mirador, y encontró una que correspondía en la pantalla del campo. Lentamente, hizo girar la pantalla hasta un ángulo similar de deflección. Torció los labios y desechó el resultado con una mueca. De nuevo giró la pantalla y colocó en posición otra estrella brillante, y después una tercera... y entonces sonrió. Ya lo había conseguido. Tal vez un especialista con entrenada percepción de relaciones hubiese acertado al primer intento, pero él se contentaba con tres.

Aquél era el ajuste. En el paso final, los dos campos se superpusieron y se fundieron en un mar confuso. La mayoría de las estrellas eran dobles. Pero el ajuste perfecto no le llevó mucho tiempo. Las estrellas dobles se fundieron en una, permaneció un campo, y la «Posición de la Nave» ya podía leerse directamente en las esferas. Todo el proceso había durado menos de media hora.

Channis encontró a Han Pritcher en su cabina. Era evidente que el general se estaba preparando para acostarse. Alzó la vista.

—¿Hay novedades?

—Nada en especial. Estaremos en Tazenda con otro salto.

—Ya lo sabía.

—No quiero molestarle si desea dormir, pero ¿ha mirado la película que recogimos en Cil?

Han Pritcher dirigió una mirada despreciativa al artículo en cuestión, que se hallaba en su funda negra sobre el estante más bajo.

—Sí.

—¿Y qué opina usted?

—Opino que si alguna vez la historia fue una ciencia, se ha perdido completamente en esta región de la Galaxia.

Channis esbozó una gran sonrisa.

—Sé lo que quiere decir. Más bien estéril, ¿verdad?

—No, si le gustan las crónicas personales de los dirigentes. Probablemente es inexacta, y yo diría que en ambas direcciones. Cuando la historia se ocupa de personalidades, las descripciones son blancas o negras, según los intereses del escritor. Yo lo he encontrado totalmente inútil.

—Pero se habla de Tazenda. Eso es lo que quise demostrarle cuando le di la película. Es la única que he descubierto que se refiera a Tazenda.

—Muy bien. Tienen dirigentes buenos y malos. Han conquistado unos pocos planetas, ganado algunas batallas y perdido otras tantas. No se distinguen en nada. No creo que su teoría sea válida, Channis.

—Pero usted ha pasado por alto algunos puntos. ¿No ha observado que nunca formaron coaliciones? Siempre han permanecido al margen de la política de este Extremo Estelar. Como usted ha dicho, conquistaron algunos planetas, pero entonces se detuvieron, y ello sin haber sufrido ninguna derrota de importancia. Es como si ya se hubieran extendido lo suficiente como para protegerse a sí mismos, pero no lo bastante como para llamar la atención.

—Está bien —fue la indiferente respuesta—. No me opongo a que aterricemos. Lo peor que puede pasar es que perdamos el tiempo.

—¡Oh, no! Lo peor sería una derrota completa, si en efecto es la Segunda Fundación. Recuerde que se trataría de un mundo habitado por quién sabe cuántos Mulos.

—¿Qué piensa usted hacer?

—Aterrizar en un planeta menor, cualquiera de los sometidos. Averiguar todo lo que podamos sobre Tazenda, e improvisar a raíz de nuestras pesquisas.

—Muy bien. No hay objeción. Ahora, si no le importa, me gustaría apagar las luces.

Channis se fue con un ademán de despedida.

Y en la oscuridad de un aposento diminuto, en una isla de metal perdida en la inmensidad del espacio, el general Han Pritcher se mantuvo despierto, continuando los pensamientos que le llevaban a tan fantásticas conclusiones.

Si era cierto todo lo que había meditado tan meticulosamente, y los hechos empezaban a corroborarlo, entonces Tazenda *era* la Segunda Fundación. No había otra salida. Pero ¿cómo? ¿Cómo?

¿*Podía* ser Tazenda? ¿Un mundo ordinario? ¿Un mundo sin distinción? ¿Un arrabal perdido entre las ruinas de un Imperio? ¿Una astilla entre fragmentos? Recordó confusamente el rostro marchito del Mulo y su trémula voz cuando hablaba del psicólogo de la Primera Fundación, Ebling Mis, el hombre que, tal vez, averiguó el secreto de la Segunda.

Pritcher recordó las palabras del Mulo, llenas de tensión: «Era como si el asombro hubiera sobrecogido a Mis. Era como si algo sobre la Segunda Fundación hubiera superado todos sus cálculos, y le hubiese llevado en una dirección completamente distinta de lo que podía haber imaginado. Ojalá yo hubiera leído sus pensamientos y no sus emociones. Pero las emociones eran claras, y la más sobresaliente era la de una enorme sorpresa.»

La sorpresa era la clave. ¡Algo sumamente asombroso! Y ahora había llegado aquel muchacho, aquel jovenzuelo sonriente, que divagaba ilusionado sobre Tazenda y su vulgar subdesarrollo. Y debía tener razón. Debía tenerla. De lo contrario, nada tenía sentido.

El último pensamiento consciente de Pritcher tuvo un matiz sombrío. El hiper-rastreador que había depositado en el tubo etérico seguía estando allí. Lo había comprobado hacía una hora, cuando Channis se hallaba en el otro extremo de la nave.

SEGUNDO INTERLUDIO

Era una reunión casual en la antesala de la Cámara del Consejo, sólo unos momentos antes de pasar a ella, para discutir los asuntos del día, y unas cuantas ideas fueron intercambiadas con rapidez.

—De manera que el Mulo está en camino.

—Eso he oído yo también. ¡Arriesgado! ¡Considerablemente arriesgado!

—No si los acontecimientos se ajustan a las funciones establecidas.

—El Mulo no es un hombre corriente... y es casi imposible manipular a sus instrumentos elegidos sin que lo detecte. Las mentes controladas son muy difíciles de penetrar. Dicen que ya se ha dado cuenta de algunos casos.

—Sí, pero no creo que esto se pueda evitar.

—Las mentes incontroladas son más fáciles. Pero hay tan pocas que tengan autoridad bajo su mando...

Entraron en la Cámara. Otros les siguieron.

3. DOS HOMBRES
Y UN CAMPESINO

Rossem era uno de esos mundos marginales generalmente olvidados por la historia galáctica y que apenas son advertidos por los hombres de los millones de
planetas más afortunados.

En los últimos días del Imperio Galáctico, unos
cuantos prisioneros políticos habían ocupado sus desiertos, mientras que un observatorio y una pequeña guar-
nición naval servían para que no fuese dicho que estaba
abandonado. Más tarde, en la triste época de las guerras,
anterior a la de Hari Seldon, los hombres de naturaleza
más débil, cansados de las continuas décadas de inseguridad y peligro, huyendo de planetas saqueados y de una
fantasmal sucesión de emperadores efímeros que vestían
la Púrpura por unos cuantos años desgraciados e im-
productivos, huyeron de los centros poblados y buscaron refugio en los rincones desolados de la Galaxia.

A lo largo de los glaciales desiertos de Rossem se
apiñaban algunos pueblos. Su sol era un miserable glo-
bo rojizo que concentraba su escaso calor en sí mismo,
mientras la nieve caía en finos copos durante nueve

meses del año. El resistente grano nativo dormía en la tierra durante la temporada de nieve, y luego crecía y maduraba a frenética velocidad cuando la tímida radiación solar hacía subir la temperatura a casi diez grados.

Pequeños animales, parecidos a cabras, triscaban en los prados, apartando la nieve con sus minúsculos cascos de tres pezuñas.

Los hombres de Rossem tenían, de esta forma, pan y leche, y, cuando podían permitirse el lujo de sacrificar a un animal, incluso carne. Los tenebrosos bosques que cubrían la mitad de la región ecuatorial del planeta suministraban una madera dura y de fina contextura para la construcción. Esta madera, ciertos minerales y algunas pieles eran lo bastante valiosos como para ser exportados, y periódicamente llegaban las naves del Imperio trayendo a cambio maquinaria agrícola, radiadores atómicos e incluso aparatos de televisión. Estos últimos no eran realmente algo incongruente, pues el largo invierno imponía al campesino un prolongado descanso.

La historia pasaba de largo a los campesinos de Rossem. Las naves comerciales podían llevar noticias a grandes intervalos; ocasionalmente llegaban nuevos fugitivos —una vez apareció un grupo relativamente numeroso, que se estableció—, y éstos solían traer noticias de la Galaxia.

Era entonces cuando los rossemitas se enteraban de encarnizadas batallas y poblaciones diezmadas, u oían hablar de emperadores tiránicos y virreyes rebeldes. Y suspiraban, meneando la cabeza, y se ajustaban los cuellos de piel alrededor de sus rostros barbudos mientras escuchaban, sentados en círculo en la plaza del pueblo, tomando el mortecino sol y filosofando sobre la maldad de los hombres.

Después hubo un tiempo en que no llegó ninguna nave comercial, y la existencia se hizo más precaria. Se detuvo el suministro de exquisitos alimentos extranjeros, de tabaco y de maquinaria. Vagas noticias difundidas por televisión les informaron de acontecimientos cada vez más inquietantes. Y finalmente se supo que Trántor había sido saqueado. El gran mundo que era capital de toda la Galaxia, el espléndido, inasequible, histórico e incomparable hogar de emperadores, había sido objeto de pillaje y reducido a escombros.

Era algo inconcebible, y muchos de los campesinos de Rossem, mientras trabajaban arduamente la tierra, creyeron que el fin de la Galaxia estaba próximo.

Y entonces, un día que en nada se diferenciaba de los demás, aterrizó una nave. Los Ancianos de cada pueblo movieron sabiamente la cabeza, abrieron sus cansados párpados y murmuraron que lo mismo había ocurrido en tiempos de sus padres... Pero no era exactamente lo mismo.

Aquella nave no era una nave imperial. En su proa faltaba la resplandeciente Astronave-y-Sol del Imperio. Era un cacharro desvencijado, hecho con restos de naves más viejas, y los hombres que bajaron de él se llamaban a sí mismos «soldados de Tazenda».

Los campesinos estaban confundidos. No habían oído hablar de Tazenda, pero, no obstante, acogieron a los soldados con su tradicional hospitalidad. Los recién llegados interrogaron a los rossemitas sobre la naturaleza del planeta, la cantidad de habitantes, el número de sus ciudades —una palabra que los campesinos interpretaron como «pueblos», originando una confusión general—, su tipo de economía y cosas por el estilo.

Llegaron otras naves y por todo el planeta fue proclamado que en aquellos momentos Tazenda era el mundo dirigente, que se establecerían estaciones recaudadoras de impuestos a lo largo de la línea ecuatorial —la región habitada— y que se recogerían anualmente porcentajes de grano y pieles según ciertas fórmulas numéricas.

Los rossemitas parpadearon indecisos, extrañados sobre el significado de la palabra «impuestos». Cuando llegó el momento de la recaudación, muchos pagaron, mientras contemplaban llenos de confusión cómo los uniformados habitantes de otro mundo cargaban el maíz cosechado y las pieles en grandes camiones de superficie.

Aquí y allí, indignados campesinos formaron bandas y sacaron las antiguas armas de caza, pero nunca llegaron a usarlas. Se disolvieron a regañadientes cuando vinieron los hombres de Tazenda, y comprobaron con desaliento que su dura lucha por la existencia se había hecho todavía más dura.

Pero alcanzaron un nuevo equilibrio. El gobernador tazendiano vivía en el pueblo de Gentri, al que los rossemitas tenían prohibida la entrada. Él y sus funcionarios eran extraños seres de otro mundo que raramente se inmiscuían en los asuntos de los rossemitas. Los recaudadores de impuestos, rossemitas al servicio de Tazenda, venían periódicamente, pero ahora ya formaban parte de la costumbre: el campesino había aprendido a ocultar su grano, a conducir su ganado al bosque y a procurar que su choza no pareciese ostentosamente próspera. Entonces, con expresión torpe y ausente, contestaba a todos los interrogatorios referentes a sus bienes con un vago gesto que abarcaba todo lo que estaba a la vista.

Incluso aquello fue desapareciendo, y los impuestos disminuyeron, casi como si Tazenda se hubiera cansado de extraer algún bien de un mundo semejante.

El comercio se animó, y tal vez Tazenda encontró aquello más provechoso. Los hombres de Rossem ya no recibían a cambio las refinadas creaciones del Imperio, pero incluso las máquinas y los alimentos tazendianos eran mejores que los productos nativos. Y conseguían para las mujeres telas que no eran el gris tejido casero, lo cual era algo muy importante.

Así, una vez más, la historia pasó de largo pacíficamente, y los campesinos siguieron trabajando con ardor la casi estéril tierra.

Narovi sopló sobre su barba mientras salía de la choza. Las primeras nieves humedecían la tierra dura, y el cielo estaba casi totalmente cubierto de nubes rojizas. Miró cuidadosamente hacia arriba, haciendo guiños, y decidió que no se aproximaba ninguna tormenta. Podría viajar a Gentri sin grandes problemas y deshacerse del grano sobrante a cambio de las suficientes latas de comida como para pasar el invierno.

Volviéndose hacia la puerta, la abrió un poco para gritar:

—¡Eh, muchacho! ¿Has puesto combustible al coche?

En el interior sonó una voz, y entonces salió el hijo mayor de Narovi, cuya corta barba rojiza aún estaba escasamente poblada.

—El coche tiene ya combustible y marcha bien —contestó hoscamente—, pero los ejes están en malas condiciones. De eso no tengo la culpa. Ya te dije que necesita una buena reparación.

El anciano dio un paso atrás y observó a su hijo con el ceño fruncido; seguidamente sacó adelante la barbilla:

—¿Acaso es mía la culpa? ¿Dónde y de qué modo puedo conseguir una buena reparación? ¿No ha sido la cosecha insuficiente durante cinco años? ¿Han escapado mis rebaños a la peste? ¿Han volado las pieles por sí solas?

—¡Narovi! —La voz familiar que gritó desde dentro le detuvo en su perorata.

Gruñó:

—Bueno, bueno..., ahora tu madre quiere meterse en los asuntos de padre e hijo. Saca el coche y asegúrate de que los remolques de mercancías estén bien sujetos.

Dio unas palmadas con las manos enguantadas y volvió a mirar hacia arriba. Las nubes eran más densas y por el cielo gris que asomaba entre los nubarrones apenas si llegaba calor. El sol estaba oculto.

Ya iba a desviar la vista cuando sus ojos se quedaron inmóviles, y su dedo índice señaló casi automáticamente hacia las nubes, mientras abría la boca para gritar, olvidándose del aire glacial.

—¡Mujer! —llamó vigorosamente—, vieja, ven aquí.

Un rostro indignado apareció en una ventana. Los ojos de la mujer siguieron la dirección que indicaba el dedo y se abrieron desmesuradamente. Con una exclamación bajó de un salto los escalones de madera, agarrando en su camino un viejo chal y un pañuelo de hilo. Salió con este último en la cabeza, atado a toda prisa, y el chal echado sobre los hombros. Exclamó:

—Es una nave del espacio exterior.

Y Narovi observó con impaciencia:

—¿Qué otra cosa podía ser? ¡Tenemos visita, vieja, tenemos visita!

La nave descendía lentamente en dirección a un campo helado que estaba en la porción septentrional de la granja de Narovi.

—Pero ¿qué haremos? —murmuró la mujer—. ¿Podemos ofrecer hospitalidad a esa gente? ¿Acaso está bien que pisen la suciedad de nuestra choza y coman las sobras de la tarta que hice la semana pasada?

—¿Prefieres que vayan a casa de nuestros vecinos?

Narovi enrojeció por encima del rubor provocado

por el frío, y sus brazos, cubiertos por pieles, agarraron los robustos hombros de la mujer.

—Esposa de mi alma —susurró—, bajarás las dos sillas de nuestro dormitorio; matarás una cría bien cebada y cocerás un buen pastel. Yo me voy ahora a saludar a esos hombres poderosos del espacio exterior... y... y... —Hizo una pausa, se encasquetó la gorra y continuó en tono vacilante—: Sí, traeré también mi jarra de mosto fermentado. Es agradable una bebida fuerte.

La boca de la mujer se movió inútilmente durante aquel discurso. No pudo pronunciar palabra. Y cuando se sobrepuso un poco, sólo emitió sonidos incoherentes. Narovi levantó un dedo.

—Vieja, ¿qué dijeron los Ancianos del pueblo hace una semana? ¿Eh? Ejercita tu memoria. Los Ancianos fueron de granja en granja... ¡ellos, en persona! ¡Imagínate la importancia que tenía el asunto! Vinieron a pedirnos que si aterrizaban naves del espacio exterior les informásemos inmediatamente, *por orden del gobernador*. ¿Y ahora no voy a aprovechar la oportunidad de granjearme el favor de los hombres poderosos? Contempla esa nave. ¿Has visto alguna vez algo parecido? Esos hombres de los mundos exteriores son ricos e ilustres. El propio gobernador envía tan urgentes mensajes en relación con ellos que los Ancianos se ven obligados a ir de granja en granja en pleno invierno. Tal vez ya esté circulando por todo Rossem el mensaje de que estos hombres son grandemente deseados por los Señores de Tazenda... y están aterrizando en *mi* granja.

Casi se puso a saltar de ansiedad.

—Ahora les ofreceremos la debida hospitalidad... mi nombre será mencionado al gobernador... ¿y qué será lo que no podamos conseguir?

Su esposa advirtió de pronto que el frío glacial le llegaba al cuerpo a través de su ropa de estar por casa.

Corrió hacia la puerta, gritando por encima del hombro:

—Pues vete enseguida.

Pero habló a un hombre que ya estaba corriendo a toda velocidad hacia el punto de su granja sobre el que aterrizaba la nave.

Ni el frío de aquel mundo ni sus espacios desolados arredraron al general Han Pritcher, como tampoco lo hicieron la pobreza de los alrededores y el sudoroso campesino que les acompañaba hacia la choza.

Sólo le preocupaba la cuestión de cuál sería la táctica más sabia. Él y Channis estaban solos allí.

La nave, que habían dejado en el espacio, estaría sin novedad en circunstancias corrientes, pero, a pesar de ello, se sentía inseguro. Era Channis, por supuesto, el responsable de aquella acción. Miró hacia el joven y le sorprendió atisbando con expresión pícara a la mujer, que con la boca abierta y ojos curiosos apareció momentáneamente tras la cortina de pieles que dividía la habitación.

En cambio, Channis parecía estar completamente a sus anchas, y Pritcher saboreó este hecho con agria satisfacción. Su juego no se desarrollaría exactamente de acuerdo con sus deseos.

Los receptores-emisores de ultraondas que llevaban en la muñeca constituían su única conexión con la nave.

Y entonces el campesino, que era su anfitrión, sonrió de oreja a oreja, inclinó la cabeza varias veces y dijo con voz servil y respetuosa:

—Nobles Señores, les pido permiso para decirles que mi hijo mayor, un muchacho bueno y listo a quien mi pobreza me impide educar, me ha informado de que los Ancianos llegarán pronto. Espero que su estancia aquí sea agradable, pese a mis humildes medios, ya que soy un campesino pobre aunque trabajador, honrado y obediente.

—¿Ancianos? —repitió Channis en tono ligero—. ¿Son los jefes de esta región?

—Así es, Nobles Señores, y todos ellos son hombres dignos y honestos, pues nuestro pueblo es conocido en Rossem como un lugar justo y respetable, aunque la vida es dura y los productos de campos y bosques, escasos. Tal vez mencionarán ustedes a los Ancianos, Nobles Señores, el respeto que muestro hacia los viajeros, y es posible que ellos soliciten un camión nuevo para nuestra granja, porque el viejo apenas se arrastra y de él depende nuestro sustento.

Parecía humildemente ansioso, y Han Pritcher asintió con la altiva condescendencia que convenía al título de «Nobles Señores» que les era conferido.

—Un informe de su hospitalidad llegará a oídos de los Ancianos.

Pritcher eligió los primeros momentos de soledad para hablar al aparentemente soñoliento Channis.

—No me gusta demasiado esta reunión con los Ancianos —dijo—. ¿Qué piensa usted al respecto?

Channis pareció sorprendido.

—Nada. ¿Qué le preocupa?

—Creo que tenemos cosas mejores que hacer que llamar la atención en este lugar.

Channis habló apresuradamente, en voz baja:

—Puede ser necesario el hecho de que nos arriesguemos a llamar la atención. No podemos encontrar a los hombres que buscamos, Pritcher, escondiendo la cabeza bajo el ala. Quienes gobiernan por medio de trucos mentales no han de ser necesariamente los que ostenten el poder. En primer lugar, es probable que los psicólogos de la Segunda Fundación sean una pequeña minoría de la población total, del mismo modo que en su propia Primera Fundación los técnicos y científicos eran unos pocos. Los habitantes corrientes son seguramente sólo eso: muy corrientes. Es posible incluso que los psicólogos se mantengan ocultos y que los hombres que ejercen el poder crean sinceramente que son los verdaderos jefes. La solución de nuestro problema puede encontrarse aquí, en los hielos de este planeta.

—No comprendo una palabra de todo esto.

—Pues resulta bastante fácil. Tazenda es, probablemente, un mundo enorme, poblado por miles de millones de seres. ¿Cómo podríamos identificar a los psicólogos entre ellos y comunicar al Mulo que hemos encontrado la Segunda Fundación? Pero aquí, en este planeta subordinado, en este diminuto mundo de campesinos, todos los dirigentes tazendianos están concentrados, según nos ha dicho nuestro anfitrión, en el único pueblo importante: Gentri. En él deben vivir solamente unos centenares de ellos, Pritcher, y entre ellos *tiene* que haber uno o dos hombres de la Segunda Fundación. Nos dirigiremos allí eventualmente, pero veamos primero a los Ancianos. Es un paso lógico en el camino.

Se apartaron uno de otro cuando el campesino irrumpió de nuevo en la estancia dando evidentes muestras de agitación.

—Nobles Señores, ya llegan los Ancianos. Les suplico una vez más que mencionen algo en mi favor...

Casi tocó el suelo en su reverencia, en un paroxismo de humildad.

—Le aseguro que nos acordaremos de usted —dijo Channis—. ¿Son éstos sus Ancianos?

Al parecer, lo eran. Se trataba de tres hombres.

Uno de ellos se acercó, se inclinó con noble respeto y dijo:

—Es un honor para nosotros. Respetados señores, disponemos de un medio de transporte y esperamos poder gozar del placer de su compañía en nuestra Sala de Reuniones.

TERCER INTERLUDIO

El Primer Orador contempló pensativamente el cielo nocturno. Nubes alargadas flotaban entre el débil fulgor de las estrellas. El espacio parecía activamente hostil. Era frío y terrible en sus mejores momentos, pero en aquellos instantes contenía a un extraño ser, el Mulo, y aquel contenido parecía oscurecerlo con su maligna amenaza.

La reunión había terminado. No había durado mucho. Se plantearon las dudas y preguntas inspiradas por el difícil problema matemático de tratar con un mutante mental de características inciertas. Debían ser consideradas todas las permutaciones extremas.

¿Estaban, aun así, en lo cierto? En alguna parte de aquella región del espacio, a una distancia accesible, teniendo en cuenta la densidad de los espacios galácticos, se encontraba el Mulo. ¿Qué se proponía hacer?

Era bastante fácil manejar a sus hombres. Estos reaccionaban —y estaban reaccionando— de acuerdo con el Plan.

Pero ¿qué haría el propio Mulo?

4. DOS HOMBRES
Y LOS ANCIANOS

Los Ancianos de aquella región particular de Rossem no eran exactamente como uno los hubiera imaginado. No eran una mera extrapolación de la clase campesina, más viejos, más autoritarios, menos amables.

Nada de eso.

La dignidad que les distinguió en el primer encuentro fue incrementándose hasta dar la impresión de ser su característica predominante.

Se sentaron alrededor de la mesa ovalada como pensadores graves y de movimientos lentos. La mayoría había llegado a la senectud. Los pocos que lucían barba la llevaban corta y bien cuidada. Algunos parecían tener menos de cuarenta años, lo cual ponía de manifiesto que el título de «Ancianos» era más un término respetuoso que una descripción literal de su edad.

Los dos hombres llegados del espacio exterior se sentaron a un extremo de la mesa, y durante el solemne silencio que acompañó a la frugal comida, más ceremoniosa que nutritiva, se dedicaron a observar los contrastes de aquel nuevo ambiente.

Después de la comida y de una o dos respetuosas indicaciones —demasiado cortas y sencillas para ser calificadas de discursos— por parte de los Ancianos que al parecer gozaban de mayor estima, en la asamblea reinó cierta informalidad.

Fue como si la dignidad de saludar a personajes extranjeros hubiera cedido el paso a las amables y rústicas cualidades de la curiosidad y el compañerismo.

Rodearon a los dos extranjeros y les acribillaron a preguntas.

Preguntaron si era difícil manejar una astronave, cuántos hombres se requerían para hacerlo, si era posible fabricar mejores motores para sus coches de superficie, si era cierto que raramente nevaba en otros planetas, como se decía que era el caso de Tazenda, cuántos habitantes tenía su mundo, si era grande como Tazenda, si estaba lejos, cómo tejían sus ropas y qué les prestaba aquel brillo metálico, por qué no llevaban pieles; si se afeitaban todos los días, qué clase de piedra era la que había engarzada en el anillo de Pritcher... La lista parecía no tener fin.

Y casi siempre las preguntas iban dirigidas a Pritcher, como si, por el hecho de ser el de más edad, le confiriesen automáticamente una mayor autoridad. Pritcher se vio obligado a contestar cada vez con mayor detalle. Era como sumergirse entre un grupo de niños. Las preguntas tenían una total y desarmante ingenuidad. Su ansiedad de saber era completamente irresistible.

Pritcher explicó que las astronaves no eran difíciles de manejar y que la tripulación variaba de uno a varios miembros, según el tamaño; que desconocía los detalles de los motores de sus coches, pero que sin duda podrían perfeccionarse; que los climas de los planetas eran tremendamente diversos; que en su mundo vivían muchos centenares de millones, pero que era mucho más pequeño e insignificante que el gran imperio de Tazenda; que sus ropas estaban tejidas a base de silicona y el brillo metálico se conseguía artificialmente por medio de una orientación apropiada de las moléculas de la superficie; y que producían un calor artificial, por lo que las pieles eran innecesarias; que se afeitaban todos los días; que la piedra de su anillo era una amatista. Contra su voluntad, sintió que aquellos ingenuos provincianos le inspiraban simpatía.

A cada respuesta que daba, los Ancianos intercambiaban rápidos comentarios, debatiendo la información recibida. Era difícil seguir aquellas discusiones porque hablaban la lengua universal galáctica con un acento propio, y debido a su largo aislamiento de las corrientes modernas, sus formas se habían convertido en arcaicas.

Casi se habría podido decir que sus breves comentarios se aproximaban al borde de la comprensión, pero de algún modo eludían la interpretación exacta de su significado.

Hasta que, finalmente, Channis les interrumpió para decir:

—Bondadosos señores, ahora tendrán que responder ustedes a nuestras preguntas, porque somos extranjeros y nos interesaría mucho saber todo lo posible sobre Tazenda.

Entonces se produjo un gran silencio, y cada uno de los hasta entonces locuaces Ancianos cayó en el mutismo. Sus manos, que se habían movido rápida y delicadamente mientras hablaban, como si con ello quisieran dar más matices a su interrogatorio, se quedaron inmóviles de improviso. Se miraron furtivamente unos a otros, al parecer deseando cada uno de ellos que fuese otro quien hablara.

Pritcher intervino con rapidez:

—Mi compañero lo ha preguntado de buena fe, porque la fama de Tazenda se extiende por toda la Galaxia y nosotros, naturalmente, informaremos al gobernador de la lealtad y la devoción de los Ancianos de Rossem.

No se oyó ningún suspiro de alivio, pero los rostros se animaron un poco. Un Anciano acarició su barba con el pulgar y el índice, la estiró con una ligera presión y dijo:

—Somos los servidores de los Señores de Tazenda.

El enojo de Pritcher por la inoportuna pregunta de Channis se disipó. Al menos era evidente que la edad, que parecía pesarle en los últimos tiempos, no le había deteriorado su capacidad de suavizar las faltas cometidas por los demás.

Continuó:

—En nuestra lejana parte del universo no sabemos gran cosa de la historia de los Señores de Tazenda. Suponemos que han gobernado estos mundos con benevolencia durante mucho tiempo.

Contestó el mismo Anciano que había hablado antes. De un modo automático se había convertido en el portavoz del grupo. Explicó:

—Ni el abuelo del más anciano puede recordar un tiempo en que los Señores estuvieran ausentes.

—¿Siempre ha reinado la paz?

—¡Siempre! —Vaciló—. El gobernador es un Señor fuerte y poderoso que no titubearía en castigar a los traidores. Ninguno de nosotros lo somos, naturalmente.

—Me imagino que en el pasado habrá castigado a algunos, si se lo merecían.

Una nueva vacilación.

—Aquí no hay traidores, ni los ha habido nunca. Pero no es así en otros mundos, donde la traición ha sido castigada con la muerte. No es bueno pensar en ello, pues nosotros somos hombres humildes y pobres labradores que no tenemos nada que ver con cuestiones de política.

La ansiedad de su voz y la común preocupación en los ojos de todos ellos resultaban evidentes.

Pritcher preguntó con suavidad:

—¿Podría informarnos de cómo hay que solicitar una audiencia con su gobernador?

Instantáneamente, un elemento de repentina perplejidad se adueñó de la situación.

Tras una larga pausa, el anciano dijo:

—Cómo, ¿no lo sabían? El gobernador vendrá aquí mañana. Les estaba esperando. Ha sido un gran honor para nosotros. Esperamos..., esperamos ansiosamente que le hablarán de nuestra lealtad hacia él.

Pritcher esbozó una vaga sonrisa.

—¿Nos esperaba?

El Anciano les miró con extrañeza.

—Claro..., hace ya una semana que les estamos esperando.

Su alojamiento era, sin duda alguna, lujoso para aquel mundo. Pritcher había vivido en lugares peores. Channis sólo demostraba indiferencia hacia lo que le rodeaba.

Pero entre ambos había un elemento de tensión distinto del que había existido hasta entonces. Pritcher sentía que se aproximaba el momento de tomar una decisión definitiva, y, sin embargo, era aconsejable seguir esperando. Ver primero al gobernador significaba ampliar el juego a dimensiones peligrosas, pero, por otra parte, ganar aquella partida podía multiplicar las ganancias. Sintió una oleada de irritación ante el ceño ligeramente fruncido de Channis, ante la delicada incertidumbre con que el joven se mordía el labio inferior. Detestaba aquella inútil comedia y deseaba ponerle fin. Dijo:

—Parece que se nos han adelantado.

—Sí —fue la lacónica respuesta de Channis.

—¿Sólo eso? ¿No tiene ninguna contribución de mayor alcance que hacer? Venimos aquí y nos encontramos con que el gobernador nos esperaba. Es posible que el gobernador nos comunique que somos esperados en el propio Tazenda. ¿Qué valor tiene, entonces, toda nuestra misión?

Channis le miró y repuso, sin tratar de ocultar el tono cansado de su voz:

—Esperarnos es una cosa; saber quiénes somos y para qué hemos venido, es otra.

—¿Se imagina que podrá callarlo ante los hombres de la Segunda Fundación?

—Quizá. ¿Por qué no? ¿Pondría usted su mano en el fuego por eso? Suponga que nuestra nave fue detectada en el espacio. ¿Acaso es extraño que un mundo mantenga puestos de observación fronterizos? Aunque fuéramos extranjeros corrientes, despertaríamos su interés.

—¿El interés suficiente como para que un gobernador venga a vernos en lugar de ir nosotros a verle a él?

Channis se encogió de hombros.

—Tendremos que ocuparnos de este problema más tarde. Veamos primero qué clase de hombre es el gobernador.

Pritcher enseñó los dientes mientras reía de forma forzada. La situación se estaba volviendo ridícula. Channis prosiguió con extraña animación:

—Al menos sabemos una cosa: Tazenda es la Segunda Fundación, o un millón de pequeños indicios apuntan unánimemente hacia la dirección equivocada. ¿Cómo interpreta usted el evidente terror que inspira Tazenda a estos nativos? No veo signos de dominación política. Al parecer, sus grupos de Ancianos se reúnen libremente y sin ninguna clase de interferencia. Los impuestos de que hablan no se me antojan muy altos ni que se recauden con gran severidad. Los nativos hablan mucho de su pobreza, pero parecen fuertes y bien alimentados. Las casas son humildes, así como los pueblos, pero adecuados para sus fines. De hecho, este mundo me fascina. Nunca había visto ningún otro tan inhóspito, pero estoy convencido de que la población no sufre y de que en sus vidas sin complicaciones hay una felicidad equilibrada de la que carecen las sofisticadas poblaciones de los centros más avanzados.

—¿De modo que es usted un admirador de las virtudes campesinas?

—Las estrellas no lo permitan. —A Channis pareció divertirle la idea—. Sólo estoy señalando la importancia de todo esto. Da la impresión de que Tazenda administra con eficiencia, y digo eficiencia en un sentido muy diferente de la del antiguo Imperio o la Primera Fundación, o incluso de nuestra propia Unión. Todas ellas han hecho gala de una eficiencia mecánica, reflejada en valores más tangibles. Tazenda aporta felicidad y suficiencia. ¿No ve usted que toda la orientación de su dominio es diferente? No es física, sino psicológica.

—¿De veras? —Pritcher se permitió un tono irónico—. ¿Y el terror con que los Ancianos hablaron del castigo impuesto a la traición por los bondadosos administradores psicólogos? ¿Acaso apoya eso su tesis?

—¿Fueron ellos objeto del castigo? Sólo hablaron del castigo de los demás, como si el conocimiento del citado castigo hubiera sido tan bien implantado en ellos que nunca necesita ser impuesto. Las actitudes mentales adecuadas están tan asentadas en sus mentes que estoy seguro de que no hay en este planeta ni un solo soldado tazendiano. ¿No se ha dado cuenta de todo esto?

—Tal vez me la dé —repuso fríamente Pritcher— cuando vea al gobernador. A propósito, ¿y si manipulan *nuestras* mentes?

Channis replicó con brutal desprecio:

—Usted ya debería estar acostumbrado a ello.

Pritcher palideció perceptiblemente, y, con visible esfuerzo, dio media vuelta. Aquel día no volvieron a hablarse.

En el frío glacial de la noche silenciosa y sin viento, mientras escuchaba la respiración acompasada de su compañero, Pritcher ajustó su transmisor de muñeca a la región de ultraondas que era inaccesible para Channis, y con pequeños toques de la uña se puso en contacto con la nave.

La respuesta llegó en breves períodos de tan inaudible vibración que apenas asomaba al umbral de los sentidos.

Por dos veces, Pritcher preguntó:

—¿Ninguna comunicación todavía?

Por dos veces llegó la respuesta:

—Ninguna. Seguimos esperando.

Saltó de la cama. En la habitación hacía frío. Se envolvió bien con la manta de piel y se sentó a contemplar las numerosísimas estrellas, que eran tan diferentes en su fulgor y en la complejidad de su disposición a la monótona bruma de la lente galáctica que dominaba el firmamento nocturno de su periferia nativa.

En alguna parte entre aquellas estrellas se hallaba la respuesta a las complicaciones que le atormentaban, y sintió un gran deseo de que llegara aquella solución y terminara todo el asunto.

Por un momento volvió a preguntarse si el Mulo tendría razón, si la Conversión le habría privado de su firme y aguda confianza en sí mismo. ¿O sería simplemente la edad y las fluctuaciones de aquellos últimos años?

No le importaba demasiado.

Estaba cansado.

El gobernador de Rossem llegó con escasa ostentación. Su único séquito era el hombre uniformado que conducía el coche de superficie.

El vehículo era de lujoso diseño, pero Pritcher lo encontró poco práctico. Giraba con torpeza, y más de una vez pareció encabritarse ante un cambio de marcha demasiado rápido. Por su diseño se deducía en seguida que funcionaba con combustible químico y no con atómico.

El gobernador tazendiano pisó con suavidad la fina capa de nieve y avanzó entre dos hileras de respetuosos Ancianos. No les miró, sino que entró rápidamente, y ellos le siguieron.

Desde el alojamiento que se les había asignado, los dos hombres de la Unión contemplaron la escena. El gobernador era corpulento, macizo, bajo y de aspecto vulgar.

Pero ¿qué importaba aquello?

Pritcher se maldijo a sí mismo por su nerviosismo. No se traslucía en su rostro, que continuaba impasible, por lo que no sufría ninguna humillación ante Channis, pero sabía muy bien que su presión sanguínea había subido y notaba que tenía la garganta seca.

No era un caso de temor físico. Pritcher no se contaba entre aquellos hombres obtusos y carentes de imaginación a los que su estupidez impedía sentir miedo, pero podía hacer frente al citado temor.

Aquello era algo diferente. Era el otro temor.

Echó una rápida ojeada a Channis. El joven se estaba contemplando las uñas de una mano y se pulía ociosamente alguna irregularidad.

Algo en el interior de Pritcher bulló de indignación. ¿Qué podía temer Channis de la manipulación mental?

Pritcher trató de recordar. Recordar cómo era antes de que el Mulo convirtiera al empedernido demócrata que creía haber sido. Era difícil hacerlo; no podía localizarse mentalmente. No podía romper los alambres que le unían emocionalmente al Mulo. Con gran esfuerzo pudo recordar que una vez había intentado asesinar al Mulo, pero por más que se esforzó no pudo reconstruir sus emociones de entonces. Tal vez se lo impedía el instinto de conservación de su propia mente, porque sólo la idea intuitiva de lo que pudieron ser aquellas emociones —sin comprender los detalles, sino meramente su tendencia—, le revolvía el estómago.

¿Y si el gobernador hurgaba en su mente?

¿Y si los insustanciales tentáculos mentales de un hombre de la Segunda Fundación se insinuaban en las grietas emocionales de su cerebro y se quedaban en ellas...?

No hubo ninguna sensación la primera vez, ni dolor, ni sacudida mental..., ni siquiera una impresión de discontinuidad. Siempre había querido al Mulo. Si existió un tiempo con anterioridad —cinco años atrás, por ejemplo— en que pensó que no le quería, que le odiaba, fue sólo una espantosa ilusión, y la idea de aquella ilusión le avergonzaba.

Pero no hubo ningún dolor.

¿Le ocurriría lo mismo cuando viera al gobernador? ¿Acaso todo lo sucedido hasta entonces, todo su servicio al Mulo, toda la orientación de su vida, se transformaría en un momento en el confuso sueño de otra vida contenido en la palabra democracia? ¿Sería el Mulo sólo un sueño y su lealtad exclusivamente para Tazenda...?

Se volvió en redondo de improviso, con un fuerte deseo de vomitar.

Y entonces la voz de Channis resonó en su oído:

—Creo que ya llega, general.

Pritcher se volvió de nuevo. Un Anciano había abierto la puerta sin ruido y se hallaba en el umbral, tranquilo y respetuoso.

—Su Excelencia, el gobernador de Rossem, en nombre de los señores de Tazenda, se complace en otorgar el permiso para una audiencia y solicita su presencia ante él.

—Aceptado —murmuró Channis, apretándose el cinturón y ajustando una capucha rossemiana sobre su cabeza.

Pritcher juntó las mandíbulas. Aquél era el inicio del verdadero juego.

El aspecto del gobernador de Rossem no tenía nada de formidable. En primer lugar, llevaba la cabeza descubierta, y sus escasos cabellos, de un castaño claro con hebras grises, le prestaban un aire benévolo. Sus ojos, rodeados de arrugas, parecían calculadores, pero su mentón recién afeitado era pequeño, y, según la Convención Universal de los seguidores de la seudociencia que consiste en leer el carácter en la estructura ósea del rostro, parecía del tipo «débil».

Pritcher evitó los ojos y contempló el mentón. Ignoraba si aquello sería efectivo, o si había algo que pudiera serlo.

La voz del gobernador, estridente, dijo con indiferencia:

—Bien venidos a Rossem. Os saludamos en paz. ¿Habéis comido?

Su mano, de dedos largos y venas abultadas, hizo un gesto casi real sobre la mesa en forma de U.

Se inclinaron y se sentaron. El gobernador ocupaba el lado exterior de la base de la U y ellos el interior, mientras los Ancianos formaban dos hileras a lo largo de ambos brazos.

El gobernador habló con frases cortas y abruptas, alabando la comida, importada de Tazenda —que realmente era distinta, y mucho mejor que la tosca comida de los Ancianos—, criticando el clima de Rossem y refiriéndose en tono casual a las complicaciones de los viajes espaciales.

Channis habló un poco; Pritcher no pronunció palabra.

Cuando hubieron terminado las pequeñas frutas confitadas el gobernador se apoyó en el respaldo de su asiento. Sus pequeños ojos lanzaban chispas:

—He indagado acerca de vuestra nave. Naturalmente, quiero asegurarme de que reciba la atención y los cuidados debidos. Tengo entendido que se desconoce su paradero.

—Es cierto —respondió Channis en tono despreocupado—, la hemos dejado en el espacio. Es una nave grande, apropiada para largos viajes por regiones a veces hostiles, y pensamos que aterrizando aquí podíamos inspirar dudas acerca de nuestras pacíficas intenciones. Preferimos aterrizar solos y desarmados.

—Un acto amistoso —comentó el gobernador sin convicción—. ¿Una nave grande, has dicho?

—No es una nave de guerra, Excelencia.

—Hummm. ¿De dónde procedéis?

—De un mundo pequeño situado en el sector de Santanni, Excelencia. Tal vez usted no conoce su existencia, ya que carece de importancia. Estamos interesados en establecer relaciones comerciales.

—Comerciales, ¿eh? ¿Y qué es lo que vendéis?

—Maquinaria de toda clase, Excelencia. A cambio desearíamos alimentos, madera, metales...

—Hummmm. —El gobernador parecía recelar—. Entiendo poco de estas cuestiones. Quizá podamos llegar a un acuerdo después de que yo haya revisado con calma vuestras credenciales, pues comprenderéis que mi Gobierno exigirá una información para proceder al estudio de la cuestión. Cuando yo haya examinado vuestra nave será conveniente que os dirijáis a Tazenda.

No hubo respuesta, y la actitud del gobernador se enfrió considerablemente.

—Pero, ante todo, es necesario que yo vea vuestra nave.

Channis dijo con tono distante:

—Por desgracia, la nave está siendo reparada en estos momentos. Si Su Excelencia accede a esperar cuarenta y ocho horas, podremos complacerle.

—No estoy acostumbrado a esperar.

Por primera vez, la mirada de Pritcher se encontró con la del gobernador, frente a frente, y el general se quedó sin aliento. Durante un instante tuvo la impresión de que se ahogaba, pero en seguida pudo desviar la vista.

Channis no cedió.

—La nave no puede tomar tierra hasta dentro de cuarenta y ocho horas, Excelencia. Nosotros estamos aquí, y desarmados. ¿Se puede dudar de nuestras buenas intenciones?

Hubo un largo silencio, y entonces el gobernador contestó con un gruñido:

—Habladme del mundo del que procedéis.

Eso fue todo. Así terminó. Ya no se pronunciaron más palabras desagradables. El gobernador, después de cumplir con su deber oficial, pareció perder interés, y la audiencia acabó en un silencio de tedio.

Y cuando *todo* hubo terminado, Pritcher se encontró de nuevo en su alojamiento y se examinó a sí mismo.

Cuidadosamente, conteniendo el aliento, rebuscó en sus emociones. Concluyó que no había ninguna diferencia, pero ¿acaso *podía* sentirla? ¿Se había sentido diferente después de la Conversión del Mulo? ¿No le había parecido todo muy natural, como tenía que ser?

Realizó un experimento.

Con fría determinación, gritó a las silenciosas cavernas de su mente: «La Segunda Fundación ha de ser descubierta y destruida.»

La emoción que acompañó a aquel grito fue un odio convencido. Ni siquiera hubo el más leve matiz de duda.

Cuando pensó en sustituir la frase «Segunda Fundación» por la palabra «Mulo», la sola emoción casi le ahogó y su lengua quedó paralizada.

Hasta ahí todo iba bien.

Pero ¿y si le habían manipulado de otro modo... más sutilmente? ¿Se habrían producido pequeños cambios? ¿Cambios que no podía detectar porque su misma existencia embotaba su criterio?

Aún no había manera de saberlo.

¡Pero seguía sintiendo una absoluta lealtad hacia el Mulo! Si aquello no había cambiado, lo demás no importaba.

Ajustó de nuevo su mente a la acción. Channis estaba ocupado al otro extremo del dormitorio. La uña de Pritcher rozó su comunicador de muñeca, y la respuesta que recibió desató en él tal oleada de alivio que casi le hizo tambalear.

Los músculos de su rostro no expresaron nada, pero en su interior gritaba de alegría... y cuando Channis dio media vuelta y le miró de frente, comprendió que la farsa estaba a punto de terminar.

CUARTO INTERLUDIO

Los dos Oradores se cruzaron en el camino, y uno detuvo al otro.

—Tengo noticias del Primer Orador.

En la mirada del otro brilló una leve aprensión.

—¿Punto de intersección?

—¡Sí! ¡Ojalá vivamos para ver el amanecer!

5. UN HOMBRE Y EL MULO

En ningún acto de Channis había el menor signo de que hubiese advertido algún cambio sutil en la actitud de Pritcher y en sus relaciones mutuas. Se sentó en el duro banco de madera y extendió las piernas frente a sí.

—¿Qué impresión le ha causado el gobernador?

Pritcher se encogió de hombros.

—Ninguna. Desde luego no me ha parecido un genio mental. Todo lo más, un insignificante ejemplar de la Segunda Fundación, si es que procede de allí.

—Lo cual me parece dudoso. No sé qué pensar de él. Suponga que es usted de la Segunda Fundación —propuso Channis con expresión pensativa—, ¿qué haría? Suponga que tiene una idea de nuestra misión: ¿cómo nos trataría?

—Intentaría la Conversión, por supuesto.

—¿Como el Mulo? —Channis alzó la vista con rapidez—. ¿Lo sabríamos si nos hubieran convertido? No sé... ¿Y si fueran simplemente psicólogos, aunque muy inteligentes?

—En ese caso, yo en su lugar nos habría matado, y rápidamente.

—¿Y nuestra nave? No. —Channis agitó el índice en el aire—. Nosotros estamos mintiendo, amigo Pritcher. Aun suponiendo que ellos puedan ejercer el control emocional, saben que nosotros, usted y yo, somos únicamente una pantalla. Es con el Mulo con quien han de luchar, y con nosotros tienen tanto cuidado como nosotros con ellos. Creo que saben quiénes somos.

Pritcher le miró fríamente y con fijeza.

—¿Qué piensa usted hacer?

—Esperar. —Subrayó la palabra—. Dejar que actúen. Están preocupados, tal vez por la nave, pero más probablemente por el Mulo. Han intentado intimidarnos con el gobernador, y no ha surtido efecto. No hemos cedido. La próxima persona a quien envíen *será* de la Segunda Fundación, y nos propondrá alguna clase de acuerdo.

—¿Y entonces?

—Entonces llegaremos a ese acuerdo.

—No lo creo así.

—¿Porque piensa que sería traicionar al Mulo? No le traicionaríamos.

—No, el Mulo neutralizaría cualquier traición que usted pudiera inventar. Pero sigo sin creerlo.

—¿Quizá porque piensa que no podríamos engañar a los de la Segunda Fundación?

—Es posible que no pudiéramos. Pero ésa no es la razón.

Channis dejó resbalar la mirada hasta el puño de su interlocutor, hasta lo que su puño sostenía, y dijo:

—Quiere decir que la razón es *eso*.

Pritcher acarició su pistola desintegradora.

—Exacto. Está usted arrestado.

—¿Por qué?

—Por traicionar al Primer Ciudadano de la Unión.

Channis apretó los labios.

—¿Qué pasa aquí?

—¡Traición! Ya se lo he dicho. Y yo voy a vengarla.

—¿Qué pruebas tiene? ¿Se trata de pruebas o sólo de suposiciones o desvaríos? ¡Usted está loco!

—No. Es usted quien lo está. ¿Se imagina que el Mulo envía a jóvenes sin experiencia a ridículas misiones sin una razón determinada? Me pareció raro al principio, pero perdí el tiempo dudando de mí mismo. ¿Por qué había de enviarle a *usted*? ¿Porque sabe sonreír y viste bien? ¿Porque tiene veintiocho años?

—Tal vez porque soy de fiar. ¿O es que no quiere aceptar motivos lógicos?

—O quizá porque *no* es de fiar, razón muy lógica, por lo que se ve.

—¿Qué es esto, un intercambio de paradojas o un juego para ver quién sabe decir menos con más palabras?

La pistola se acercó al joven, y Pritcher tras ella. Se irguió delante de Channis:

—¡Póngase en pie!

Channis obedeció sin mucha prisa, y los músculos de su estómago no se movieron cuando sintió la presión del cañón del arma. Pritcher dijo:

—Lo que el Mulo quería era encontrar la Segunda Fundación. Él había fracasado, y yo también, porque el secreto que no logramos hallar está muy bien escondido. Sólo quedaba una posibilidad: encontrar a un hombre que ya conociera el escondite.

—¿Y ése soy yo?

—Al parecer, sí. Yo lo ignoraba entonces, pero aunque mi mente va razonando de forma más lenta, aún funciona en la dirección correcta. ¡Con qué facilidad encontramos el Extremo Estelar! ¡Qué milagrosamente halló usted esta región en la Lente entre un número infinito de posibilidades! Y después, ¡con qué

exactitud encontró el punto correcto de observación!
¡Estúpido insensato! ¿Hasta tal punto me subestimó
que me creyó capaz de tragarme semejante combinación de imposibles casualidades?

—¿Quiere decir que lo he hecho demasiado bien?

—Demasiado para un hombre leal.

—¿Porque sus posibilidades de éxito eran sumamente bajas?

La pistola aumentó su presión, aunque en el rostro
que se enfrentaba a Channis sólo el brillo de los ojos
traicionaba una ira creciente:

—Porque usted está a sueldo de la Segunda Fundación.

—¿A sueldo? —El desdén era infinito—. ¡Pruébelo!

—O bajo su influencia mental.

—¿Sin el conocimiento del Mulo? Eso es ridículo.

—Con el conocimiento del Mulo, estúpido, *con* el
conocimiento del Mulo. ¿De qué otro modo se explica
que le diera una nave para jugar? Nos ha conducido a la
Segunda Fundación, tal como esperábamos.

—Por fin discierno algo de sentido común en toda
esta cháchara absurda. ¿Puedo preguntar por qué se
imaginan que he hecho todo esto? Si fuera un traidor,
¿por qué les habría conducido hasta la Segunda Fundación? ¿Por qué no recorrer alegremente todos los
rincones de la Galaxia, sin encontrar más de lo que ustedes encontraron?

—A causa de la nave, y porque los hombres de la
Segunda Fundación necesitan material bélico atómico
para su defensa.

—Tendrá que buscar una explicación mejor. Una
nave no significa nada para ellos, y si creen que apren-
derán ciencias con ella y construirán plantas de energía
atómica el año próximo, los hombres de la Segunda
Fundación deben ser muy, muy ingenuos. Casi tan ingenuos como usted, me atrevería a decir.

—Tendrá oportunidad de decirle todo eso al Mulo.

—¿Volvemos a Kalgan?

—Al contrario; nos quedamos aquí. El Mulo se reunirá con nosotros dentro de unos quince minutos... más o menos. ¿Acaso se figuraba que no nos seguiría, presumido estúpido? Ha hecho usted muy bien su papel de señuelo a la inversa; no nos ha traído a nuestras víctimas, pero nos ha conducido a ellas.

—¿Puedo sentarme —dijo Channis— y explicarle algo por medio de unos dibujos?

—Usted permanecerá en pie.

—Muy bien, pues se lo explicaré sin dibujos. ¿Cree usted que el Mulo nos ha seguido a causa del hiperrastreador que hay en el circuito de comunicación de la nave?

Channis no habría podido jurar si la pistola se había movido. Continuó:

—No parece sorprendido. Pero no perderé el tiempo dudando de su sorpresa. Sí, yo conocía su existencia. Y ahora que le he demostrado que sabía algo de lo que usted me creía ignorante, voy a decirle una cosa que usted desconoce.

—Se permite demasiados preliminares, Channis. Pensaba que su sentido de la invención estaba mejor engrasado.

—Esto no es invención. Es cierto que ha habido traidores, o agentes enemigos, si prefiere este término. Parece ser que algunos de los Conversos han sido manipulados.

Esta vez la pistola se movió, no había la menor duda.

—Quiero recalcar bien esto, Pritcher. Fue por eso que me necesitó. Yo era un hombre no convertido. ¿Es que él no le dijo a usted que necesitaba a un hombre que no fuese un Converso? ¿Le dio la verdadera razón o no?

—Intente otra cosa, Channis. Si yo estuviera contra el Mulo, lo sabría.

Pritcher sondeó rápidamente su mente; era la misma, no advertía nada extraño. Aquel hombre estaba mintiendo.

—Quiere decir que siente lealtad hacia el Mulo. No manipulan en la lealtad porque, según dijo el Mulo, ello sería muy fácil de detectar. Pero ¿cómo se siente mentalmente? ¿Algo lento? ¿Se ha sentido normal desde que empezó este viaje? ¿O se ha sentido extraño a veces, como si no fuera del todo usted mismo? ¿Qué intenta hacer ahora, agujerearme sin oprimir el gatillo?

Pritcher retiró la pistola unos milímetros.

—¿De qué me está hablando?

—De que su mente ha sido manipulada. No vio al Mulo instalando el hiper-rastreador. No vio a nadie haciéndolo. Sólo lo encontró allí y supongo que lo habría colocado el Mulo, y desde entonces está convencido de que el Mulo nos sigue. Sí, el receptor de pulsera que lleva le permite estar en contacto con la nave en una longitud de onda para la que el mío no sirve. ¿Creía que yo lo ignoraba? —Hablaba con rapidez e indignación. Su barniz de indiferencia se había disuelto en cólera—. Pero no es el Mulo quien nos está siguiendo. ¡No es el Mulo!

—¿Quién si no?

—¿Quién cree usted que puede ser? Yo encontré el hiper-rastreador el día en que salimos. Pero no creí que lo hubiera colocado el Mulo; *él* no tenía razón alguna para desconfiar hasta ese punto. ¿No comprende usted que hubiera sido absurdo? De ser yo un traidor, él lo habría sabido y me habría convertido tan fácilmente como a usted, y entonces habría extraído de mi mente el secreto de la localización de la Segunda Fundación sin necesidad de enviarme a recorrer media Galaxia. ¿Puede *usted* guardar un secreto sin que el Mulo lo sepa? Y si yo ignoraba su paradero, no podía conducirle a ella. ¿Por qué, entonces, enviarme en cualquiera de los dos casos? Es obvio que el hiper-rastreador fue puesto allí por un agente de la Segunda Fundación. Y él es quien nos está siguiendo ahora. ¿Hubiera caído usted en el engaño si su mente no hubiese sido manipulada? ¿Qué clase de normalidad es la suya, si ve sabiduría en la mayor de las locuras? ¿*Yo* conducir una nave hasta la Segunda Fundación? ¿Qué harían allí con una nave? Es a *usted* a quien buscan, Pritcher. Sabe más de la Unión que cualquier otro hombre, a excepción del Mulo, y no es tan peligroso para ellos como lo es el mutante. Por esta razón implantaron en mi mente la dirección que debía tomar en la búsqueda. Naturalmente, para mí era completamente imposible encontrar Tazenda buscando al azar en la Lente. Pero sabía que la Segunda Fundación nos seguía, y sabía que nos dirigía. ¿Por qué no seguirles el juego? Era una batalla de simulacros. Ellos nos necesitaban, y yo necesitaba su localización... y ambos hemos logrado nuestros propósitos. Pero los que perderemos seremos nosotros mientras siga apuntándome con esa pistola. Es evidente que no es idea suya, sino de ellos. Déme la pistola, Pritcher. Sé que le parece un error, pero no lo piensa con su propia mente, sino con la de la Segunda Fundación. Déme la pistola, Pritcher, y juntos nos enfrentaremos a lo que venga.

Pritcher sentía el horror de una creciente confusión. ¡Plausibilidad! ¿Podía estar tan equivocado? ¿Por qué aquella eterna duda de sí mismo? ¿Por qué no estaba seguro? ¿Qué era lo que hacía tan plausibles las palabras de Channis?

¡Plausibilidad!

¿O era su propia mente torturada, luchando contra la invasión del enemigo?

¿Estaría dividido en dos?

Vio confusamente a Channis delante de él, con la mano extendida... y de pronto comprendió que iba a entregarle la pistola.

Y cuando los músculos de su brazo se extendían para hacerlo, la puerta que había a su espalda se abrió sin ruido, y Pritcher se volvió.

Quizá existen en la Galaxia hombres que pueden ser confundidos con otros con relativa facilidad, al igual que pueden confundirse estados mentales realmente dispares. Pero el Mulo estaba por encima de cualquier combinación de los dos factores.

Ni siquiera la gran confusión de ánimo de Pritcher pudo impedir que le invadiera instantáneamente una oleada mental de energía glacial y calculadora.

Físicamente, el Mulo no podía dominar ninguna situación, y tampoco dominó aquélla.

Era un personaje ridículo, enfundado en diversas prendas de vestir que aumentaban su tamaño, pero no conseguían prestarle las dimensiones normales. Su rostro aparecía embozado, y lo único visible de su gran nariz era el extremo enrojecido por el frío.

Probablemente no podía existir una mayor incongruencia en un personaje en misión de rescate.

—Guárdese la pistola, Pritcher —dijo.

Entonces se volvió hacia Channis, que se había sentado, encogiéndose de hombros:

—El contenido emocional de esta habitación parece bastante confuso y en considerable conflicto. ¿Quién es ese alguien ausente que les ha estado siguiendo?

Pritcher intervino bruscamente:

—¿Fue colocado un hiper-rastreador en nuestra nave por orden suya, señor?

El Mulo posó en él su mirada fría.

—Desde luego. ¿Acaso otra organización de la Galaxia que no fuera la Unión de Mundos hubiera tenido acceso a su nave?

—Él ha dicho...

—Esta persona se encuentra aquí, general. No es necesario citar sus palabras; él mismo lo hará. ¿Qué ha dicho usted, Channis?

—Cosas erróneas, al parecer, señor. Mantenía la opinión de que el rastreador fue colocado allí por alguien que estaba a sueldo de la Segunda Fundación, y que habíamos sido guiados hasta aquí por ellos. Tenía además la impresión de que el general estaba más o menos en sus manos.

—Parece ser que ya ha cambiado de opinión.

—Me temo que sí. De otro modo, no hubiera sido usted quien entrara por esa puerta.

—Bien, vayamos por partes. —El Mulo se despojó de algunas de sus prendas, acolchadas y provistas de calefacción eléctrica—. ¿Les importa que me siente? Aquí estamos a salvo y perfectamente libres de cualquier peligro de intrusión. Ningún nativo de este montón de hielo sentirá deseos de acercarse a este lugar, puedo asegurárselo —terminó, con una irónica alusión a sus facultades.

Channis mostró su disconformidad.

—¿Por qué tanta intimidad? ¿Es que van a servirnos el té y hacer entrar a las bailarinas?

—Lo dudo. ¿Cuál era esa teoría suya, jovencito? ¿Que alguien de la Segunda Fundación les seguía con un mecanismo del que sólo yo dispongo? ¿Y cómo ha dicho que encontró usted este lugar?

—Parece evidente, señor, si queremos explicar los hechos, que ciertas nociones han sido implantadas en mi cerebro...

—¿Por los hombres de la Segunda Fundación?

—¿Por quién, si no?

—Entonces, ¿no se le ha ocurrido pensar que si los hombres de la Segunda Fundación podían forzar, atraer o manipular su mente para que fuera hacia ellos con un propósito deliberado, y supongo que usted imaginó que usarían métodos similares a los míos, aunque, recuérdelo, yo sólo puedo implantar emociones, no ideas, no se le ha ocurrido pensar, repito, que si podían hacer eso no tenían ninguna necesidad de colocar un hiper-rastreador en su nave?

Channis levantó bruscamente la mirada y se enfrentó con repentino asombro a los ojos marrones de su soberano. Pritcher masculló algo, y sus hombros se relajaron visiblemente.

—No —repuso Channis—, no se me ha ocurrido.

—¿O que si se veían obligados a seguirle la pista significaba que no eran capaces de dirigirle, y usted, sin dirección, tenía muy pocas probabilidades de llegar hasta aquí? ¿Tampoco se le ocurrió esto?

—Tampoco.

—¿Por qué no? ¿Es que su nivel intelectual ha descendido hasta un grado elemental?

—La única respuesta es una pregunta, señor. ¿Se une usted al general Pritcher para acusarme de traición?

—¿Puede usted defenderse en caso de que lo haga?

—Sólo puedo utilizar la defensa que he usado con el general. Si yo fuera un traidor y conociera el paradero de la Segunda Fundación, usted podría convertirme y adquirir directamente ese conocimiento. Si usted tuviera necesidad de seguir mi pista, ello significaría que desconozco dicho paradero, y por lo tanto no soy un traidor. De este modo replico a su paradoja con otra.

—¿Cuál es, pues, su conclusión?

—Que no soy un traidor.

—Con lo cual tengo que estar de acuerdo, puesto que su argumento es irrefutable.

—Entonces, ¿puedo preguntar por qué nos hizo seguir?

—Porque todo cuanto ha acontecido tiene una tercera explicación. Tanto usted como Pritcher han expuesto algunos hechos a su propia manera individual, pero no todos. Si me da un poco de tiempo se lo esclareceré todo en pocas palabras. Así no tendrá oportunidad de aburrirse. Siéntese, Pritcher, y déme su pistola. Ya no estamos en peligro de ser atacados, ni aquí dentro ni desde fuera. Ni siquiera por la Segunda Fundación; y ello gracias a usted, Channis.

La habitación estaba iluminada al estilo rossemiano, por cables eléctricos. Una sola bombilla pendía del techo.

El Mulo dijo:

—Puesto que consideré necesario seguir a Channis, es evidente que tenía una razón. Puesto que se dirigió a la Segunda Fundación con asombrosa rapidez y exactitud, hemos de suponer que era eso lo que yo esperaba que ocurriera. Puesto que no obtuve este conocimiento directamente de él, algo debió impedírmelo. Estos son los hechos. Channis, por supuesto, conoce la respuesta. Yo también. ¿La ha comprendido usted, Pritcher?

Pritcher contestó con expresión hosca:

—No, señor.

—Entonces se lo explicaré. Sólo una clase de hombre puede conocer la localización de la Segunda Fundación e impedir que yo la conozca. Channis, me temo que pertenece usted a la Segunda Fundación.

Channis apoyó los codos sobre las rodillas al inclinarse hacia adelante, y preguntar con labios rígidos:

—¿Qué evidencia posee? La deducción ha fallado dos veces hoy.

—Existe evidencia directa, Channis. Ha sido bastante fácil. Le dije que mis hombres habían sido manipulados. Era evidente que el manipulador tenía que ser, o bien un Inconverso, o alguien muy próximo al objetivo que perseguimos. El campo era extenso, pero no ilimitado. Usted tenía demasiado éxito, Channis. Inspiraba demasiada simpatía. Ganaba demasiado dinero. Empecé a extrañarme... Entonces le llamé para hablarle de esta expedición, y usted no se sorprendió. Vigilé sus emociones. No se inmutó. Exhibió una confianza excesiva, Channis. Ningún hombre de verdadera competencia hubiese podido disimular un momento de incertidumbre ante una misión de tales proporciones. Como su mente no la registró tenía que ser una mente insensata... o una mente controlada. Fue fácil comprobar estas alternativas. Capté su mente en un momento de relajación, la llené de pena por un instante y la suprimí en seguida. Después usted se mostró airado con disimulo tan sutil que yo hubiese jurado que se trataba de una reacción natural, de no ser por lo que ocurrió antes. Porque cuando rocé sus emociones, por un solo instante, por un brevísimo instante de descuido, su mente se resistió. Era todo cuanto yo necesitaba saber. Nadie hubiera podido resistirse a mí, ni siquiera por aquel breve instante, sin un control similar al mío.

La voz de Channis era tenue y amarga:

—Y bien, ¿qué ocurre ahora?

—Ahora morirá... como un hombre de la Segunda Fundación. Es absolutamente necesario. Creo que comprenderá.

Y una vez más Channis se enfrentó al cañón de una pistola. Una pistola guiada esta vez por una mente imposible de desviarse como la de Pritcher, madura y resistente como la suya propia.

El lapso de tiempo que le quedaba para corregir los acontecimientos era muy corto.

Lo que siguió entonces es difícil de describir para cualquiera que tenga los sentidos normales y la habitual incapacidad de control emocional.

En esencia, esto es lo que Channis pensó en el corto espacio de tiempo que necesitaba el Mulo para apretar el contacto del disparador con el pulgar.

En aquellos momentos la composición emocional del Mulo era de una dura y uniforme determinación, carente en absoluto de la más vaga duda. Si a Channis le hubiese interesado calcular después el tiempo que mediaba entre la determinación de disparar y la llegada de la energía desintegradora, habría comprendido que su ventaja se limitaba a una décima de segundo.

Aquello apenas podía llamarse tiempo.

Lo que el Mulo comprendió en aquel mismo brevísimo espacio de tiempo fue que el potencial emocional del cerebro de Channis se precipitó hacia arriba sin que su propia mente sintiera el menor impacto, y que, simultáneamente, una cascada de odio puro y arrollador se derramó sobre él desde una dirección inesperada.

Fue aquel nuevo elemento emocional lo que le hizo apartar su pulgar del contacto. Ninguna otra cosa podría haberlo conseguido, y casi al mismo tiempo que su cambio de actitud, llegó la total comprensión de la nueva situación planteada.

Era una situación intensamente dramática. El Mulo, con el pulgar separado del contacto, miraba con fijeza a Channis. Éste, en tensión, apenas si se atrevía aún a respirar. Y Pritcher, convulso en su asiento, tenía todos sus músculos a punto de estallar, todos los tendones rígidos por el esfuerzo, y su rostro, que antes fuera de una estudiada impasibilidad, era ahora la máscara irreconocible del más espantoso odio. Sus ojos estaban fijos, única y exclusivamente, en el Mulo.

Channis y el Mulo sólo intercambiaron una o dos

palabras..., una o dos palabras y la suprema y reveladora corriente de consciencia emocional que siempre será el verdadero diálogo entre las mentes poderosas como las suyas. Debido a nuestras propias limitaciones, es necesario traducir a palabras lo que ocurrió entonces.

Channis dijo, tensamente:

—Está entre dos fuegos, Primer Ciudadano. No puede controlar a dos mentes de modo simultáneo, sobre todo si una de ellas es la mía..., así que habrá de elegir. Ahora Pritcher está libre de su Conversión; yo he roto los vínculos. Es el antiguo Pritcher; el que una vez intentó matarle: el que piensa que es usted el enemigo de todo lo que es libre, justo y sagrado; el que ahora sabe que usted le ha degradado durante cinco años a una indefensa adulación. Le estoy sujetando la voluntad, pero, si usted me mata, él quedará libre, y en mucho menos tiempo del que usted necesita para dirigir contra él su pistola o incluso su mente, le matará.

El Mulo lo comprendía perfectamente. No se movió.

Channis continuó:

—Si intenta controlarle de nuevo, o matarle, o hacer cualquier otra cosa, jamás volverá a tener tiempo de detenerme a mí.

El Mulo permaneció inmóvil. Sólo exhaló un suspiro.

—Por lo tanto —dijo Channis—, tire al suelo su pistola y volvamos a negociar; después podrá recuperar a Pritcher.

—He cometido un error —dijo finalmente el Mulo—. Me equivoqué al enfrentarme a usted en presencia de un tercero. Ello introdujo una variable excesiva. Supongo que he de pagar por mi error.

Dejó caer el arma y la empujó con el pie hasta el otro extremo de la habitación. Simultáneamente, Pritcher se sumió en un profundo sueño.

—Será normal cuando despierte —dijo el Mulo con indiferencia.

El tiempo transcurrido entre el inicio de la presión del contacto del disparador por parte del Mulo y el momento en que tiró la pistola al suelo fue de un segundo y medio.

Pero justo por debajo de los límites de la consciencia, por un instante que casi escapó a la detección, Channis captó un fugitivo brillo emocional en la mente del Mulo. Y era todavía el de un seguro y confiado triunfo.

6. UN HOMBRE, EL MULO... Y OTRO

Dos hombres, aparentemente relajados y a sus anchas, polos opuestos físicamente y con todos sus nervios al servicio de la detección emocional, temblaban en una gran tensión interna.

Por primera vez en muchos años, el Mulo carecía de la suficiente seguridad en sus métodos. Channis sabía que, aunque por el momento podía protegerse, le representaba realizar un gran esfuerzo, y que a su adversario no le costaría nada atacar. En una prueba de resistencia, Channis sabía que llevaría las de perder.

Pero pensar esto era mortal. Confesar al Mulo una debilidad emocional equivalía a entregarle un arma. Ya había una chispa de algo —algo de vencedor— en la mente del Mulo.

Ganar tiempo...

¿Por qué se retrasaban los otros? ¿Cuál era la causa de la confianza del Mulo? ¿Qué sabía su adversario, que él ignoraba? La mente que acechaba no le decía nada. Si al menos supiera leer las ideas...

Channis frenó rápidamente su remolino mental. La única solución era ganar tiempo... Dijo:

—Ya que ha quedado claro, y yo no lo he negado después de nuestro pequeño duelo acerca de Pritcher, que pertenezco a la Segunda Fundación, ¿por qué no me dice el motivo de que yo viniera a Tazenda?

—¡Oh, no! —rió el Mulo, alegre y confiado—. Yo no soy Pritcher. No tengo que darle explicaciones. Usted tenía lo que consideraba sus razones. Cualesquiera que fuesen sus acciones, me convenían, de modo que no me molesté en analizarlas.

—Con todo, tiene que haber grandes lagunas en su concepto de la historia. ¿Es Tazenda la Segunda Fundación que usted esperaba encontrar? Pritcher hablaba mucho de su tentativa anterior por encontrarla, y de su psicólogo, Ebling Mis. A veces hablaba más de la cuenta..., gracias a una pequeña presión por mi parte. Piense de nuevo en Ebling Mis, Primer Ciudadano.

—¿Por qué habría de hacerlo?

¡Confianza! Channis sintió que la confianza del otro iba en aumento, como si cualquier duda que hubiese podido abrigar el Mulo se estuviera desvaneciendo.

Observó, conteniendo con firmeza el acceso de desesperación.

—¿Así que no siente curiosidad? Pritcher me habló de que *algo* causó a Mis una enorme sorpresa. Tenía mucha prisa por hablar. Por advertir a la Segunda Fundación, ¿verdad? ¿Por qué? ¿Por qué? Ebling Mis murió. La Segunda Fundación no fue advertida. Y, pese a ello, la Segunda Fundación existe.

El Mulo sonrió con verdadera satisfacción, y replicó con un repentino y sorprendente matiz de crueldad que Channis sintió acercarse y enseguida retroceder:

—Pero parece ser que la Segunda Fundación *fue* advertida. De otro modo, ¿cómo y por qué un tal Bail Channis llegó a Kalgan para manipular a mis hombres y asumir la ingrata tarea de intentar engañarme? La advertencia llegó, pero demasiado tarde, eso es todo.

—Entonces —y Channis permitió que la piedad emanara de él—, usted ni siquiera sabe qué es la Segunda Fundación, e ignora el profundo significado de todo cuanto ha ocurrido.

¡Ganar tiempo!

El Mulo sintió la piedad del otro, y sus ojos se entrecerraron con hostilidad. Se frotó la nariz con su habitual gesto, y replicó:

—¡Diviértase, pues! Hable de la Segunda Fundación.

Channis habló deliberadamente, con palabras y no con simbología emocional:

—Por lo que he oído, el misterio en torno a la Segunda Fundación era lo que más intrigaba a Mis. Hari Seldon fundó sus dos unidades de manera tan diferente... La Primera Fundación fue un estallido que tan sólo en dos siglos deslumbró a media Galaxia. La Segunda fue un abismo de oscuridad. Usted no comprenderá la razón si no puede sentir de nuevo la atmósfera intelectual del Imperio moribundo. Fue un tiempo de absolutismos, de las grandes generalidades finales, al menos en el pensamiento. Era un signo de decadencia, por supuesto, como si se hubieran construido diques para evitar el desarrollo ulterior de las ideas. Lo que hizo famoso a Seldon fue su rebeldía contra esos diques. La última chispa de creación joven que ardía en él iluminó al Imperio con la luz del crepúsculo, y anunció el sol naciente del Segundo Imperio.

—Muy espectacular. ¿Y qué más?

—Entonces creó sus Fundaciones de acuerdo con las leyes de la psicohistoria, pero él sabía mejor que nadie que incluso esas leyes eran relativas. Él nunca creó productos acabados. Los productos acabados son para las mentes en decadencia. El suyo fue un mecanismo evolutivo, y la Segunda Fundación era el instrumento de esa evolución. *Nosotros*, Primer Ciudadano de su pasajera Unión de Mundos, *nosotros* somos los guardianes del Plan de Seldon. ¡Sólo nosotros!

—¿Está usted intentando adquirir valor a fuerza de palabras? —preguntó desdeñosamente el Mulo—. ¿O acaso tratando de afectarme? Sepa que la Segunda Fundación, el Plan de Seldon o el Segundo Imperio no me impresionan en absoluto ni despiertan en mí ninguna clase de compasión, simpatía, responsabilidad o cualquier otro elemento emocional. Además, pobre insensato, será mejor que utilice el pasado al mencionar a la Segunda Fundación, porque ya ha sido destruida.

Channis sintió que el potencial emocional que presionaba su mente aumentaba en intensidad cuando el Mulo se levantó de la silla y se aproximó a él. Luchó furiosamente, pero algo le estaba invadiendo sin piedad, haciendo retroceder su mente.

Se encontró apoyado contra la pared, el Mulo se detuvo ante él, con sus huesudos brazos en jarras y una sonrisa terrible bajo la enorme nariz, y dijo:

—Su juego ha terminado, Channis. El juego de todos ustedes..., de todos los hombres que componían la Segunda Fundación. Ya no existe. *¡Ya no existe!* ¿Qué estaba usted esperando mientras parloteaba con Pritcher, cuando podía haberle derribado y tomado su pistola sin el menor esfuerzo físico? Me estaba esperando a mí, ¿verdad? Estaba esperando para saludarme en una situación que no despertara mis sospechas. Ha sido una lástima que no hiciera falta despertarlas. Yo le conocía a usted, le conocía muy bien, Channis de la Segunda Fundación. Pero ¿qué está esperando ahora? Aún sigue lanzándome palabras a la cara desesperadamente, como si el mero sonido de su voz pudiera inmovilizarme. Y todo el rato, mientras habla, algo en su mente espera, espera y aún sigue esperando. Pero no vendrá nadie, no se presentará ninguno de sus aliados. Ha estado solo aquí, Channis, y continuará solo. ¿Sabe por qué? Porque su Segunda Fundación cometió un tremendo error de cálculo en lo que a mí respecta. Conocí su plan muy pronto. Ellos pensaban que yo le seguiría a usted hasta aquí y caería en sus garras. Usted sería el señuelo, un señuelo para un pobre y débil mutante tan ambicioso de fundar un Imperio que caería a ciegas en una trampa tan obvia. Pero ¿acaso soy ahora su prisionero? Me pregunto si se les ocurrió pensar que yo no vendría hasta aquí sin mi Flota, contra cuya artillería están total y vergonzosamente indefensos. ¿No se les ocurrió pensar que yo no me detendría a discutir o a esperar acontecimientos? Mis naves se lanzaron contra Tazenda hace doce horas, y ya han cumplido su misión. Tazenda es un montón de ruinas; sus centros de población han sido arrasados. No hubo resistencia. La Segunda Fundación ya no existe, Channis... y yo, un débil y repugnante monstruo, soy dueño de la Galaxia.

Channis no pudo hacer otra cosa que sacudir débilmente la cabeza.

—No..., no...

—Sí.., sí... —se burló el Mulo—. Y si usted es el último superviviente, lo cual es probable, no lo será por mucho tiempo.

Entonces reinó un breve silencio, y Channis casi emitió un alarido al sentir el repentino dolor de la terrible penetración en los tejidos más profundos de su cerebro.

El Mulo se retiró y dijo en un susurro:

—No es suficiente. No ha pasado la prueba, después de todo. Su desesperación es fingida. Su miedo no es el que lleva implícito la destrucción de un ideal, sino el insignificante miedo de la destrucción personal.

La débil mano del Mulo agarró el cuello de Channis con escasa fuerza, y, sin embargo, Channis no pudo desasirse de la presa.

—Usted es mi póliza de seguro, Channis. Es mi director y mi salvaguarda contra cualquier subestimación que yo pueda hacer.

Los ojos del Mulo se clavaron en él, insistentes, exigentes...

—¿He calculado bien, Channis? ¿He sido más inteligente que los hombres de su Segunda Fundación? Tazenda está destruida, Channis, tremendamente destruida. ¿Por qué, pues, es fingida su desesperación? ¿Dónde está la realidad? ¡Necesito la realidad y la verdad! Hable, Channis, hable. ¿Acaso no he penetrado con la suficiente profundidad? ¿Existe todavía el peligro? *Hable, Channis. ¿Qué error he cometido?*

Channis sintió que las palabras se le escapaban de la boca; las pronunciaba contra su voluntad. Apretó los dientes para detenerlas. Se mordió la lengua. Puso en tensión todos los músculos de su garganta.

Pero salieron —en un jadeo— arrancadas por la fuerza y escapando a pesar de la enorme voluntad que oponía a su paso.

—La verdad —jadeó—, la verdad...

—Sí, la verdad. ¿Qué falta por hacer?

—Seldon fundó la Segunda Fundación aquí. Aquí, tal como le he dicho. No he mentido. Los psicólogos llegaron y pusieron bajo su control a la población nativa.

—¿De Tazenda? —El Mulo penetró profundamente en lo emocional del otro desgarrándole brutalmente—. Ya he destruido Tazenda. Usted sabe a qué me refiero. Dígamelo.

—*No* he dicho Tazenda, *he dicho* que los de la Segunda Fundación podían no ser los que estaban aparentemente en el poder. Tazenda es la pantalla... —Las palabras eran casi indescifrables, y se formaban contra

toda la fuerza de la voluntad de Channis—. Rossem...
Rossem... *Rossem es el mundo*...

El Mulo aflojó su presión y Channis cayó al suelo,
convertido en un manojo de dolor y tortura.

—¿Y creyeron que iban a engañarme? —preguntó
el Mulo en voz baja.

—Le *engañamos*. —Era el último resto de resistencia de Channis.

—Pero no el tiempo suficiente como para salvarle a
usted y a los suyos. Estoy en comunicación con mi Flota.
Y después de Tazenda puede tocarle el turno a Rossem.
Pero antes...

Channis sintió un dolor agudísimo, y el gesto automático que hizo con el brazo para tapar sus ojos tor-
turados no le sirvió de nada. Le invadía una oscuridad
que oscilaba y se estremecía, y mientras sentía que su
mente herida y desgarrada caía en la más completa negrura, percibió la imagen final del Mulo victorioso,
riendo a carcajadas, riendo hasta hacer temblar su larga
y carnosa nariz.

El sonido se desvaneció. La oscuridad le envolvió
piadosamente.

Terminó con una sensación de estallido, como un
relámpago, y Channis recobró lentamente el conocimiento mientras sus ojos anegados en lágrimas volvían
a ver imágenes confusas.

Le dolía la cabeza de modo insoportable y necesitó
realizar un tremendo y doloroso esfuerzo para llevarse
una mano a la frente.

Evidentemente, estaba vivo. Con suavidad, como
plumas sostenidas por un remolino de aire, sus pensamientos se estabilizaron. Sintió que le invadía el alivio..., un alivio procedente del exterior. Despacio, con
un trabajo infinito, inclinó el cuello... y el alivio se
convirtió de nuevo en agudo dolor ya que vio que la
puerta estaba abierta y que en el umbral se encontraba

el Primer Orador. Trató de hablar, de gritar, de advertir..., pero su lengua no se movió, y comprendió que una parte de la poderosa mente del Mulo seguía dominándole e impidiéndole hablar.

Inclinó de nuevo el cuello; el Mulo aún estaba en la habitación. Tenía los ojos llenos de furia y ya no reía, pero enseñaba los dientes en una sonrisa feroz.

Channis sintió la influencia mental del Primer Orador moviéndose en su mente con suavidad y poder curativo, y luego percibió una sensación confusa cuando entró en contacto por un instante con la defensa del Mulo, que luchó y acabó retirándose.

El Mulo habló con una furia que resultaba tosca en un hombre tan flaco:

—Así que ha venido otro a saludarme. —Su ágil mente alargó sus tentáculos hacia fuera de la habitación—. Viene usted solo —añadió.

Y el Primer Orador repuso, asintiendo:

—Estoy totalmente solo. Es necesario, ya que fui yo quien calculé mal su futuro hace cinco años. Representaría cierta satisfacción para mí corregir el asunto sin ayuda. Por desgracia, no he contado con la de su Campo de Repulsión Emocional con que ha rodeado este lugar. Me ha costado mucho penetrarlo. Le felicito por la pericia con que está construido.

—No me felicite —fue la hostil respuesta—, ni me ofrezca cumplidos. ¿Ha venido a añadir las migajas de su cerebro al de ese destrozado pilar de su reino?

El Primer Orador sonrió.

—El hombre a quien usted llama Bail Channis cumplió bien su misión, y más teniendo en cuenta que no puede compararse mentalmente a usted. Veo, naturalmente, que usted le ha maltratado, pero es posible que aún podamos curarle del todo. Es un hombre valiente, señor. Se ofreció voluntario para esta misión, pese a que nosotros predijimos matemáticamente la enorme probabilidad de que su cerebro saliera dañado, una alternativa mucho más temible que la de una incapacidad física.

La mente de Channis intentaba en vano decir lo que ansiaba comunicar, la advertencia que quería gritar y no podía formular. Sólo podía emitir aquella corriente continua de miedo..., miedo...

El Mulo estaba tranquilo.

—Seguramente está enterado de la destrucción de Tazenda.

—Sí. El ataque de su Flota fue previsto.

—Sí, lo supongo. Pero no fue impedido, ¿eh? —replicó sombríamente el Mulo.

—No, no fue impedido. —La simbología emocional del Primer Orador era evidente. Se parecía a algo así como un horror y un completo desprecio de sí. Y la culpa es mucho más mía que de usted. ¿Quién podría haber imaginado sus poderes hace cinco años? Sospechamos desde el principio, desde el momento en que conquistó Kalgan, que poseía la facultad del control emocional. Eso no era demasiado sorprendente, y se lo voy a explicar, Primer Ciudadano.

»El contacto emocional como el que usted y yo poseemos no es ninguna novedad. De hecho, se halla implícito en el cerebro humano. La mayoría de seres inteligentes puede leer las emociones de un modo primitivo, asociándolas pragmáticamente con la expresión facial, el tono de voz, etc. Muchos animales poseen esta facultad en un grado bastante mayor; utilizan ampliamente el sentido del olfato, y las emociones en cuestión son, por supuesto, menos complejas.

»En realidad, los seres humanos son capaces de mucho más, pero la facultad del contacto emocional directo empezó a atrofiarse a raíz del desarrollo del lenguaje, hace un millón de años. Ha sido un gran adelanto de nuestra Segunda Fundación recuperar este sentido olvidado, al menos en algunas de sus potencialidades.

»Pero no nacemos con su dominio. Un millón de años de decadencia es un formidable obstáculo, y es preciso reeducar este sentido, ejercitarlo como ejercitamos nuestros músculos. En esto reside la diferencia principal, porque *usted* ha nacido con él.

»Pudimos calcular todo esto. Calculamos asimismo el efecto de semejante sentido en un mundo de hombres que no lo poseían. Un hombre vidente en el país de los ciegos... Calculamos el grado de megalomanía que se apoderaría de usted, y creímos estar preparados. Pero no lo estábamos para dos factores.

»El primero era el gran alcance de su sentido. Nosotros sólo podemos inducir el contacto emocional con alguien que esté a la vista, lo cual nos hace más indefensos ante las armas físicas de lo que usted pueda creer. El papel que desempeña la vista es fundamental. Pero no ocurre así con usted. Sabemos con seguridad que ha controlado a hombres, e incluso que han mantenido un íntimo contacto emocional con ellos, sin necesidad de tenerlos al alcance de su vista, o de su oído. Esto lo descubrimos demasiado tarde.

»El segundo es que desconocíamos sus defectos físicos, en particular el que usted consideraba tan importante y por el que adoptó el nombre de Mulo. No previmos que no era simplemente un mutante, sino además un mutante estéril, y que padecía una distorsión psíquica debido a su complejo de inferioridad. Sólo adivinamos la megalomanía, y no una intensa paranoia psicopática al mismo tiempo.

»Soy yo quien ha de cargar con la responsabilidad de haber ignorado todo esto, porque era el jefe de la Segunda Fundación cuando usted conquistó Kalgan. Lo descubrimos cuando destruyó la Primera Fundación, demasiado tarde, y por este retraso han muerto millones de seres en Tazenda.

—¿Y ahora piensa arreglar las rosas? —Los delgados labios del Mulo se contrajeron, y su mente se estremeció de odio—. ¿Qué hará? ¿Cebarme? ¿Devolverme el vigor masculino? ¿Borrar de mi pasado una larga infancia en un ambiente hostil? ¿Lamenta usted acaso mis sufrimientos? ¿Lamenta *mi* desgracia? Yo no siento pena por lo que hice en mi favor. Que la Galaxia se proteja lo mejor que pueda, ya que no movió un solo dedo para protegerme cuando yo lo necesitaba.

—Naturalmente —replicó el Primer Orador—, sus emociones son fruto de su pasado y no deben ser condenadas..., solamente transformadas. La destrucción de Tazenda era inevitable. La alternativa hubiera sido una destrucción mucho mayor en toda la Galaxia durante muchos siglos. Hemos hecho lo que podíamos con nuestros medios limitados. Retiramos de Tazenda a tantos hombres como pudimos. Descentralizamos el resto de aquel mundo. Por desgracia, nuestras medidas fueron necesariamente insuficientes. Muchos millones de hombres murieron... ¿no lo lamenta?

—En absoluto, como tampoco lamento el hecho de que cien mil más morirán en Rossem dentro de seis horas escasas.

—¿En Rossem? —preguntó rápidamente el Primer Orador.

Se volvió hacia Channis, que había logrado incorporarse a medias, y dejó que su mente ejerciera su fuerza. Channis sintió la lucha de dos mentes en su interior, y entonces se produjo un quebrantamiento del vínculo y las palabras manaron de sus labios.

—Señor, he fracasado completamente. Él me obligó a confesarlo poco antes de que usted llegara. No pude resistirme, y no ofrezco ninguna excusa. Sabe que Tazenda no es la Segunda Fundación. Sabe que Rossem sí lo es.

Y el vínculo volvió a cerrarse dentro de él.

El Primer Orador frunció el ceño.

—Comprendo. ¿Cuáles son sus planes?

—¿Acaso lo duda? ¿Realmente encuentra difícil penetrar lo evidente? Mientras usted me describía la naturaleza del contacto emocional, mientras me lanzaba a la cara palabras como megalomanía y paranoia, yo trabajaba. Me he puesto en contacto con mi Flota, la cual ya tiene sus órdenes. Dentro de seis horas, a menos que dé una contraorden por la razón que sea, bombardearán toda la superficie de Rossem a excepción de este único pueblo y un área circundante de doscientos kilómetros cuadrados. Harán un trabajo concienzudo, y después aterrizarán aquí. Dispone usted de seis horas, y en seis horas no puede neutralizar mi mente ni salvar al resto de Rossem.

El Mulo extendió los brazos y rió de nuevo, mientras el Primer Orador parecía esforzarse por asimilar este inesperado cambio en la situación. Preguntó:

—¿Cuál es la alternativa?

—¿Por qué tiene que haber una alternativa? Yo no ganaría nada con ella. ¿Acaso he de proteger las vidas de los habitantes de Rossem? Tal vez me contente con que usted permita aterrizar a mis naves y todos ustedes, todos los hombres de la Segunda Fundación, se sometan al control mental. Tal vez entonces anularía la orden de bombardeo. Podría ser interesante tener bajo mi control a tantos hombres de tan preclara inteligencia. Pero, por otra parte, ello requeriría un esfuerzo considerable, y tal vez no merecería la pena, de modo que no tengo un interés especial en que usted consienta a ello. ¿Qué me contesta, hombre de la Segunda Fundación? ¿Qué arma tiene contra mi mente, que es por lo menos tan fuerte como la suya, y contra mis naves, que son más fuertes de lo que usted jamás soñó en poseer?

—¿Qué tengo yo? —repitió con lentitud el Primer Orador—. Pues... nada, excepto un pequeño grano... un pequeño grano de conocimiento que usted no posee.

—Hable rápidamente —se rió el Mulo—, y con inventiva, aunque no saldrá de esta ratonera por más que se revuelva.

—Pobre mutante —dijo el Primer Orador—, esto no es una ratonera. Pregúntese a sí mismo: ¿por qué Bail Channis fue enviado a Kalgan como señuelo? Bail Channis, que aunque joven y valiente es casi tan inferior a usted mentalmente como ese dormido oficial suyo, Han Pritcher. ¿Por qué no fui yo, u otro de nuestros dirigentes, que hubiera tenido más capacidad para enfrentarse a usted?

—Quizá —fue la confiada respuesta— no eran ustedes lo bastante tontos, ya que nadie puede enfrentarse a mí.

—La verdadera razón es más lógica. Usted sabía que Channis era de la Segunda Fundación. Le faltó capacidad para ocultarle a usted este hecho. Y también sabía que era superior a él, por lo que no le importó seguirle el juego y venir hasta aquí, como él quería, con el fin de derrotarle después. Si yo hubiera ido a Kalgan usted me habría matado porque habría visto en mí un peligro real; o si yo hubiese escapado a la muerte ocultando mi identidad, no habría conseguido que usted me siguiera al espacio. Sólo la inferioridad patente podía obligarle a la persecución. Y si usted hubiera permanecido en Kalgan, ni siquiera toda la fuerza de la Segunda Fundación podría haberle hecho el menor daño, rodeado como estaba por sus hombres, sus armas y su poder mental.

—Todavía dispongo de mi poder mental, charlatán —replicó el Mulo—, y mis hombres y mis armas no están lejos.

—Ciertamente, pero no está en Kalgan. Se encuentra en el Reino de Tazenda, lógicamente presentado a usted como la Segunda Fundación; muy lógicamente presentado. Tenía que hacerse así porque usted es un hombre inteligente, Primer Ciudadano, y sólo acepta la lógica.

—Correcto, y eso fue una victoria momentánea por su parte, pero tuve tiempo de arrancar la verdad a su hombre, Channis, y de comprender que tal verdad podía existir.

—Y nosotros, hombre de mente sutil, aunque no lo suficiente, comprendimos que usted querría dar un paso más, y por ello preparamos a Bail Channis.

—Esto es totalmente falso, porque yo le vacié el cerebro como se despluma una gallina. Se lo registré, y cuando dijo que Rossem era la Segunda Fundación, era la verdad fundamental, pues en su cerebro no había ni una grieta microscópica donde pudiera ocultarse un engaño.

—Cierto, y esto no hace más que corroborar nuestro acierto. Porque ya le he dicho que Bail Channis fue un voluntario. ¿Sabe usted qué clase de voluntario? Antes de que abandonase nuestra Fundación para dirigirse a Kalgan y acercarse a usted, se sometió a una cirugía emocional de naturaleza muy drástica. ¿Cree usted que era suficiente engañarle? ¿Cree que Bail Channis, con su mente intacta, hubiera podido engañarle? No, engañamos al propio Bail Channis por necesidad y con su consentimiento. Bail Channis está honradamente convencido de que Rossem es la Segunda Fundación. Y durante tres años, los hombres de la Segunda Fundación hemos construido la apariencia de este hecho aquí, en el Reino de Tazenda, esperándole a usted. Y hemos conseguido nuestros propósitos, ¿verdad? Penetró usted hasta Tazenda, y después hasta Rossem..., pero ya no puede ir más allá.

El Mulo se había puesto en pie.

—¿Se atreve a decirme que Rossem tampoco es la Segunda Fundación?

Channis, tendido en el suelo, sintió que sus vínculos se rompían para siempre, gracias a una corriente de
fuerza mental procedente del Primer Orador. Con
gran esfuerzo se levantó, y emitió una larga e incrédula
exclamación:

—¿Dice que Rossem *no* es la Segunda Fundación?

Los recuerdos de su vida, los conocimientos de su
mente... todo daba vueltas a su alrededor, en medio de
una gran confusión. El Primer Orador sonrió.

—Como ve, Primer Ciudadano, Channis está tan
asombrado como usted. Por supuesto que Rossem no es
la Segunda Fundación. ¿Acaso estamos tan locos como
para conducir a nuestro enemigo más fuerte y peligroso
hasta nuestro propio mundo? ¡Oh, no! Deje que su Flota bombardee Rossem, Primer Ciudadano, si ello le sa-
tisface. Que destruya todo lo que pueda, porque los
únicos a quienes puede matar somos Channis y yo mismo, y eso no mejorará mucho la situación para usted.

»La expedición a Rossem de la Segunda Fundación,
que ha trabajado aquí durante tres años y ha sido dirigida temporalmente por los Ancianos, embarcó ayer
para regresar a Kalgan. Naturalmente, evadirán a su
Flota, y llegarán a Kalgan por lo menos un día antes
que usted, por lo cual puedo decirle todo esto. A menos que dé una contraorden, a su regreso encontrará un
Imperio en rebeldía, un reino desintegrado, y los únicos hombres leales que le quedarán serán los que com-
ponen su Flota. Como ve, sus adversarios los superarán
astronómicamente en número. Además, los hombres
de la Segunda Fundación visitarán a sus astronautas y
se asegurarán de que usted ya no pueda convertir a
ninguno de ellos. Su Imperio ha terminado, mutante.

Lentamente, el Mulo bajó la cabeza, y la ira y la
desesperación inundaron su mente por completo.

—Sí. Demasiado tarde..., demasiado tarde. Ahora
lo veo.

—Ahora lo ve —repitió el Primer Orador—, y ahora no lo ve.

En el momento en que la desesperación dejaba indefensa la mente del Mulo, el Primer Orador, preparado para aquel instante y seguro por anticipado de su naturaleza, entró en ella rápidamente. Una insignificante fracción de segundo bastó para consumar completamente el cambio.

El Mulo levantó la vista y dijo:

—¿De modo que he de volver a Kalgan?

—Ciertamente. ¿Cómo se encuentra?

—Perfectamente bien —Frunció el ceño—. ¿Quién es usted?

—¿Acaso importa?

—Claro que no. —Pasó por alto la cuestión y tocó a Pritcher en el hombro—. Despierte Pritcher, nos vamos a casa.

Dos horas más tarde, Bail Channis ya se sentía con fuerzas suficientes como para caminar. Preguntó:

—¿Nunca recordará nada?

—Nunca. Conserva sus facultades mentales y su Imperio... pero sus motivaciones son enteramente distintas. La noción de una Segunda Fundación se ha borrado de su mente, y ahora es un hombre de paz. En lo sucesivo será mucho más feliz, y vivirá tranquilo los pocos años que le permitirá vivir su naturaleza desequilibrada. Y entonces, después de su muerte, el Plan Seldon proseguirá... de una u otra forma.

—¿Y es cierto —inquirió Channis—, es cierto que Rossem no es la Segunda Fundación? Hubiera jurado... Le digo que estoy *seguro* de que lo es. No estoy loco.

—No está loco. Channis; solamente, como ya he dicho, cambiado. Rossem no es la Segunda Fundación. ¡Vamos! Nosotros también volvemos a casa.

ÚLTIMO INTERLUDIO

Bail Channis se hallaba en la pequeña habitación de paredes cubiertas de baldosas blancas y dejaba que su mente se relajara. Se contentaba con vivir el presente. Había las paredes, la ventana, y afuera, la hierba. No tenían nombres; eran sólo cosas. También había una cama y una silla, y libros que se proyectaban vanamente en la pantalla situada al pie de la cama. La enfermera le llevaba el alimento.

Al principio realizó esfuerzos para comprender las frases sueltas que había oído, como las que dijeron aquellos dos hombres. Uno de ellos observó:

—Ahora padece una completa afasia. Está limpio y creo que no ha sufrido daño. Lo único necesario será introducir de nuevo la composición original de sus ondas cerebrales.

Channis recordaba vagamente los sonidos, que por alguna razón le parecían peculiares... e ignoraba si significaban algo. No valía la pena preocuparse. Era mejor contemplar los bonitos colores de la pantalla que había a los pies de aquel objeto sobre el que descansaba.

Entonces alguien entró, y después de hacerle ciertas cosas, le dejó profundamente dormido.

Cuando despertó, la cama fue repentinamente una cama y supo que estaba en un hospital, y las palabras que recordaba recobraron su sentido. Se sentó.

—¿Qué ocurre?

El Primer Orador estaba junto a él.

—Está usted en la Segunda Fundación, y ha recuperado su mente, su mente original.

—¡Sí! ¡*Sí!* —Channis adquirió el conocimiento de que ya era *él mismo*, y saberlo le procuró una alegría y un placer inauditos.

—Y ahora, dígame —le interpeló el Primer Orador—: ¿sabe dónde está actualmente la Segunda Fundación?

La verdad irrumpió en su interior como una inmensa ola, y Channis no contestó. Como le ocurriera a Ebling Mis en el pasado, sólo era consciente de una vasta y abrumadora sorpresa.

Hasta que finalmente asintió con la cabeza y murmuró:

—Por las estrellas de la Galaxia..., ¡ahora sí que lo sé!

LA BÚSQUEDA
DE LA FUNDACIÓN

7. ARCADIA

*DARELL, Arkady.—Novelista, nacida
11-5-362 D.F. Muerta 1-7-443 D.F. Aunque
principalmente conocida como escritora de
novelas, debe su fama a la biografía de su
abuela, Bayta Darell. Basada en información
de primera mano, ha sido durante siglos la
principal fuente de información relativa al
Mulo y su época. Al igual que* Memorias iné-
ditas, *su novela* Una y otra vez *es un apasio-
nante reflejo de la brillante sociedad kalganiana de principios del Interregno, basada,
según se cree, en una visita a Kalgan durante
su juventud...*

Enciclopedia Galáctica

Arcadia Darell declamó firmemente al micrófono
de su transcriptor:
—«El Futuro del Plan Seldon», por A. Darell —y
entonces pensó vagamente que algún día, cuando fuese
una gran escritora, firmaría todas sus obras maestras

bajo el seudónimo de Arkady. Simplemente Arkady, sin ningún apellido.

«A. Darell» era sólo lo que debía poner en todos los temas para su clase de Composición y Retórica. Todos los otros niños tenían que hacerlo igualmente, excepto Olynthus Dam, porque la clase entera estalló en carcajadas cuando lo hizo por primera vez. Y Arcadia era el nombre de una niña pequeña, que le fue impuesto porque su bisabuela se llamaba así, ya que sus padres no tenían *ninguna* imaginación.

Ahora, hacía dos días que había cumplido catorce años, lo lógico era que reconocieran el simple hecho de su madurez y la llamaran Arkady. Apretaba los labios cada vez que recordaba a su padre levantando la vista del proyector de libros y diciendo:

«—Pero si ahora finges que tienes diecinueve años, Arcadia, ¿qué harás cuando tengas veinticinco y todos los chicos piensen que has cumplido los treinta?»

Desde, el sillón en que se hallaba sentada de través —era su sillón favorito— podía contemplarse en el espejo de su tocador. El pie le tapaba un poco la imagen porque la zapatilla no dejaba de balancearse sobre el dedo gordo, así que se sentó sobre ambos pies y estiró todo el cuerpo hasta que estuvo segura de haber añadido por lo menos dos centímetros a su majestuosa esbeltez.

Por un momento contempló pensativamente su rostro demasiado redondo. Abrió las mandíbulas con los labios cerrados, y observó en todos sus ángulos la delgadez así obtenida. Humedeció sus labios con la punta de la lengua y los juntó en una mueca de fingida dulzura. Entonces dejó caer los párpados para adquirir una mirada misteriosa y mundana... ¡Oh, qué fastidio! ¿Por qué sus mejillas tenían aquel tonto tono rosado?

Trató de estirarse los ojos hacia los lados, para conseguir la languidez exótica de las mujeres de los sistemas estelares interiores, pero con las manos se tapaba la cara y no podía verse muy bien.

Entonces levantó la barbilla, se miró de perfil, y con los ojos en tensión, por mirar de reojo, y algo doloridos los músculos del cuello, dijo con voz algo más baja de su tono normal:

—Realmente, padre, si crees que me importa una sola *partícula* de lo que puedan pensar esos estúpidos chicos, estás...

Entonces recordó que aún tenía el transcriptor en la mano y funcionando, y exclamó, desconectándolo:

—¡Oh, demonios!

El papel de color violeta pálido, con margen de color melocotón a la izquierda, contenía lo siguiente:

EL FUTURO DEL PLAN SELDON

Realmente, padre, si crees que me importa una sola partícula de lo que puedan pensar esos estúpidos chicos, estás... ¡Oh, demonios!

Fastidiada, arrancó la hoja de la máquina y otra se colocó automáticamente en su lugar.

Pero el fastidio se desvaneció pronto de su rostro, y sus labios anchos se abrieron en una sonrisa de satisfacción. Olfateó el papel delicadamente. Era perfecto. Tenía el toque apropiado de elegancia y distinción, y el carácter de la escritura era la última palabra.

La máquina había sido enviada dos días atrás, en su primer cumpleaños de persona adulta. Había dicho a su padre:

—Pero, papá, todo el mundo, absolutamente *todo el mundo* de la clase con la más ligera pretensión de ser alguien posee una. Sólo una persona anticuada usaría una máquina manual...

El vendedor explicó:

—No existe otro modelo tan compacto por un lado y tan adaptable por el otro. Deletrea y puntúa correctamente según el sentido de la frase. Es, por supuesto, una gran ayuda en la educación, pues anima al usuario a emplear una enunciación cuidadosa y una respiración correcta a fin de asegurar la escritura perfecta, además de exigir una pronunciación adecuada y elegante para la correcta puntuación.

Incluso entonces su padre intentó adquirir una de impresión por cinta entintada, como si ella fuera una maestra insulsa y solterona.

Pero cuando la enviaron vio que era el modelo que ella quería —obtenido tal vez con más lamentos y sollozos de los que convenían a la adulta edad de catorce años—, y la escritura era encantadora y enteramente femenina, con las mayúsculas más bellas y graciosas que nadie contemplara en su vida.

Incluso la exclamación «¡Oh demonios!» respiraba encanto, escrita por el transcriptor.

Pero ella tenía que dictar bien, así que adoptó una postura erguida en su asiento, colocó ante sí el primer borrador, con un gesto profesional, y empezó de nuevo, clara y armoniosamente, con el abdomen hundido, el pecho alto y la respiración cuidadosamente controlada. Entonó, con fervor dramático:

«El Futuro del Plan Seldon.

»Estoy segura de que la historia del pasado de la Fundación es bien conocida por todos los que hemos tenido la suerte de ser educados en el eficiente y bien dirigido sistema escolar de nuestro planeta.

(¡Bien! Aquello suavizaría las cosas con la señorita Erlking, aquella vieja y maligna bruja.)

»La historia de dicho pasado es, en su mayor parte, la historia del gran Plan de Hari Seldon. Ambas son una sola. Pero la cuestión presente hoy día en la mente de casi todos es si el Plan continuará en su gran sabiduría o si será locamente destruido, en el supuesto de que aún no se haya llevado a cabo su destrucción.

»A fin de comprender este aspecto, conviene repasar someramente los puntos culminantes del Plan, tal como ha sido revelado hasta ahora a la humanidad.

(Esta parte era fácil porque había estudiado Historia Moderna el semestre anterior.)

»Hace casi cuatro siglos, cuando el Primer Imperio Galáctico se hallaba sumido en la parálisis que precedió a su muerte definitiva, un hombre —el gran Hari Seldon— previó el inminente final. Y lo previó gracias a la ciencia de la psicohistoria, cuyas intrincadas matemáticas habían permanecido en el olvido durante largo tiempo.

»Él y los hombres que trabajaban a su lado pudieron predecir el curso de las grandes corrientes sociales y económicas dominantes en la Galaxia por aquella época. Comprendieron que, sin ayuda, el Imperio se derrumbaría, y que a partir de entonces reinaría el caos durante, por lo menos, treinta mil años, antes de que fuera establecido un nuevo Imperio.

»Era demasiado tarde para evitar la gran caída, pero aún era posible acortar el período intermedio del caos. Por consiguiente, el Plan fue elaborado con el fin de reducir a un solo milenio el intervalo entre el Primer Imperio y el Segundo. Ahora estamos completando el cuarto siglo de este milenio, y muchas generaciones de hombres han vivido y muerto mientras el Plan continúa su inexorable marcha.

»Hari Seldon estableció dos Fundaciones en extremos opuestos de la Galaxia, del modo y en las circunstancias necesarias para obtener la mejor solución matemática de su problema psicohistórico. En una de estas Fundaciones, *la nuestra*, establecida aquí, en Términus, se concentraron las ciencias físicas del Imperio, y mediante la posesión de estas ciencias la Fundación pudo contener los ataques de los reinos bárbaros que se habían separado y proclamado independientes en los límites del Imperio.

»La Fundación consiguió, asimismo, conquistar estos reinos rebeldes con ayuda de una serie de caudillos sabios y heroicos, como Salvor Hardin y Haber Mallow, que supieron interpretar inteligentemente el Plan y conducir a nuestra patria a través de sus complicadas coyunturas. Todos nuestros planetas siguen venerando su recuerdo, pese a que han transcurrido varios siglos.

»Eventualmente, la Fundación estableció un sistema comercial que controlaba una gran porción de los sectores siwenniano y anacreontiano de la Galaxia, e incluso derrotó a los restos del antiguo Imperio bajo el mando de su último gran general, Bel Riose. Parecía que nada podría detener la marcha del Plan Seldon. Todas las crisis previstas por Seldon se habían producido en el momento señalado y habían sido solucionadas, y con cada una de estas soluciones la Fundación dio un paso gigantesco en su camino hacia el Segundo Imperio y la paz.

»Y entonces —perdió el aliento en este punto, y silabeó las palabras entre dientes, pero el transcriptor se limitó a escribirlas, tranquila y graciosamente—, tras la desaparición de los últimos restos del Primer Imperio, cuando solamente ineficaces señores guerreros gobernaban sobre las cenizas y astillas del coloso derribado —había copiado esta frase de una novela de aventuras transmitida por el vídeo la semana anterior, pero la vieja señorita Erlking jamás escuchaba otra cosa que sinfonías y conferencias, de modo que no se enteraría—, apareció en escena el Mulo.

»Este hombre extraño no había sido previsto en el Plan. Era un mutante, y su nacimiento no hubiera podido predecirse. Poseía la extraña y misteriosa facultad de controlar y manipular las emociones humanas, y de este modo podía moldear a todos los hombres según su capricho. Con sobrecogedora rapidez se convirtió en conquistador y constructor de un Imperio, hasta que, finalmente, derrotó a la propia Fundación.

»Sin embargo, nunca obtuvo el dominio universal, ya que en su primera y arrolladora empresa fue detenido por la sabiduría y el valor de una gran mujer —ahora se enfrentaba al problema de siempre. Su padre *insistía* en que no debía revelar jamás que era nieta de Bayta Darell. Todo el mundo sabía que Bayta fue la mujer más grande de la historia; y era cierto que había detenido al Mulo sin ayuda de nadie— cuya verdadera historia es conocida en su totalidad por muy pocos hombres.

(¡Ya estaba dicho! Si tenía que leerlo ante la clase podía decir lo último en voz muy baja, y a buen seguro que alguien preguntaría cuál era la verdadera historia; y entonces... bueno, entonces no tendría más remedio que contar la verdad. En su mente ya estaba preparando una larga y elocuente explicación a un padre severo e inquisitivo.)

»Tras cinco años de gobierno restringido se produjo otro cambio cuyas razones son desconocidas, y el Mulo abandonó todos sus planes de ulteriores conquistas. Sus últimos cinco años fueron los de un inteligente déspota.

»Algunos dicen que el cambio operado en el Mulo se debió a la intervención de la Segunda Fundación. No obstante, nadie ha descubierto nunca la localización de esta otra Fundación, ni se conoce su función exacta, por lo que la teoría carece de base.

»Una generación ha pasado desde la muerte del Mulo. ¿Qué será del futuro, ahora que ha existido y, por fin, desaparecido? Él interrumpió el Plan Seldon y al parecer lo hizo estallar en fragmentos, pero en cuanto murió, la Fundación resurgió de nuevo, como una nova de las cenizas de una estrella moribunda.

(Esta frase era sólo suya.)

»Una vez más, el planeta Términus alberga el centro de una federación comercial casi tan grande y rica como la que precedió a la conquista, y aún más pacífica y democrática.

»¿Ha sido esto planeado? ¿Continúa vivo el gran sueño de Seldon? ¿Se formará un Segundo Imperio Galáctico dentro de seiscientos años? Yo así lo creo, porque —ésta era la parte importante. La señorita Erlking no se cansaba de garabatear con lápiz rojo: "Pero esto es sólo descriptivo. ¿Cuáles son sus reacciones personales? ¡Piense! ¡Exprésese! ¡Penetre su propia alma!" Penetrar la propia alma. Como si ella supiera algo de almas, con su cara de limón que no había sonreído en la vida...— nunca, en ninguna época, ha sido tan favorable la situación política. El viejo Imperio está completamente muerto, y el período de dominio del Mulo también, al igual que la era de señores guerreros que lo precedió. La mayor parte de las áreas circundantes de la Galaxia están civilizadas y disfrutan de paz.

»Además, la salud interna de la Fundación es mejor que nunca. Los despóticos tiempos de los alcaldes hereditarios de la preconquista han cedido el paso a las elecciones democráticas de la primera época. Ya no hay mundos disidentes de Comerciantes Independientes, como tampoco existen las injusticias y dislocaciones que acompañaban a las acumulaciones de gran riqueza en manos de unos pocos.

»No hay razón, por lo tanto, para temer el fracaso, a menos que sea cierto que la propia Segunda Fundación representa un peligro. Los que así piensan carecen de evidencia en qué fundar sus afirmaciones, que se basan únicamente en supersticiones y temores. Yo creo que nuestra confianza en nosotros mismos, en nuestra nación y en el gran Plan de Hari Seldon, debería expulsar de nuestros corazones y nuestras mentes todas las incertidumbres y —humm. Eso era en exceso grandilocuente, pero se esperaba algo parecido al final— por eso afirmo...»

Aquí terminó por el momento «El Futuro del Plan Seldon», porque sonó un ligerísimo golpe en la ventana, y cuando Arcadia se levantó de un salto se encontró frente a una cara sonriente que estaba al otro lado del cristal; una cara cuya simetría de rasgos era acentuada de modo interesante por la línea corta y vertical de un dedo colocado sobre los labios.

Tras la breve pausa necesaria para adoptar una actitud de perplejidad, caminó hacia el diván situado frente a la ancha ventana donde se encontraba la aparición y, arrodillándose encima de él, miró pensativamente hacia fuera.

La sonrisa se desvaneció enseguida del rostro del hombre. Mientras los dedos de una mano se agarraban al alféizar, los de la otra hicieron un rápido gesto. Arcadia obedeció con calma y corrió el pestillo que movía suavemente el tercio inferior de la ventana, permitiendo que el cálido aire de primavera se mezclase con el aire acondicionado del interior.

—No puede entrar —dijo con tranquila satisfacción—. Todas las ventanas están provistas de una pantalla que sólo deja pasar a las personas que viven aquí. Si usted entra, sonarán todas las alarmas imaginables. —Hizo una pausa y añadió—: Su aspecto es bastante ridículo, colgado del alféizar. Si no tiene cuidado se caerá y se romperá el cuello, amén de destrozar muchas flores valiosas.

—En tal caso —replicó el hombre de la ventana, que había estado pensando lo mismo, pero con una ligera variación en los adjetivos—, ¿por qué no neutralizas la pantalla y me dejas entrar?

—No pienso hacerlo —repuso Arcadia—. Probablemente usted busca una casa diferente, porque yo no soy la clase de chica que deja entrar en su... dormitorio a hombres desconocidos, y menos a estas horas de la noche.

Sus ojos, al decir esto, adoptaran una insólita seriedad, o algo que pretendía parecerlo.

Todo vestigio de humor había desaparecido del rostro del joven desconocido. Murmuró:

—Es la casa del doctor Darell, ¿verdad?

—¿Por qué habría de decírselo?

—¡Oh, por la Galaxia! Adiós...

—Si salta ahora, jovencito, tocaré personalmente la alarma. —El adjetivo era de una refinada ironía, pues a los ojos experimentados de Arcadia el intruso parecía tener por lo menos treinta años; de hecho, era viejo.

Una larga pausa. Entonces, él dijo:

—Bueno, vamos a ver, niña; si no quieres que me quede, ni quieres que me vaya, ¿cuál es tu intención?

—Supongo que puedo dejarle entrar. El doctor Darell vive aquí. Voy a neutralizar la pantalla.

Cautelosamente, tras una mirada inquisitiva, el hombre apoyó una mano en la ventana, se dio impulso y saltó al interior. Con gesto airado se desempolvó las rodillas y levantó hacia la muchacha el rostro ahora enrojecido.

—¿Estás completamente segura de que tu reputación no sufrirá ningún daño cuando me encuentren aquí?

—No sufriría tanto como la suya si, cuando oiga pasos en el exterior, grito, vocifero y digo que ha entrado aquí por la fuerza.

—Conque eso harías, ¿eh? —replicó él con forzada cortesía—. ¿Y cómo piensas explicar la neutralización de la pantalla protectora?

—¡Bah, eso sería fácil! No estaba conectada.

El hombre abrió mucho los ojos.

—¿Ha sido una treta? ¿Cuántos años tienes, chiquilla?

—Considero muy impertinente su pregunta, jovencito. Y no estoy acostumbrada a que me llamen «chiquilla».

—No me extraña. Probablemente eres la abuela del Mulo, disfrazada. ¿Te importa que me vaya antes de que se organice un linchamiento conmigo en el papel principal?

—Será mejor que no se vaya..., porque mi padre le está esperando.

La mirada del hombre volvió a ser cautelosa. Enarcó una ceja mientras decía con pretendida ligereza:

—¿Ah, sí? ¿Hay alguien con tu padre?

—No.

—¿Le ha visitado alguien últimamente?

—Sólo comerciantes... y usted.

—¿No ha ocurrido nada especial?

—Sólo usted.

—Olvídate de mí, ¿quieres? No, no me olvides. Dime, ¿cómo sabías que tu padre me estaba esperando?

—¡Oh, eso fue fácil! La semana pasada recibió una Cápsula Personal, cifrada expresamente para él, que contenía un mensaje autooxidable, ya sabe. Tiró la cápsula al desintegrador de basuras, y ayer dio a Poli, es nuestra sirvienta, unas vacaciones de un mes para que pueda visitar a su hermana en la ciudad de Términus. Esta tarde ha arreglado la cama de la habitación de huéspedes. De este modo me he enterado de que esperaba a alguien acerca del cual yo no podía saber nada. Corrientemente, me lo cuenta todo.

—¡Vaya! Me sorprende que tenga que hacerlo. Yo diría que tú lo sabes todo antes de que te lo cuente.

—En general, así es.

Entonces soltó una carcajada. Estaba empezando a sentirse a sus anchas. El visitante era de edad avanzada, pero su aspecto tenía una gran distinción, con sus cabellos castaños rizados y los ojos muy azules. Tal vez conocería a alguien parecido en el futuro, cuando ella también fuese vieja.

—¿Y cómo sabías exactamente que era yo a quien esperaba? —preguntó él.

—Bueno, ¿quién podía ser, si no? Esperaba a alguien con gran secreto, ¿comprende?, y entonces usted llega agarrándose a las ventanas, en lugar de entrar por la puerta principal como hacen las personas sensatas. —Recordó una de sus frases favoritas, y la usó inmediatamente—: ¡Los hombres son tan estúpidos!

—Estás muy segura de ti misma, ¿no crees, niña? Quiero decir, señorita. Podrías estar en un error, ¿sabes? ¿Y si yo te dijera que todo esto es un misterio para mí y que, por cuanto yo sé, tu padre está esperando a otro y no a mí?

—¡Oh, no lo creo! Yo no le he dicho que entrara hasta que le he visto tirar su cartera.

—¿Mi qué?

—Su cartera, jovencito. No estoy ciega. No se le cayó de las manos, porque *primero* miró hacia abajo, como para asegurarse de que caería bien. Entonces debió pensar que iría a parar justo bajo los setos y nadie la vería, de modo que la tiró y *no* volvió a mirar hacia abajo. Además, el hecho de que entrara por la ventana y no por la puerta principal indica que le daba un poco de miedo aventurarse en la casa sin antes investigar el lugar. Y después de discutir conmigo se cuidó de la cartera antes de cuidar de sí mismo, lo cual indica que considera el contenido de la cartera más valioso que su propia seguridad, y esto significa que mientras usted esté aquí dentro y la cartera esté afuera, y nosotros sepamos que está afuera, su situación es bastante precaria.

Hizo una pausa para recobrar el aliento, y el hombre dijo entre dientes:

—Excepto que estoy pensando en estrangularte o dejarte medio muerta y largame de aquí, *con* la cartera.

—Excepto, jovencito, que yo tengo por casualidad un palo de béisbol debajo de la cama, al que puedo llegar en un segundo desde donde estoy sentada, y que soy muy fuerte para ser una chica.

Callejón sin salida. Finalmente, con forzada cortesía, el «jovencito» dijo:

—Será mejor que me presente, ya que somos tan amigos. Soy Pelleas Anthor. ¿Cuál es tu nombre?

—Soy Arca... Arkady Darell. Encantada de conocerle.

—Y ahora, Arkady, ¿quieres ser una niña buena y llamar a tu padre?

Arcadia se enfureció.

—No soy una niña. Creo que es usted muy grosero..., especialmente cuando está pidiendo un favor.

Pelleas Anthor suspiró.

—Muy bien. ¿Quieres ser una buena y cariñosa viejecita, que huele a lavanda, y llamar a tu padre?

—Tampoco es eso lo que quería, pero le llamaré. Recuerde que no pienso quitarle los ojos de encima, jovencito —y pataleó contra el suelo.

Se oyeron pasos en el vestíbulo, alguien abrió la puerta de par en par.

—Arcadia... —Hubo una pequeña explosión de jadeos, y el doctor Darell preguntó—: ¿Quién es usted, señor?

Pelleas se puso en pie de un salto, con evidente alivio.

—¿Es el doctor Toran Darell? Soy Pelleas Anthor. Creo que ha recibido noticias de mi visita. Al menos, su hija así lo asegura.

—¿Mi *hija* lo asegura? —La miró con reprobación, pero la mirada resbaló por la impenetrable red de inocencia con que ella recibió la acusación. El doctor Darell dijo por fin—: Es cierto, le esperaba. ¿Quiere acompañarme al piso de abajo?

Se detuvo al darse cuenta de que algo se movía, y Arcadia lo observó casi simultáneamente.

Se abalanzó sobre su transcriptor, pero fue inútil, pues su padre ya se encontraba junto a él. El doctor Darell dijo con dulzura:

—Lo has dejado funcionando todo este tiempo, Arcadia.

—Padre —gimió ella, realmente angustiada—, no es nada cortés leer la correspondencia privada de otra persona, en especial si se trata de correspondencia sonora.

—¡Ah! —exclamó el padre—, ¡pero esta vez se trata de una «correspondencia sonora» con un desconocido en tu dormitorio! Como padre, Arcadia, tengo que protegerte contra el mal.

—¡Oh, demonios! No ha pasado nada malo.

Pelleas rió de improviso.

—Eso no es cierto, doctor Darell. La jovencita iba a acusarme de toda clase de cosas, y debo insistir en que usted lo lea, sólo para salvar mi buen nombre.

—¡Oh...!

Arcadia reprimió las lágrimas con un esfuerzo. Su propio padre ni siquiera confiaba en ella. Y el maldito transcriptor... Si aquel idiota no hubiese aparecido en la ventana, ella no habría olvidado desconectar la máquina. Y ahora su padre pronunciaría largos discursos sobre lo que una jovencita no debe hacer. Al parecer, lo único que podía hacer era ahogarse de pena y morir.

—Arcadia —dijo suavemente su padre—, creo que una señorita como tú...

—Lo sabía, lo sabía.

—... no debería ser impertinente con hombres de más edad que ella.

—Pero... ¿por qué tenía que venir a atisbar a mi ventana? Una joven tiene derecho a su intimidad... Ahora tendré que escribir de nuevo toda mi maldita composición.

—Tú no eres quién para acusarle de haberse acercado a tú ventana. Podrías haberle prohibido la entrada. Podrías haberme llamado al instante..., en especial si creías que le estaba esperando.

Arcadia replicó con rabia:

—Hubiera sido mejor que no le vieses... es un estúpido. Lo echará todo a perder si entra por las ventanas, en vez de hacerlo por las puertas.

—Arcadia, nadie necesita tu opinión sobre cuestiones de las que nada sabes.

—Claro que sé algo. Se trata de la Segunda Fundación.

Hubo un silencio. Incluso Arcadia sintió un estremecimiento nervioso en el estómago.

El doctor Darell preguntó en voz baja.

—¿Dónde has oído eso?

—En ninguna parte, pero ¿qué otra cosa requiere tanto secreto? Y no tienes que preocuparte de que lo diga a nadie.

—Señor Anthor —dijo el doctor Darell—, debo pedirle perdón por todo esto.

—No importa —fue la respuesta algo tensa de Anthor—. No es culpa de usted que ella se haya vendido a las fuerzas de la oscuridad. Pero ¿me permite hacerle una pregunta antes de irnos? Señorita Arcadia...

—¿Qué quiere?

—¿Por qué consideras estúpido entrar por las ventanas en lugar de hacerlo por las puertas?

—Porque así proclama lo que quiere ocultar, tonto. Si yo tengo un secreto no me pongo una mordaza en la boca para que todo el mundo *sepa* que tengo un secreto. Hablo mucho, como siempre, pero de otras cosas. ¿No ha leído nunca los proverbios de Salvor Hardin? Fue nuestro primer alcalde, ¿lo sabía?

—Sí, lo sabía.

—Pues bien, solía decir que sólo una mentira que no estuviera avergonzada de sí misma podía tener éxito. También dijo que nada tenía que ser cierto, pero que todo tenía que *sonar* como si lo fuese. Si usted entra por una ventana, es una mentira avergonzada de sí misma, y no suena a cierta.

—Entonces, ¿qué hubieras hecho tú?

—Si yo hubiese querido ver a mi padre para un asunto altamente secreto, me hubiera presentado a él abiertamente y hablado con él de toda clase de temas estrictamente legítimos. Y después, cuando todo el mundo me conociera y me asociara con mi padre con toda naturalidad, ambos podríamos hablar de cuantos secretos quisiéramos, pues nadie sospecharía nada.

Anthor dirigió a la muchacha una mirada extraña, y luego dijo al doctor Darell:

—Vámonos. He de recoger una cartera que tengo en el jardín. ¡Espere! Una última pregunta, Arcadia: ¿verdad que no tienes ningún palo de béisbol debajo de la cama?

—¡No, ninguno!

—¡Ya! Lo suponía.

El doctor Darell se detuvo en el umbral.

—Arcadia —dijo, cuando escribas de nuevo tu composición sobre el Plan Seldon, no seas innecesariamente misteriosa respecto a tu abuela. No la menciones en absoluto.

Él y Pelleas bajaron las escaleras en silencio. Entonces el visitante preguntó con voz tensa:

—Espero que no le importe, señor. ¿Qué edad tiene su hija?

—Cumplió catorce años hace dos días.

—¿*Catorce*? Por la Gran Galaxia... Dígame, ¿alguna vez le ha dicho que espera casarse en el futuro?

—No. Nunca me ha hablado de eso.

—Bien, si algún día se va a casar, mátelo. Me refiero a su novio. —Miró gravemente a los ojos del otro—. Hablo en serio. La vida no puede contener un horror más grande que vivir con la persona que será cuando tenga veinte años. No es mi intención ofenderle, naturalmente.

—No me ha ofendido. Creo que sé a qué se refiere.

En el piso superior, el objeto de sus tiernos análisis se hallaba sentada frente al transcriptor; con gesto de tedio, dictó: «Elfuturodelplanseldon.» El transcriptor, con infinito aplomo, lo tradujo a elegantes y complicadas mayúsculas:

«EL FUTURO DEL PLAN SELDON»

8. EL PLAN SELDON

MATEMÁTICAS.—*La síntesis del cálculo de n-variables y de geometría n-dimensional es la base de lo que Seldon llamó una vez «mi pequeña álgebra de la humanidad»...*

Enciclopedia Galáctica

Considérese una habitación.

Su localización no tiene importancia por el momento. Será suficiente decir que en dicha habitación, más que en ninguna otra parte, existía la Segunda Fundación.

Era una habitación que, a través de los siglos, había sido morada de la ciencia pura, y, sin embargo, carecía de los aditamentos a los cuales se ha llegado a asociar la ciencia durante milenios. Se trataba de una ciencia que únicamente consistía en conceptos matemáticos, de un modo similar a la especulación de las antiquísimas razas que vivieron en los primitivos días prehistóricos en los que no existía la tecnología; antes de que el hombre se aventurase más allá de un solo mundo, ahora desconocido.

La habitación contenía, protegido por una ciencia mental inexpugnable hasta entonces para el poder físico combinado del resto de la Galaxia, el Primer Radiante, que encerraba en su interior el Plan Seldon... completo. También había un hombre en la habitación: el Primer Orador.

Era el duodécimo en la línea de principales guardianes del Plan, y su título no llevaba consigo otro privilegio que el de hablar primero en las reuniones de los dirigentes de la Segunda Fundación.

Su predecesor había derrotado al Mulo, pero las consecuencias de aquella gigantesca lucha todavía obstaculizaban el camino del Plan. Durante veinticinco años, él y su administración habían intentado obligar a toda la Galaxia, llena de tercos y estúpidos seres humanos, a reemprender aquel camino... La tarea era inmensa.

El Primer Orador dirigió la vista hacia la puerta que se abría. Incluso mientras consideraba, en la soledad de la habitación, el cuarto de siglo de esfuerzos que ahora se acercaba, lenta e inexorablemente, a su punto culminante, incluso mientras se hallaba sumido en tales pensamientos, su mente había recordado al recién llegado con cierta expectación: un joven, un estudiante, uno de aquellos que eventualmente podrían ocupar un puesto de responsabilidad.

El joven titubeó en el umbral, y el Primer Orador tuvo que ir hacia él para invitarle a entrar, poniéndole una mano amistosa sobre el hombro.

El estudiante sonrió con timidez, y el Primer Orador respondió diciendo:

—Primero he de comunicarle por qué está usted aquí.

Se sentaron junto a la mesa, uno frente al otro. Ninguno de los dos hablaba del modo reconocido como «lenguaje» por los hombres de la Galaxia que no pertenecían a la Segunda Fundación.

Originalmente, el lenguaje fue el medio por el cual el hombre aprendió, de forma imperfecta, a transmitir las ideas y emociones de su mente. Estableciendo arbitrarios sonidos y combinaciones de los mismos que representasen ciertos matices mentales, desarrolló un método de comunicación, método que con su torpeza y falta de adecuación hizo degenerar toda la delicadeza de la mente en toscas señales guturales.

Paso a paso pueden seguirse los resultados; y todos los sufrimientos de la humanidad pueden atribuirse al solo hecho de que ningún hombre en la historia de la Galaxia, hasta Hari Seldon, y muy pocos hombres después de él, pudieron entenderse mutuamente. Todos los seres humanos vivían tras un muro impenetrable de espesa niebla dentro del cual existían aisladamente. De vez en cuando se oían tenues señales desde el fondo de la caverna habitada por otro hombre... y así comenzaba un intento de aproximación entre los dos. Pero como no se conocían y no podían comprenderse, ni se atrevían a confiar el uno en el otro, y habían sentido desde la infancia los terrores y la inseguridad de aquel aislamiento total, existía el profundo temor del hombre hacía el hombre, la salvaje rapacidad del hombre hacia el hombre.

Los pies humanos, durante decenas de miles de años, se habían hundido y arrastrado en el fango, anquilosando a las mentes que, durante igual período de tiempo, habían sido dignas de la compañía de las estrellas.

Sombríamente, el instinto del hombre había intentado escapar de la prisión del lenguaje corriente. La semántica, la lógica simbólica, el psicoanálisis, todos habían sido tentativas para refinar o prescindir del lenguaje.

La psicohistoria fue producto de la ciencia mental, su matematización final, y la que al fin logró el éxito tan buscado. A través del desarrollo de las matemáticas necesarias para comprender los hechos de la fisiología neuronal y la electroquímica del sistema nervioso, que a su vez debían ser atribuidas, *debían* serlo, a fuerzas nucleares, se hizo posible por primera vez desarrollar verdaderamente la psicología. Y a través de la generalización del conocimiento psicológico, desde el individuo hasta el grupo, la sociología fue asimismo matematizada.

Los grupos más numerosos, los miles de millones que habitaban planetas, los billones que vivían en los Sectores, los trillones que ocupaban toda la Galaxia, se convirtieron no sólo en seres humanos, sino también en fuerzas gigantescas susceptibles de tratamiento estadístico, de forma que para Hari Seldon el futuro se hizo claro e inevitable y el Plan pudo ser establecido.

Los mismos desarrollos básicos de la ciencia mental que había originado el desarrollo del Plan Seldon hicieron también innecesario que el Primer Orador empléase palabras para dirigirse al estudiante.

Todas las reacciones a un estímulo, por pequeño que fuese, eran suficientemente indicativas de todos los cambios insignificantes, de todas las corrientes fugaces que pasaban por la mente del otro. El Primer Orador no podía captar instintivamente el contenido emocional de la mente del estudiante, como lo hubiera podido hacer el Mulo (ya que el Mulo era un mutante y tenía facultades muy difíciles de ser totalmente comprendidas por un hombre corriente, ni siquiera por un miembro de la Segunda Fundación), pero podía deducirlo, como resultado de un intensivo entrenamiento.

Sin embargo, como es inherentemente imposible, en una sociedad basada en el lenguaje, indicar el método de comunicación empleado por los miembros de la Segunda Fundación para hablar entre sí, ignoraremos toda esta cuestión de ahora en adelante. El Primer Orador hablará el lenguaje común, y si la traducción no es siempre enteramente satisfactoria, es, al menos, lo mejor que se puede hacer en las actuales circunstancias.

Supondremos, por consiguiente, que el Primer Orador dijo: «Primero tengo que comunicarle por qué está usted aquí», en lugar de sonreír de *cierta* manera y levantar un dedo de forma *determinada*.

Y siguió:

—Usted ha estudiado a fondo la ciencia mental durante casi toda su vida. Ha asimilado todo cuanto sus maestros podían enseñarle. Ya es tiempo de que usted, y unos pocos como usted, comiencen el aprendizaje de la Oratoria.

Agitación al otro lado de la mesa.

—No, debe usted tomarlo flemáticamente. Esperaba reunir las cualidades necesarias, pero temía no conseguirlo. En realidad, tanto la esperanza como el miedo son debilidades. Usted *sabía* que estaba cualificado, y vacila antes de admitir el hecho porque admitirlo podría indicar que está demasiado seguro de sí mismo y, por ello, ser descalificado. ¡Tonterías! El hombre más irreversiblemente estúpido es aquel que ignora su sabiduría. Que usted *supiera* que estaba cualificado forma parte de esta misma cualificación.

Relajamiento al otro lado de la mesa.

—Exactamente. Ahora se siente mejor y ya no está en guardia. Está mejor preparado para concentrarse y comprender. Recuerde que para ser realmente eficaz no es necesario sujetar la mente bajo una barrera de control, pues ello la convierte casi en una mentalidad desnuda. Es más conveniente cultivar cierta inocencia, cierta conciencia de sí mismo, y una ingenuidad que no oculte nada. Mi mente está abierta ante usted. Haga, pues, lo mismo.

Prosiguió:

—No es fácil ser Orador. Tampoco es fácil ser psicohistoriador, y ni siquiera los mejores psicohistoriadores son necesariamente buenos Oradores. Aquí existe una distinción: un Orador no sólo ha de conocer las complicaciones matemáticas del Plan Seldon; ha de sentir simpatía por él y por sus fines. Tiene que *amar* el Plan; para él ha de ser su vida y el aire que respira. Más que eso: ha de ser, incluso, un amigo viviente. ¿Sabe usted qué es esto?

La mano del Primer Orador señaló un cubo negro y brillante que había en el centro de la mesa. Era totalmente liso.

—No, Orador, no lo sé.

—¿Ha oído hablar del Primer Radiante?

—¿Esto? —profirió con asombro el estudiante.

—¿Esperaba algo más noble e imponente? Es natural. Fue creado en los días del Imperio por hombres de la época de Seldon. Durante casi cuatrocientos años ha funcionado perfectamente, sin necesidad de rectificaciones o reajustes, lo cual es una suerte, ya que nadie de la Segunda Fundación posee los conocimientos requeridos para repararlo de forma técnica. —Sonrió bondadosamente—. Los de la Primera Fundación tal vez podrían hacer un duplicado, pero nunca deben conocer su existencia, naturalmente.

Acercó la mano a una plaquita situada a la izquierda de la mesa y la habitación se sumió en la oscuridad, pero sólo por un momento, pues gradualmente una fluorescencia fue iluminando las dos paredes más largas de la habitación. Primero apareció un blanco nacarado, después una tenue mancha longitudinal más oscura aquí y allí, y, finalmente, las ecuaciones finamente impresas en negro, con una ocasional línea roja que serpenteaba por entre los números oscuros como un tímido arroyuelo.

—Venga, hijo mío, acérquese a la pared. No proyectará ninguna sombra. Esta luz no emana del Radiante en la forma corriente. A decir verdad, yo ignoro totalmente por qué medios se produce este efecto, pero no proyectará ninguna sombra. De eso estoy seguro.

Se colocaron juntos en la luz. Cada pared tenía nueve metros de longitud por tres de altura. La escritura era pequeña y cubría toda la superficie.

—Esto no es todo el Plan —dijo el Primer Orador—. Para que cupiera en estas dos paredes habría que reducir las ecuaciones individuales a tamaño microscópico, pero no es necesario. Lo que usted ve aquí representa las principales porciones del Plan hasta ahora. Ya ha estudiado esto, ¿verdad?

—En efecto, Orador.

—¿Reconoce alguna porción?

Un largo silencio. El estudiante señaló con un dedo, y, mientras lo hacía, la hilera de ecuaciones fue descendiendo por la pared, hasta que la determinada serie de funciones que había tenido en el pensamiento —era difícil creer que el rápido y generalizado gesto del dedo hubiera tenido la suficiente precisión— se encontró al nivel de sus ojos.

El Primer Orador rió casi inaudiblemente.

—Comprobará que el Primer Radiante se adapta en el acto a su mente. Puede esperar más sorpresas de este pequeño aparato. ¿Qué iba usted a decir acerca de la ecuación que ha elegido?

—Es... una integral rigeliana —tartamudeó el estudiante—, referida a una distribución planetaria que indica la presencia de dos clases económicas principales en el planeta, o tal vez un Sector, además de una pauta emocional inestable.

—¿Y qué significa?

—Representa el límite de tensión, ya que aquí tenemos —señaló, y de nuevo se movieron las ecuaciones— una serie convergente.

—Bien —aprobó el Primer Orador—. Ahora dígame qué piensa de todo esto. Una completa obra de arte, ¿verdad?

—¡Definitivamente!

—¡Se equivoca! No lo es —dijo con brusquedad—. Es la primera lección que debe aprender. El Plan Seldon no está completo ni es correcto. Es, simplemente, lo mejor que se podía hacer en aquel tiempo. Más de una docena de generaciones de hombres han estudiado estas ecuaciones, trabajado con ellas, analizado hasta el último decimal y examinado su conjunto. Han hecho más que eso: han visto pasar casi cuatrocientos años, y, al margen de las predicciones y ecuaciones, han comprobado la realidad y han aprendido. Han aprendido más cosas de las que Seldon logró saber, y si pudiéramos repetir la obra de Seldon con el conocimiento acumulado de los siglos, realizaríamos un trabajo mucho mejor. ¿Está esto perfectamente claro para usted?

El estudiante parecía un poco aturdido.

—Antes de que obtenga su título de Oratoria —continuó el Primer Orador—, tendrá que hacer su propia contribución original al Plan. No, no se trata de una blasfemia. Cada línea roja de las que ve en la pared es la contribución de un hombre de los nuestros que ha vivido después de Seldon. Verá..., verá... —Miró hacia arriba—. ¡Ahí está!

Toda la pared dio la impresión de caer sobre él.

—Ésta es la mía —dijo.

Una sutil línea roja rodeaba dos flechas bifurcadas e incluía casi dos metros cuadrados de deducciones a lo largo de cada trayectoria. Entre las dos había una serie de ecuaciones en rojo.

—No parece gran cosa —observó el Orador—. Está en un punto del Plan que no alcanzaremos hasta después de un tiempo tan largo como el que ya ha pasado. Está en el período de fusión, cuando el futuro Segundo Imperio se halle en las garras de personalidades rivales que amenazarán con dividirlo si la lucha es demasiado equilibrada, o estancarlo si la lucha es demasiado desigual. Aquí están consideradas ambas posibilidades, e indicado el método para evitarlas. No obstante, sólo es una cuestión de probabilidades, y puede existir una tercera trayectoria. Su probabilidad es relativamente baja, de un doce coma sesenta y cuatro por ciento, para ser exacto; pero han tenido lugar probabilidades aún menores, y el Plan sólo está completo en un cuarenta por ciento. Esta tercera probabilidad consiste en un posible compromiso entre dos o más de las personalidades en conflicto. He demostrado que esto congelaría primero al Segundo Imperio en un molde infructuoso, y, más tarde, causaría más daños por medio de guerras civiles de los que serían infligidos en caso de no llegar al acuerdo. Por fortuna, esto también se podría evitar. Tal ha sido mi contribución.

—Si me permite interrumpir, Orador... ¿Cómo se realiza un cambio?

—Mediante la intervención del Radiante. Por ejemplo, verá usted que, en su caso, sus matemáticas serán comprobadas rigurosamente por cinco juntas diferentes; y se le exigirá que las defienda contra un ataque sistemático y despiadado. Entonces pasarán dos años, y sus resultados serán revisados de nuevo. Ha ocurrido más de una vez que un trabajo perfecto en apariencia no ha revelado sus errores hasta pasado un período inductivo de meses o años. A veces, el propio autor descubre la equivocación. Si, después de dos años, la contribución pasa otro examen no menos exhaustivo que el primero, y, mejor aún, si en el intervalo el joven científico ha aportado detalles adicionales, evidencia subsidiaria, la contribución es agregada al Plan. Fue el punto culminante de mi carrera, y será el punto culminante de la suya. El Primer Radiante puede ser ajustado a su mente, y todas las correcciones y adiciones se pueden hacer por comunicación mental. No habrá nada que indique que la corrección o adición es de usted. En toda la historia del Plan no ha habido ninguna personalización; es la obra de todos nosotros. ¿Me comprende?

—¡Sí, Orador!

—En tal caso, sigamos. —Un paso hacia el Primer Radiante y las paredes volvieron a su opacidad natural, salvo los bordes superiores, iluminados por la luz corriente de la habitación—. Siéntese ante mi mesa y escúcheme. Para un psicohistoriador, como tal, es suficiente conocer su Bioestadística y sus Electromatemáticas Neuroquímicas. Algunos no conocen nada más y sólo sirven para ser técnicos estadísticos. Pero un Orador ha de ser capaz de discutir el Plan sin matemáticas, y, si no el propio Plan, al menos su filosofía y sus fines. Ante todo, ¿cuál es el propósito del Plan? Le ruego que me lo diga con sus propias palabras, y no recurra a los delicados sentimientos. No le juzgarán por su delicadeza y suavidad, se lo aseguro.

Era la primera oportunidad que tenía el estudiante de pronunciar algo más que dos palabras, y titubeó antes de lanzarse al espacio libre que se le ofrecía.

Empezó tímidamente:

—Como resultado de lo que he aprendido, creo que la intención del Plan es establecer una civilización humana basada en una orientación totalmente distinta de lo que ha existido hasta ahora. Una orientación que, de acuerdo con los descubrimientos de la psicohistoria, nunca podría haberse producido *espontáneamente*...

—¡Un momento! —La voz del Primer Orador era insistente—. No debe usted decir «nunca»; es una perezosa consideración de los hechos. En realidad, la psicohistoria sólo predice probabilidades. Un suceso determinado puede ser infinitesimalmente probable, pero la probabilidad es siempre mayor que cero.

—Sí, Orador. Entonces, si me permite corregirme, diré que es tan hecho conocido que la orientación deseada no posee grandes probabilidades de producirse espontáneamente.

—Eso está mejor. ¿Cuál es la orientación?

—Es la de una civilización basada en la ciencia mental. En toda la historia conocida de la humanidad, los progresos han sido principalmente en tecnología física, es decir, en la capacidad de manejar el mundo inanimado que rodea al hombre. El control de sí mismo y de la sociedad ha sido abandonado a la casualidad o a los vagos esfuerzos de sistemas éticos intuitivos basados en la inspiración y la emoción. Como resultado, jamás ha existido una cultura cuya estabilidad sobrepasara el cincuenta y cinco por ciento, y ello a costa de grandes sufrimientos humanos.

—¿Y por qué la orientación de que estamos hablando no es espontánea?

—Porque un número relativamente grande de seres humanos es capaz de tomar parte en el progreso de la ciencia física, y todos reciben el beneficio bruto y visible de ella. En cambio, sólo una pequeñísima minoría es inherentemente capaz de conducir al hombre a través de las mayores complicaciones de la ciencia mental, y los beneficios que se derivan de ella, aunque más duraderos, son más sutiles y menos evidentes. Además, como semejante orientación llevaría al desarrollo de una dictadura benévola por parte de los mejor dotados mentalmente —de hecho, una subdivisión más elevada del hombre—, despertaría resentimientos y no podría ser estable sin la aplicación de una fuerza que reduciría al resto de la humanidad a un nivel de barbarie. Tal desarrollo nos repugna y debe ser evitado.

—¿Cuál es, pues, la solución?

—La solución es el Plan Seldon. Se han organizado y mantenido unas condiciones que, cuando haya pasado un milenio desde su establecimiento, o sea, seiscientos años a partir de ahora, quedará establecido un Segundo Imperio Galáctico en el que la humanidad estará preparada para ser dirigida por medio de la ciencia mental. En este mismo intervalo, durante el desarrollo de la Segunda Fundación, surgirá un grupo de psicólogos dispuesto a asumir la dirección. O bien, como he pensado a menudo, la Primera Fundación suministrará el marco *físico* de una única unidad política, y la Segunda Fundación suministrará el marco *mental* de una clase dirigente ya preparada.

—Comprendo. Bastante acertado. ¿Cree usted que cualquier Segundo Imperio, aunque se formara en la época fijada por Seldon, serviría como cumplimiento de su Plan?

—No. Orador, no lo creo. Hay varios posibles Segundos Imperios que pueden formarse en el período comprendido entre los novecientos y los mil setecientos años tras el comienzo del Plan, pero sólo uno de ellos es el Segundo Imperio.

—Y en vista de todo esto, ¿por qué es necesario que la existencia de la Segunda Fundación sea un secreto, sobre todo para la Primera Fundación?

El estudiante buscó un significado oculto en esta pregunta, pero no lo encontró. Pareció turbado en su respuesta:

—Por la misma razón que los detalles del Plan en

conjunto deben ocultarse a la humanidad en general. Las leyes de la psicohistoria son estadísticas por naturaleza, y quedan invalidadas si las acciones de hombres individuales no son, en su naturaleza, casuales. Si un grupo numeroso de seres humanos conociera los detalles importantes del Plan, sus actos serían gobernados por este conocimiento y ya no serían casuales en el sentido de los axiomas de la psicohistoria. En otras palabras, ya no serían perfectamente previsibles. Le ruego me perdone, Orador, pues tengo la impresión de que la respuesta no es satisfactoria.

—Su impresión es justa; la respuesta está lejos de ser completa. Es la propia Segunda Fundación la que debe mantenerse oculta, no simplemente el Plan. El Segundo Imperio aún no está formado. Tenemos todavía una sociedad que rechazaría una clase dirigente de psicólogos, y que temería su desarrollo y lucharía contra él. ¿Lo comprende usted?

—Sí. Orador, lo comprendo. Este punto no ha sido puesto de relieve...

—Se equivoca. No lo ha sido... en las aulas, aunque usted hubiera debido ser capaz de deducirlo por sí mismo. Nos ocuparemos de éste y de muchos otros puntos de ahora en adelante, durante su aprendizaje. Me verá usted de nuevo dentro de una semana. Para entonces, me gustaría escuchar sus comentarios sobre un problema que voy a plantearle. No quiero un tratamiento matemático completo y riguroso. Eso requeriría un año para un experto, y no una semana para usted. Lo que quiero es una indicación en lo tocante a tendencias y direcciones... Aquí tiene usted una bifurcación del Plan de un período de tiempo situado hace alrededor de medio siglo. Están incluidos los detalles necesarios. Observará que el camino seguido por la realidad supuesta difiere de todas las predicciones calculadas; su probabilidad es de menos de un uno por ciento. Deberá usted estimar el tiempo que esta divergencia puede continuar antes de convertirse en incorregible. Estime también el final probable, si no es corregida, y un método razonable de corrección.

El estudiante giró el visor al azar y contempló con expresión grave los pasajes presentados en la diminuta pantalla. Preguntó:

—¿Por qué este problema en particular, Orador? Es obvio que tiene más significado que el puramente académico.

—Gracias, hijo mío. Es usted tan rápido como yo esperaba. El problema no es una suposición. Hace casi cincuenta años el Mulo irrumpió en la historia galáctica, y durante diez fue el hecho aislado más importante del universo. Su aparición no había sido prevista ni calculada. Deformó gravemente el Plan, pero no de una forma fatal. Sin embargo, para detenerle antes de que la coyuntura tuviese un resultado fatal, nos vimos obligados a tomar parte activa contra él. Revelamos nuestra existencia y, lo que es infinitamente peor, una parte de nuestro poder. La Primera Fundación ha oído hablar de nosotros, y sus actos están ahora condicionados por este conocimiento. Obsérvelo en el problema presentado. Aquí. Y allí. Naturalmente, no hablará usted de esto con nadie.

Se produjo un impresionante silencio mientras la comprensión invadía la mente del estudiante. Exclamó:

—Entonces, ¡el Plan Seldon ha fracasado!

—Todavía no. Solamente *puede* haber fracasado. Las probabilidades de éxito son todavía del veintiuno coma cuatro por ciento, según el más reciente cálculo.

9. LOS CONSPIRADORES

Para el doctor Darell y Pelleas Anthor, las veladas pasaban en agradable conversación, y los días en placentera inactividad. Podría haber sido una visita cualquiera. El doctor Darell presentó al joven como un primo suyo del espacio exterior, y este común parentesco amortiguó el posible interés de los demás.

No obstante, en las charlas a veces surgía un nombre. La gente escuchaba con amable atención. El doctor Darell decía «no» o decía «sí». Una llamada por la onda abierta de la comunidad anunció una invitación casual: «Me gustaría que conocierais a mi primo.»

Los preparativos de Arcadia procedían a su propio modo. De hecho, sus actos podían considerarse como los menos directos de todos.

Por ejemplo: persuadió a Olynthus Dam, en la escuela, para que le regalase un receptor de sonido de fabricación casera, utilizando métodos que indicaban un futuro muy peligroso para todos los hombres con los que pudiera entrar en contacto. A fin de evitar los detalles, demostró tan desusado interés por la afición tan cacareada de Olynthus —que tenía un taller en su casa—, combinado con la transferencia muy bien modulada de este interés a las regordetas facciones de Olynthus, que el infortunado muchacho acabó: 1) perorando interminablemente sobre los principios del motor de hiperonda; 2) fijándose de modo embriagador en los grandes y absortos ojos dirigidos casualmente hacia él, y 3) poniendo en las manos de ella su más preciada creación, el mencionado receptor de sonido.

Arcadia, a partir de entonces, cultivó a Olynthus en grado decreciente durante un tiempo prudencial, suficiente como para alejar toda sospecha de que el receptor de sonido había sido la causa de su amistad. Durante los meses que siguieron, Olynthus conservó en la mente el recuerdo de aquel breve período de su vida, hasta que, finalmente, lo olvidó por falta de ulteriores motivos.

Cuando llegó la séptima noche, y cinco hombres se reunieron en la sala de estar de los Darell, bien provistos de comida y tabaco, la mesa del dormitorio de Arcadia estaba ocupada por aquel irreconocible producto casero de la inventiva de Olynthus.

Eran cinco hombres: el doctor Darell, con hebras de plata en los cabellos y vestido meticulosamente, aparentando algo más de sus cuarenta y dos años; Pelleas Anthor, serio y de mirada inquieta por el momento, joven de aspecto e inseguro de sí mismo; y tres hombres nuevos: Jole Turbor, locutor de televisión, corpulento y de labios gruesos; el doctor Elvett Semic, profesor, ya jubilado, de Física en la Universidad, flaco y arrugado, con un traje que le venía grande; y Homir Munn, bibliotecario, esbelto y terriblemente intranquilo.

El doctor Darell habló con serenidad, en tono normal y sencillo:

—Esta reunión, caballeros, ha sido convocada por algo más que por razones sociales. Puede que lo hayan adivinado. Como han sido elegidos deliberadamente a causa de su pasado, adivinarán también el peligro que ello implica. No es mi intención subestimarlo, pero quiero señalar que, en cualquier caso, estamos todos condenados. Habrán observado que ninguno de ustedes ha sido invitado con la menor tentativa de secreto. No se les ha pedido que vinieran aquí ocultándose. Las ventanas no han sido ajustadas a la opacidad desde el exterior. En la habitación no hay ninguna clase de pantalla. Atraer la atención del enemigo equivaldría a nuestra perdición; y el mejor modo de atraer la atención es adoptar una actitud misteriosa y teatral.

—¡Ja! —dijo Arcadia, inclinada sobre el receptor, que transmitía las voces con algún que otro chirrido.

—¿Lo comprenden?

Elvett Semic torció el labio inferior y mostró los dientes, acrobacia que precedía cada una de sus frases.

—Vamos, al grano. Háblenos de este jovencito.

El doctor Darell explicó:

—Su nombre es Pelleas Anthor. Fue alumno de mi viejo colega Kleise, que murió el año pasado. Kleise me envió su pauta cerebral hasta el quinto subnivel, y esta pauta ha sido ahora comparada con la del hombre que tienen ustedes delante. Sé que una pauta cerebral no puede ser duplicada hasta este punto, ni siquiera por consumados psicólogos. Si no conocen este hecho, tendrán que creer en mi palabra.

Turbor intervino, con los labios fruncidos.

—No hay más remedio que empezar por algo. Aceptaremos su palabra, dado que es usted el más grande electroneurólogo de la Galaxia, ahora que Kleise ha muerto. Al menos, así es como le he descrito en mi comentario de la televisión, e incluso estoy convencido de ello. ¿Qué edad tiene usted, Anthor?

—Veintinueve años, señor Turbor.

—Humm. ¿Y también es electroneurólogo? ¿Uno de categoría?

—Sólo un estudiante de esa ciencia. Pero trabajo con tesón, y he tenido el privilegio de ser alumno de Kleise.

Munn interrumpió. Tartamudeaba ligeramente en momentos de tensión:

—Me gus... taría que empe... zasen. Creo que to... dos hablan demasiado.

El doctor Darell enarcó una ceja en dirección a Munn.

—Tiene razón, Homir. Usted tiene la palabra, Pelleas.

—Aún no —repuso Pelleas Anthor con lentitud—, porque antes de empezar, aunque aprecio la opinión del señor Munn, tengo que solicitar datos de ondas cerebrales.

Darell frunció el ceño.

—¿Qué significa esto, Anthor? ¿A qué ondas cerebrales se refiere?

—A las pautas de todos ustedes. Usted ha tomado la mía, doctor Darell. Yo he de tomar la de usted y las de los demás. Y he de hacer las mediciones yo mismo.

Turbor dijo:

—No hay razón para que se fíe de nosotros Darell. El joven esta en su derecho.

—Gracias —dijo Anthor—. Si nos conduce a su laboratorio, doctor Darell, iniciaremos la tarea. Me tomé la libertad de comprobar sus aparatos esta mañana.

La ciencia de la electroencefalografía era a la vez nueva y antigua. Era antigua en el sentido de que el conocimiento de las microcorrientes generadas por las células nerviosas de los seres vivos pertenecía a aquella inmensa categoría del saber humano cuyo origen se había perdido por completo. Era un conocimiento que se remontaba a los primeros vestigios de la historia humana...

Y, no obstante, también era nueva. El dato de la existencia de microcorrientes se adormeció a lo largo de decenas de miles de años, en los tiempos del Imperio Galáctico, como uno de esos vívidos y caprichosos, pero totalmente inútiles, elementos del saber humano. Algunos habían intentado formar clasificaciones de ondas analizando la vigilia y el sueño, la calma y la excitación, la salud y la enfermedad; pero incluso las más amplias deducciones habían presentado multitud de excepciones que las desvirtuaban.

Otros habían intentado demostrar la existencia de grupos de ondas cerebrales, análogos a los bien conocidos grupos sanguíneos, y demostrar que el medio ambiente era el factor determinante. Éstos fueron los aficionados a la clasificación racial, que pretendían que el hombre podía dividirse en subespecies. Pero semejante filosofía no pudo luchar contra el arrollador impulso económico de un Imperio Galáctico, una unidad política que abarcaba veinte millones de sistemas estelares, desde el mundo central de Trántor, ahora un deslumbrante e imposible recuerdo del gran pasado, hasta el más solitario asteroide de la periferia.

Por añadidura, en una sociedad entregada, como la del Primer Imperio, a las ciencias físicas y la tecnología inanimada, existía una vaga pero potente aversión al estudio de la mente. Era menos respetable por ser de menor utilidad inmediata; y no encontraba financiación porque era menos provechosa.

Después de la caída del Primer Imperio se produjo la fragmentación de la ciencia organizada, retrasándose todo más hacia el pasado, incluso más allá de las bases fundamentales de la energía atómica, hasta la energía química del carbón y el petróleo. La única excepción, naturalmente, fue la Primera Fundación, donde la chispa de la ciencia, revitalizada e intensificada, era mantenida asiduamente. Sin embargo, también allí gobernaba la física, y el cerebro, aparte de la cirugía, era terreno abandonado por todos.

Hari Seldon fue el primero en expresar lo que después acabó siendo aceptado como la verdad.

—Las microcorrientes nerviosas —dijo una vez— llevan consigo la chispa de todos los impulsos y reacciones, conscientes e inconscientes. Las ondas cerebrales registradas sobre papel cuadriculado en forma de temblorosos picos y hendiduras son espejo de los combinados pulsos mentales de miles de millones de células. Teóricamente, el análisis revelaría los pensamientos y emociones del sujeto, incluso los más insignificantes. Las diferencias detectadas no se deben solamente a defectos físicos, heredados o adquiridos, sino también a cambiantes estados emocionales, a una mayor educación y experiencia, e incluso a algo tan sutil como un cambio en la filosofía de la vida del sujeto.

Pero ni siquiera Seldon podía ir más allá de la especulación.

Y ahora hacía cincuenta años que los hombres de la Primera Fundación estaban investigando aquel complicado e increíblemente vasto almacén de nuevos conocimientos. El enfoque, naturalmente, se hacía con técnicas nuevas, como, por ejemplo, el uso de electrodos en suturas craneales con un medio recién desarrollado que permitía el contacto directo con las células grises, sin necesitar siquiera el afeitado de un sector de la cabeza. También había un dispositivo que automáticamente registraba las ondas cerebrales en su totalidad y como funciones separadas de seis variables independientes.

Lo más significativo era, tal vez, el creciente respeto con que se consideraba la encefalografía y el encefalógrafo. Kleise, el más grande de todos ellos, ocupaba en convenciones científicas el mismo lugar de honor que los físicos. El doctor Darell, aunque ya no dedicaba su actividad a esta ciencia, era casi tan conocido por sus brillantes avances en el análisis encefalográfico como por el hecho de ser hijo de Bayta Darell, la gran heroína de la generación anterior.

Así pues, en aquellos momentos el doctor Darell se hallaba sentado en su propia silla, con los ligeros electrodos presionando apenas su cráneo, mientras las agujas registradoras iban de un lado a otro sobre el papel cuadriculado. Estaba de espaldas a ellas, pues de otro modo, como era bien sabido, la vista de las curvas en movimiento inducía un esfuerzo inconsciente por controlarlas, produciendo visibles resultados; pero sabía que la esfera central expresaba la curva Sigma, fuertemente rítmica y poco variable, que era de esperar, de su potente y disciplinada mente. Aquella curva sería reforzada y purificada en la esfera auxiliar que se ocupaba de la onda del cerebelo. Habría los bruscos y casi discontinuos saltos del lóbulo frontal, y el ligero temblor de las regiones profundas, con su escaso alcance de frecuencias...

Conocía su propia pauta de ondas cerebrales tanto como un artista podía ser perfectamente consciente del color de sus ojos.

Pelleas Anthor no hizo ningún comentario cuando Darell se levantó de la silla reclinable. El joven extrajo los siete registros y les dio una ojeada con la mirada rápida y penetrante de quien sabe con exactitud cuál es la minúscula faceta que está buscando.

—Si no tiene inconveniente, doctor Semic...

El rostro de Semic, amarillento por la edad, era grave. La electroencefalografía era una ciencia que apenas conocía; una recién llegada hacia la que sentía un vago resentimiento. Sabía que era viejo y que la pauta de sus ondas lo pondría de manifiesto. Lo proclamaban las arrugas de su rostro, sólo hablaban de su cuerpo. Las pautas de sus ondas cerebrales podían proclamar asimismo su vejez. Era una invasión inoportuna y desagradable de la última fortaleza protectora de un hombre: su propia mente.

Le ajustaron los electrodos. El proceso no era doloroso en ningún momento, por supuesto. Sólo se sentía un insignificante cosquilleo muy por debajo del umbral de la sensación.

Después le tocó el turno a Turbar, que permaneció inmóvil e impasible durante los quince minutos del proceso, y a Munn, que se estremeció al primer contacto de los electrodos y después pasó toda la sesión haciendo girar los ojos en las órbitas, como si quisiera mirar hacia atrás por un agujero de su occipucio.

—Y ahora... —dijo Darell, cuando todo hubo terminado.

—Y ahora... —repitió Anthor en tono de excusa— hay una persona más en la casa.

Darell, frunciendo el ceño, preguntó:

—¿Mi hija?

—Sí. Recuerde que sugerí que se quedara en casa esta noche.

—¿Para un examen encefalográfico? ¿Por qué?

—No puedo continuar si no se hace.

Darell se encogió de hombros y subió las escaleras. Arcadia, advertida, tuvo tiempo de desconectar el receptor de sonido antes de que él entrara; luego le siguió hasta la planta baja con sumisa obediencia. Era la primera vez en su vida —exceptuando la pauta mental básica que le tomaron poco después de nacer para fines de identificación y registro— que se encontraba bajo los electrodos.

—¿Puedo verlo? —preguntó cuando se hubo terminado, alargando la mano.

El doctor Darell dijo:

—No lo entenderías, Arcadia. ¿No es hora ya de que te vayas a la cama?

—Sí, padre —repuso ella, sumisa—. Buenas noches a todos.

Subió corriendo las escaleras y se metió en la cama con un mínimo de preparación. Puso el receptor de sonido de Olynthus debajo de la almohada y se sintió como un personaje de película, entusiasmada y excitada por su «espionaje».

Las primeras palabras que oyó fueron pronunciadas por Anthor:

—Caballeros, todos los análisis son satisfactorios, incluido el de la niña.

«¡Niña!», pensó Arcadia, furiosa, e hizo una mueca a Anthor en la oscuridad.

Anthor abrió su cartera y extrajo de ella varias docenas de registros de ondas cerebrales. No eran originales. La cartera estaba provista de una cerradura especial; si una mano que no fuera la suya hubiese sostenido la llave, el contenido se habría quemado silenciosa e instantáneamente, reduciéndose a un montón de cenizas indescifrables. Una vez sacados de la cartera, los registros sufrían el mismo proceso al cabo de media hora.

Pero durante su breve duración, Anthor habló rápidamente:

—Tengo aquí los registros de varios funcionarios del Gobierno de Anacreonte. Éste es el de un psicólogo de la Universidad de Locris; éste, el de un industrial de Siwenna. El resto véanlo ustedes mismos.

Todos se apiñaron sobre los documentos. Para todos, menos para Darell, no eran más que líneas sinuosas sobre papel cuadriculado. Darell, en cambio, veía en ellos un claro lenguaje.

Anthor observó:

—Fíjese, doctor Darell, en la región plana existente entre las ondas secundarias tauianas del lóbulo frontal que todos estos registros tienen en común. ¿Desea usar mi regla analítica, señor, para comprobar esta afirmación?

La regla analítica podía considerarse un pariente lejano en la forma —en que puede serlo un rascacielos de una choza— de aquel juguete del jardín de infancia, la regla de cálculo logarítmico. Darell la usó con la soltura que confiere una larga práctica. Hizo unos dibujos con el resultado, y, tal como afirmara Anthor, observó que había planicies en las regiones del lóbulo frontal donde debía haber fuertes desniveles.

—¿Cómo interpretaría usted eso, doctor Darell? —preguntó Anthor.

—No estoy seguro. A primera vista, no me parece posible. Incluso en casos de amnesia hay supresión, pero no desaparición. ¿Cirugía cerebral drástica, tal vez?

—¡Oh, algo ha sido cortado, sí! —exclamó Anthor con impaciencia—. Pero no en el sentido físico. Creo que el Mulo podría haber hecho exactamente lo siguiente: suprimir de modo total la capacidad para cierta emoción o actitud mental, y no dejar más que una planicie como ésta. O si no...

—O si no, podría haberlo hecho la Segunda Fundación. Iba usted a decir eso, ¿verdad? —preguntó Turbor con una lenta sonrisa.

No había necesidad de contestar a aquella pregunta completamente retórica.

—¿Qué le hizo sospechar, señor Anthor? —inquirió Munn.

—No fui yo, sino el doctor Kleise quien sospechó. Coleccionaba pautas de ondas cerebrales como lo hace la policía Planetaria, pero con fines diferentes. Se especializaba en intelectuales, funcionarios del Gobierno y comerciantes importantes. Verán, es evidente que si la Segunda Fundación dirige el curso histórico de la Galaxia, nuestro curso, ha de hacerlo sutilmente y de forma imperceptible. Si manipulan las mentes, como deben de estar haciendo, serán las mentes de personas con influencia, ya sea cultural, industrial o política. Y el doctor Kleise coleccionaba precisamente ésas.

—Ya —objetó Munn—, pero ¿hay corroboración? ¿Cómo actúa esa gente? Me refiero a los que tienen la planicie. Tal vez sea un fenómeno perfectamente normal.

Miró con ansiedad a los otros con sus ojos azules y algo infantiles, pero no recibió ninguna respuesta alentadora.

—Dejemos esto al doctor Darell —dijo Anthor—. Pregúntele cuántas veces ha visto este fenómeno en sus estudios generales, o en casos mencionados por la literatura de la generación anterior. Después pregúntele cuáles son las probabilidades de que sea descubierto uno de cada mil casos entre las categorías que estudió el doctor Kleise.

—Supongo que no cabe la menor duda —observó Darell, pensativo— de que son mentalidades artificiales. Han sido manipuladas. En cierto modo, yo ya sospechaba esto...

—Lo sé, doctor Darell —dijo Anthor—. También sé que en un tiempo trabajó con el doctor Kleise. Me gustaría saber por qué dejó de hacerlo.

No había hostilidad en su pregunta; tal vez sólo precaución, pero, en cualquier caso, originó una larga pausa. Darell miró a sus invitados de uno en uno, y luego dijo bruscamente:

—Porque la lucha de Kleise era inútil. Competía

con un adversario demasiado fuerte para él. Estaba detectando lo que ambos, él y yo, sabíamos que detectaría: que no éramos nuestros propios dueños. *¡Y yo no quería saberlo!* Quería respetarme a mí mismo; me gustaba pensar que nuestra Fundación era dueña de su alma colectiva; que nuestros antepasados no habían luchado y muerto en vano. Creí que lo más sencillo era inhibirme del asunto mientras no estuviera completamente seguro. No necesitaba conservar mi puesto, ya que la pensión concedida a perpetuidad por el Gobierno a la familia de mi madre era suficiente para mis pequeñas necesidades. El laboratorio de mi casa bastaría para ahuyentar el tedio, y la vida llegaría algún día a su fin... Entonces murió Kleise...

Semic mostró los dientes y dijo:

—Yo no conozco a ese tal Kleise. ¿Cómo murió?

Anthor intervino:

—*Murió*. Y él lo intuyó. Medio año antes me dijo que se estaba acercando demasiado...

—Ahora también nosotros nos es... tamos acercando dema... siado, ¿verdad? —murmuró Munn, con la boca seca.

—Sí —asintió Anthor llanamente—, pero ya nos acercábamos, en cualquier caso, todos nosotros. Por eso han sido elegidos. Yo era alumno de Kleise. El doctor Darell era colega suyo. Jole Turbor ha denunciado por televisión nuestra fe ciega en la mano salvadora de la Segunda Fundación, hasta que el Gobierno le ha hecho enmudecer... a instancias, si puedo mencionarlo, de un poderoso financiero cuyo cerebro muestra lo que Kleise solía llamar la planicie manipulada. Homir Munn tiene la mayor colección privada de datos relativos al Mulo, y ha publicado algunos ensayos que especulan sobre la naturaleza y función de la Segunda Fundación. El doctor Semic ha contribuido más que nadie a las matemáticas del análisis encefalográfico, aunque no creo que se diera cuenta de que sus matemáticas se aplicarían de este modo.

Semic abrió mucho los ojos y rió entre dientes.

—No, jovencito. Yo analizaba los movimientos intranucleares; ya sabe, el problema de los n-cuerpos. Me pierdo en la encefalografía.

—Bien, ya conocemos nuestra posición. Naturalmente, el Gobierno no puede hacer nada en este asunto. Ignoro si el alcalde o alguien de su administración es consciente de la gravedad de la situación. Lo que sí sé es que nosotros cinco no tenemos nada que perder y mucho que ganar. A medida que aumenten nuestros conocimientos también aumentarán nuestras posibilidades de ir en la dirección correcta. Comprendan que no somos más que un comienzo.

—¿Hasta qué punto se ha infiltrado esta Segunda Fundación? —quiso saber Turbar.

—No lo sé. Hay una respuesta probable: todas las infiltraciones que hemos descubierto estaban en los bordes exteriores de la nación. El mundo capital puede estar todavía limpio, aunque ni siquiera eso es seguro... de lo contrario, no les hubiera sometido a esta prueba. Usted, doctor Darell, era particularmente sospechoso, puesto que abandonó su investigación con Kleise. ¿No sabe que Kleise jamás se lo perdonó? Yo pensé que tal vez la Segunda Fundación le había corrompido, pero Kleise siempre insistía en que usted era un cobarde. Espero que me perdone, doctor Darell, por mencionar esto, pero lo hago para aclarar mi propia posición. Personalmente, creo comprender su actitud, y si fue cobardía la considero venial.

Darell tomó aliento antes de replicar:

—¡Huí!, o llámelo como quiera. Sin embargo, intenté conservar nuestra amistad, pero él no me escribió ni me llamó hasta el día en que me envió sus datos de ondas cerebrales, y lo hizo una semana antes de morir...

—Perdonen —interrumpió Homir Munn, con un acceso de nerviosa elocuencia—, no..., no comprendo su actitud. So... somos un simple puñado de conspiradores, si lo único que ha... cemos es hablar y hablar sin... tino. Pero tampoco veo lo que po... odemos hacer. Esto es muy in... fantil. On... ondas cerebrales y miste... rios, y nada más. ¿No tienen idea de lo que va... amos a *hacer*?

—Sí, una cosa. —Pelleas Anthor les miró con los ojos brillantes—. Necesitamos más información sobre la Segunda Fundación. Es la necesidad primordial. El Mulo pasó los cinco primeros años de su mandato buscando esta misma información... y fracasó, o esto es lo que nos han hecho creer. Pero lo cierto es que dejó de buscar. ¿Por qué? ¿Por qué fracasó? ¿O por qué lo consiguió?

—Más ch... charla —dijo Munn con amargura—. ¿Cómo podemos saberlo?

—Si quieren escucharme... La capital del Mulo estaba en Kalgan. Kalgan no formaba parte de la esfera de influencia comercial de la Fundación en la época anterior al Mulo, y tampoco forma parte de ella ahora. Actualmente, Kalgan está gobernado por un hombre, Stettin, a menos que mañana se produzca otra revolución palaciega. Stettin se autodenomina Primer Ciudadano y se considera sucesor del Mulo. Si en aquel mundo hay alguna tradición, se basa en la superhumanidad y grandeza del Mulo; una tradición de intensidad casi supersticiosa. Como resultado, el viejo palacio del Mulo es mantenido como un santuario. Ninguna persona sin autorización puede entrar en él; en su interior todo está intacto.

—¿Y bien?

—Me pregunto: ¿por qué todo eso? En tiempos como éstos nada ocurre sin una razón. ¿Y si no es sólo la superstición lo que hace inviolable el palacio del

Mulo? ¿Y si todo es obra de la Segunda Fundación? Por último, ¿y si los resultados de los cinco años de búsqueda del Mulo se encuentran en el interior?

—¡Oh, paparruchas!

—¿Por qué no? —interrogó Anthor—. A lo largo de toda su historia, la Segunda Fundación se ha ocultado; apenas si ha intervenido en los asuntos galácticos. Sé que a nosotros nos parecería más lógico destruir el palacio, o, al menos, retirar los datos; pero deben ustedes considerar la psicología de estos maestros en esa ciencia. Son Seldons, son Mulos, y trabajan por caminos indirectos, a través de la mente. Jamás destruirían o robarían cuando pueden lograr sus fines creando un estado mental. ¿Sí o no?

No hubo una respuesta inmediata, y Anthor continuó:

—Y usted, Munn, es precisamente quien puede encontrar la información que necesitamos.

—¿*Yo?* —Fue un grito de asombro. Munn les miró rápidamente de uno en uno—. No puedo hacer se... semejante cosa. No soy un hombre de a... acción ni un héroe de no... ovela televisiva. Soy bibliotecario. Si pue... puedo ayudarles de este mo... modo, de acuerdo, desafiaré a la Se... egunda Fundación, pero no me la... anzaré al espacio con una misión qui... jotesca como ésta.

—Escúcheme —dijo Anthor, pacientemente—. El doctor Darell y yo hemos llegado a la conclusión de que usted es el hombre indicado. Es la única manera de hacerlo con naturalidad. Dice que es bibliotecario. ¡Excelente! ¿Cuál es el tema que le inspira mayor interés? ¡El Mulo! Posee ya la mayor colección de material sobre el Mulo existente en la Galaxia. Es natural que desee incrementarla. Más natural en usted que en cualquier otra persona. Usted sí que podría solicitar permiso para entrar en el palacio de Kalgan sin despertar sospechas de motivos ulteriores. Quizá se lo negarán, pero no sospecharán de usted. Y lo que es más: posee un crucero monoplaza. Se sabe que ha visitado planetas extranjeros durante sus vacaciones anuales. Incluso ha estado ya en Kalgan. ¿No comprende que sólo tiene que actuar como siempre lo ha hecho?

—Pero no pue... edo ir y espe... petarle: «¿Tie... ne la bondad de dejarme entrar en su más sa... sagrado santuario, se... señor Primer Ciudadano?»

—¿Por qué no?

—¡Por la Ga... Galaxia, porque no me dejará!

—Está bien. No le dejará. Entonces vuelva a casa y pensaremos en otra cosa.

Munn miró a su alrededor con impotente rebeldía. Sentía que iban a convencerle de algo que le repugnaba. Nadie se ofreció para ayudarle a esquivar el asunto.

Así pues, al final se adoptaron dos decisiones. La primera fue el reacio consentimiento de Munn en despegar hacia el espacio en cuanto comenzasen sus vacaciones de verano.

La otra fue una decisión no autorizada por parte de un miembro enteramente extraoficial de la reunión, tomada mientras desconectaba el receptor de sonido y se preparaba para dormir con considerable retraso sobre el horario habitual. Esta segunda decisión no nos concierne... por el momento.

10. CRISIS INMINENTE

En la Segunda Fundación había pasado una semana, y el Primer Orador sonreía de nuevo al estudiante.

—Debe usted traerme interesantes resultados, pues de lo contrario no estaría tan enojado.

El estudiante puso una mano sobre el montón de hojas de cálculo que había traído consigo y preguntó:

—¿Está seguro de que el problema es real?

—Las premisas son ciertas. No he deformado nada.

—Entonces debo aceptar los resultados, y no quiero hacerlo.

—Naturalmente. Pero ¿qué tiene que ver aquí lo que usted quiera? Bien, explíqueme lo que tanto le preocupa. No. No, deje a un lado sus derivaciones; ya las someteré a análisis más tarde. Ahora, *hábleme*. Permítame juzgar su criterio.

—Está bien, Orador... Está muy claro que ha tenido lugar un gran cambio general en la psicología básica de la Primera Fundación. Mientras conocían la existencia de un Plan Seldon, aunque ninguno de sus detalles, estaban confiados, pero indecisos. Sabían que tendrían éxito, pero ignoraban cuándo o cómo. Había, por consiguiente, un ambiente de continua tensión... que era lo que Seldon deseaba. En otras palabras, se podía contar con que la Primera Fundación trabajaría a pleno rendimiento.

—Una metáfora dudosa —observó el Primer Orador—, pero le comprendo.

—Sin embargo, ahora, Orador, conocen la existencia de una Segunda Fundación con bastante detalle, y no solamente como una antigua y vaga afirmación de Seldon. Tienen cierta intuición sobre su función como guardiana del Plan. Saben que existe un órgano que vigila todos sus pasos y no les permitirá caer. Y esto les hace abandonar su enérgico avance y se dejan llevar como en un palanquín. Otra metáfora; lo siento.

—No importa, continúe.

—Y este abandono del esfuerzo, esta inercia creciente, esta caída en la blandura y en una cultura decadente y hedonista, significan el fracaso del Plan. *Deben* propulsarse a sí mismos.

—¿Eso es todo?

—No, hay más. La reacción de la mayoría es la antedicha. Pero existe una gran probabilidad de una reacción minoritaria. El conocimiento de nuestra tutela y nuestro control no dejará siempre complacencia, sino hostilidad en algunos casos. Esto se deduce del Teorema de Korillov...

—Sí, sí. Conozco ese teorema.

—Lo siento, Orador. Es difícil evitar las matemáticas. En cualquier caso, el efecto es que no sólo se diluye el esfuerzo de la Fundación, sino que parte de ella se dirige contra nosotros, velozmente contra nosotros.

—¿Y *eso* es todo?

—Queda otro factor cuya probabilidad es moderadamente baja...

—Muy bien. ¿Cuál es?

—Mientras las energías de la Primera Fundación

iban dirigidas sólo hacia el Imperio, mientras sus únicos enemigos eran los débiles y anticuados remanentes del pasado, se preocupaban solamente de las ciencias físicas. Al entrar *nosotros* a formar parte de su medio ambiente es posible que se les imponga un cambio de actitud. Pueden tratar de convertirse en psicólogos...

—Este cambio —dijo fríamente el Primer Orador— *ya* ha tenido lugar.

Los labios del estudiante se comprimieron en una delgada línea.

—Entonces... todo ha terminado. Se trata de la incompatibilidad básica con el Plan. Orador, ¿me hubiera enterado de esto si hubiese vivido... fuera?

El Primer Orador habló con gravedad:

—Se siente humillado, mi joven amigo, porque, creyendo que comprendía tan bien tantas cosas, descubre de improviso que otras muchas, muy evidentes, le eran desconocidas. Después de pensar que era uno de los Señores de la Galaxia descubre que se encuentra cerca de la destrucción. Naturalmente, sentirá resentimiento hacia la torre de marfil, en la que vivía, hacía la reclusión en que fue educado, hacia las teorías que le enseñaron. Yo también sentí lo mismo; es normal. Pero era necesario que en sus años de formación no tuviera contacto directo con la Galaxia; que permaneciera *aquí*, donde se le imparte todo el conocimiento y su mente es cuidadosamente educada. Podríamos haberle enseñado antes este..., este fracaso parcial del Plan, evitándole así esta sacudida, pero antes no hubiera comprendido bien el significado, y en cambio ahora, sí. ¿De modo que no encuentra ninguna solución para el problema?

El estudiante meneó la cabeza y exclamó con desaliento:

—¡Ninguna!

—Bueno, no es sorprendente. Escúcheme, amigo mío. Existe un plan de acción y se está llevando a cabo desde hace más de una década. No es un plan corriente, y nos hemos visto forzados a recurrir a él contra nuestra voluntad. Implica probabilidades remotas, peligrosas suposiciones... Incluso nos hemos visto obligados a tratar a veces con reacciones individuales, porque era el único camino, y usted sabe que la psicoestadística, por su propia naturaleza, no tiene significado cuando se aplica a cifras menores que las planetarias.

—¿Y estamos teniendo éxito? —murmuró el estudiante.

—Todavía es pronto para decirlo. Hasta ahora hemos mantenido estable la situación..., pero por primera vez en la historia del Plan Seldon, es posible que los actos inesperados de un solo individuo lo destruyan. Hemos ajustado un reducido número de individuos a una determinada actividad mental; tenemos nuestros agentes... pero sus caminos están planeados de antemano. No se atreven a improvisar. Esto debería ser obvio para usted. Y no le ocultaré lo peor: si somos descubiertos, aquí, en este mundo, no sólo será destruido el Plan, sino también nosotros mismos, nuestros cuerpos físicos. De modo que, como ve, la solución no es muy buena.

—Pero lo poco que me ha descrito no parece una solución, sino más bien un intento desesperado.

—No. Digamos que es un intento inteligente.

—¿Cuándo será la crisis, Orador? ¿Cuándo sabremos si hemos vencido o no?

—Dentro de este año, sin duda.

El estudiante consideró estas palabras y asintió con la cabeza. Estrechó la mano del Orador.

—En fin, es mejor saberlo.

Dio media vuelta y se fue.

El Primer Orador miró silenciosamente hacia fuera, mientras la ventana adquiría transparencia. Miraba más allá de las gigantescas estructuras, hacia las tranquilas y numerosas estrellas.

Un año pasaría deprisa. ¿Viviría alguno de ellos, alguno de los herederos de Seldon, cuando tocara a su fin?

11. EL POLIZÓN

Faltaba poco más de un mes para que comenzase el verano. Lo había hecho, eso sí, para Homir Munn, que ya había escrito su informe financiero del año fiscal, cuidando de que el bibliotecario enviado por el Gobierno, que iba a sustituirle, se enterase bien de las sutilezas del correo —el del año anterior había dejado mucho que desear— y dado orden de que se limpiase a fondo el polvo invernal acumulado en su pequeño crucero *Unimara*, bautizado así tras un tierno y misterioso episodio ocurrido hacía veinte años.

Abandonó Términus de muy mal humor. Nadie fue a despedirle al cosmódromo. Esto no hubiera sido natural ya que ningún año ocurría. Sabía muy bien que era importante hacer este viaje exactamente igual que los anteriores, y, pese a ello, sentía un fuerte resentimiento. Él, Homir Munn, iba a arriesgar el pellejo en la más disparatada de las aventuras, y, además, le dejaban completamente solo.

O al menos eso creía, pero se equivocaba. El día siguiente fue tremendamente confuso, tanto en el *Unimara* como en la casa suburbana del doctor Darell.

La confusión llegó primero al hogar del doctor Darell, muy de mañana y por mediación de Poli, la sirvienta, cuyo mes de vacaciones pertenecía ya al pasado. Corrió escaleras abajo con una precipitación insólita en ella.

El médico se cruzó en su camino, y Poli, incapaz de expresar su emoción con palabras, le alargó una hoja de papel y un objeto en forma de cubo. Darell aceptó ambas cosas porque no tenía otro remedio, y preguntó:

—¿Ocurre algo, Poli?

—Se ha ido, doctor.

—¿Quién se ha ido?

—¡Arcadia!

—¿Qué significa eso de que se ha ido? ¿Adónde? ¿De qué estás hablando?

Poli pataleó contra el suelo.

—No lo sé. Se ha ido, y falta una maleta y algunos vestidos. Ha dejado esta carta. ¿Por qué no la lee, en vez de quedarse ahí como una estatua? ¡Oh, los *hombres*!

El doctor Darell se encogió de hombros y rasgó el sobre. La carta no era larga, y a excepción de la firma angular, «Arkady», estaba escrita con la elegante y ornamentada caligrafía del transcriptor de Arcadia.

> Querido papá:
> Hubiera sido demasiado desconsolador decirte adiós personalmente. Quizá hubiese llorado como una niña pequeña y tú te habrías avergonzado de mí. Por eso te escribo para decirte que te echaré mucho de menos, incluso aunque esté pasando unas maravillosas vacaciones estivales con el tío Homir. Me cuidaré mucho y no tardaré en volver a casa. Mientras tanto, te dejo una cosa que es de mi propiedad privada. Ahora ya puedes quedártelo.
> Tu hija que te quiere,
> ARKADY.

La leyó varias veces con expresión de creciente desconcierto. Preguntó con severidad:

—¿La has leído, Poli?

Poli se puso instantáneamente a la defensiva.

—No me puede culpar por ello, doctor. En el sobre está escrito «Poli», y yo no podía saber que contenía una carta para usted. No soy una entrometida, doctor, y en los años que llevo con usted...

Darell alzó una mano conciliadora.

—Está bien, Poli. No es importante. Sólo quería estar seguro de que habías comprendido lo ocurrido.

Estaba pensando rápidamente. Era inútil decirle que olvidase el asunto. Con respecto al enemigo, «olvidar» era una palabra sin significado, y un consejo daría más importancia a la cuestión y produciría el efecto contrario. Optó por decir:

—Es una niña extraña, ya lo sabes. Muy romántica. Desde que decidí dejarle hacer un viaje al espacio este verano, ha estado muy excitada.

—¿Y por qué nadie me ha dicho nada de ese viaje espacial?

—Lo hablamos cuando estabas fuera, y nos olvidamos de informarte. No hay otra razón.

Las emociones anteriores de Poli se concentraron ahora en una profunda indignación.

—Sencillo, ¿verdad? La pobre chiquilla se ha ido con una sola maleta, sin un solo vestido decente, y, además, sola. ¿Cuánto tiempo estará fuera?

—No quiero que te preocupes por esto, Poli. En la nave habrá muchos vestidos para ella; todo ha sido previsto. ¿Quieres decir al señor Anthor que deseo verle? ¡Ah!, pero antes, dime..., ¿es éste el objeto que Arcadia ha dejado para mí?

Se lo pasó de una mano a otra. Poli meneó la cabeza.

—No tengo la menor idea. La carta estaba encima,

y eso es todo lo que sé. Vaya, de modo que se olvidaron de decírmelo. Si su madre estuviera viva...

Darell la despidió con un gesto.

—Por favor, llama al señor Anthor.

El punto de vista de Anthor acerca del asunto difería radicalmente del criterio del padre de Arcadia. Pronunció sus primeras observaciones en tono airado y con los puños cerrados, y de ahí pasó a hacer amargos comentarios.

—Por el Gran Espacio, ¿a qué está esperando? ¿A qué estamos esperando los dos? Conecte el visor con el cosmódromo y diga que nos pongan en contacto con el *Unimara*.

—Tranquilo, Pelleas, se trata de *mi* hija.

—Pero no de *su* Galaxia.

—Espera un poco. Es una chica inteligente, Pelleas, y habrá pensado todo esto muy a fondo. Será mejor que sigamos sus pensamientos, ahora que la cosa está fresca. ¿Sabe qué es esto?

—No. ¿Qué importa lo que sea?

—Es un receptor de sonido.

—¿Eso?

—Es de manufactura casera, pero funciona. Lo he comprobado. Es su manera de decirnos que oyó nuestra conversación. Sabe adónde se dirige Homir Munn y por qué. Y ha decidido que sería emocionante acompañarle.

—¡Oh, por el Gran Espacio! —gimió el joven—. Otra mente que será captada por la Segunda Fundación.

—Pero no hay razón para que la Segunda Fundación sospeche, a priori, algún peligro en una niña de catorce años... *a menos* que hagamos algo que atraiga la atención hacia ella, como hacer volver del espacio a una nave sin otro motivo que recuperar a la niña. ¿Acaso ha olvidado con quién tratamos? ¿Lo estrecho que es el margen que nos separa del descubrimiento? ¿Lo indefensos que estamos?

—Pero no podemos permitir que todo dependa de una criatura caprichosa.

—No es caprichosa, y no podemos elegir. No necesitaba escribir la carta, pero lo ha hecho para impedir que vayamos a la policía a denunciar la desaparición de una niña. Su carta sugiere que expliquemos el asunto como una amistosa oferta por parte de Munn de llevar de vacaciones a la hija de un antiguo amigo. ¿Y por qué no? Es amigo mío desde hace casi veinte años. La conoce desde que tenía tres, cuando la traje desde Trántor. Es algo perfectamente natural y, de hecho, es posible que contribuya a ahuyentar toda sospecha. Un espía no lleva consigo a una sobrina de catorce años.

—Es cierto. ¿Y qué hará Munn cuando la encuentre?

El doctor Darell enarcó las cejas.

—No sé..., pero me imagino que ella sabrá convencerle.

La casa parecía muy solitaria por la noche, y el doctor Darell pensó que el destino de la Galaxia le importaba muy poco mientras la preciosa vida de su hija estuviera en peligro.

La excitación en el *Unimara*, aunque implicó a menos personas, fue considerablemente más intensa.

En el compartimiento de equipajes, Arcadia encontró que tenía la ventaja de la experiencia en algunas cosas, y el inconveniente de la inexperiencia en otras.

Resistió la aceleración inicial con ecuanimidad, y la náusea más sutil que acompañaba el salto al hiperespacio, con estoicismo. Ya había sentido ambas cosas en otros saltos espaciales, y estaba preparada para ello. Sabía también que los compartimientos del equipaje estaban incluidos en el sistema de ventilación de la nave, y que incluso poseían iluminación mural, pero renunció a esta última porque era flagrantemente poco romántica. Permaneció en la oscuridad, como convenía a una conspiradora, respirando muy suavemente y escuchando los diversos ruidos que rodeaban a Homir Munn.

Eran los ruidos bien distinguibles hechos por un hombre que se halla solo. El roce de los zapatos con el suelo, el crujido de la tela contra el metal, el chasquido de una silla tapizada bajo el peso de un cuerpo, el clic agudo de una unidad de control o la suave presión de una palma sobre una célula fotoeléctrica.

Eventualmente, sin embargo, la inexperiencia empezó a pesar a Arcadia. En los libros-película y en los vídeos, el polizón parecía dotado de infinitos recursos en la oscuridad. Naturalmente, siempre existía el peligro de chocar con algo que hiciera ruido al caer, o de estornudar (en los vídeos siempre acababan estornudando; era hecho aceptado). Sabía todo y tenía mucho cuidado. Comprendía también que llegaría a sentir hambre y sed. Para esta eventualidad se había preparado, llevándose unas latas de la despensa. Pero había otras cosas que las películas nunca mencionaban, y Arcadia se dio cuenta con alarma de que, a pesar de que echaría mano a toda su fuerza de voluntad, sólo podría permanecer oculta por un tiempo limitado.

En un crucero deportivo de una sola plaza, como el *Unimara*, el espacio habitable consistía esencialmente en una sola habitación, de manera que no había siquiera la arriesgada posibilidad de abandonar de puntillas el compartimiento mientras Munn se hallara ocupado en otra parte.

Esperó frenéticamente los sonidos que anunciaran

el sueño de Homir. ¡Ojalá supiera si roncaba! Por lo menos sabía dónde estaba la litera, y podría reconocer el chirrido del colchón cuando lo oyera. Escuchó una larga aspiración y después un bostezo. Esperó en el profundo silencio, interrumpido de vez en cuando por un ligero crujido de la litera al cambiar su ocupante de posición.

La puerta del compartimiento de equipajes se abrió fácilmente bajo la presión de su dedo. Asomó la cabeza...

Un claro sonido humano se interrumpió bruscamente.

Arcadia se inmovilizó. ¡Silencio! ¡Aún más silencio!

Intentó mirar por la rendija de la puerta sin sacar la cabeza, pero no lo consiguió. Volvió a asomar la cabeza...

Homir Munn estaba despierto, naturalmente, leyendo en la cama, bañado por la suave luz de la cabecera, con una mano debajo de la almohada.

La cabeza de Arcadia se ocultó de nuevo. Entonces, la luz se apagó, y la voz de Munn dijo con temblorosa decisión:

—Tengo una pistola, y por la Ga... Galaxia que voy a disparar...

Y Arcadia gimió:

—Sólo soy yo. No dispare.

Es notable lo frágil que resulta ser el romanticismo. Una pistola en la mano de un hombre nervioso puede estropearlo todo.

La luz volvió a encenderse —en toda la nave—, y Munn se sentó en la cama. Los cabellos grises de su delgado pecho y la barba de un día en su rostro le prestaban un aspecto, enteramente falso, de persona poco respetable.

Arcadia entró, tratando de quitarse su chaqueta de metaleno, que se suponía era a prueba de arrugas.

Tras un momento de susto en el que estuvo a punto de saltar de la cama, Munn se tapó hasta los hombros con la sábana y tartamudeó:

—¡Qu... u...é, qué...!

Era incapaz de hacerse entender. Arcadia dijo con timidez:

—¿Me perdona un momento? He de lavarme las manos.

Conocía la distribución de la nave, y se alejó rápidamente. Cuando volvió casi había recuperado su valor, y Homir Munn estaba en pie ante ella, cubierto con una bata desteñida y rebosando furia en su interior.

—Por los negros agujeros del espacio, ¿qué estás haciendo a bor... bordo? ¿Có... cómo has entrado? ¿Qué voy a hacer a... ahora con... contigo? ¿Qué de... emonios significa esto?

Hubiera seguido preguntando indefinidamente, pero Arcadia le interrumpió con dulzura:

—Tenía grandes deseos de acompañarle, tío Homir.

—¿*Por qué?* No voy a ninguna parte.

—Va a Kalgan para informarse sobre la Segunda Fundación.

Munn emitió un salvaje alarido y se derrumbó por completo. Por un instante, Arcadia pensó que tendría un ataque de histerismo y se golpearía la cabeza contra la pared. Seguía empuñando la pistola, y, mirándole, sintió que se le helaba la sangre en las venas.

—Cuidado... Tómeselo con calma... —fue todo cuanto se le ocurrió decir.

Pero Munn hizo un esfuerzo y recuperó una relativa normalidad; tiró la pistola sobre la litera con tanta fuerza que faltó poco para que se disparara y agujerease el casco de la nave.

—¿Cómo subiste a bordo? —preguntó lentamente, como si agarrase cada palabra con los dientes para evitar que temblara antes de dejarla salir.

—Fue muy fácil. Entré en el hangar con mi maleta y dije: «El equipaje del señor Munn», y el vigilante levantó el pulgar sin mirarme siquiera.

—¿Sabes que tendré que volver para dejarte? —dijo Homir, sintiendo una repentina alegría en su interior. Por la Galaxia que aquello no era culpa suya.

—No puede hacerlo —replicó Arcadia con calma—. Llamaría la atención.

—¿Qué dices?

—Lo sabe muy bien. Toda la razón de su viaje a Kalgan reside en el hecho de que es natural que vaya y pida permiso para examinar los archivos del Mulo. Y tiene que ser todo tan natural que no puede llamar la atención en forma alguna. Si regresa con una chica que iba de polizón en su nave, la noticia puede llegar hasta los noticieros de la televisión.

—¿De dón... dónde has sacado es... estas ideas sobre Kalgan? Es... estas ideas tan infan... fantiles... —Su tono no podía engañar a nadie, y menos a una persona como Arcadia que sabía tanto sobre la cuestión.

—Lo oí todo —explicó ella, incapaz de ocultar completamente su orgullo— con un receptor de sonido. Y puesto que lo sé todo, *tiene* que dejarme ir.

—¿Qué hay de tu padre? —Munn echó mano de aquel triunfo—. Debe imaginarse que has sido raptada..., o que estás muerta.

—He dejado una nota —replicó Arcadia triunfalmente—, y él también sabe que no conviene dar publicidad al asunto. Es probable que nos envíe un espaciograma.

Munn estuvo a punto de creer en la brujería cuando la señal receptora sonó con estridencia instantes después de que ella terminase de hablar. Arcadia dijo:

—Apuesto a que es de mi padre.

Y así era. El mensaje contenía pocas palabras e iba dirigido a Arcadia. Decía: «Gracias por tu bonito regalo, estoy seguro de que hiciste buen uso de él. Diviértete.»

—Ya ha visto —comentó—. Éstas son las órdenes.

Homir se acostumbró a la muchacha. Al cabo de poco tiempo se alegró de tenerla a su lado, y al final acabó preguntándose qué hubiera hecho sin ella. ¡Charlaba! ¡Estaba tan excitada! Y, sobre todo, no sentía la menor preocupación. Sabía que la Segunda Fundación era el enemigo, pero no le importaba. Sabía que en Kalgan él tendría que tratar con funcionarios hostiles, y, sin embargo, ansiaba llegar.

Tal vez era consecuencia de tener catorce años.

En cualquier caso, las semanas de viaje ahora significaban conversación, en vez de soledad. Claro que la conversación no era muy aleccionadora, pues consistía, casi enteramente, en las ideas de la muchacha sobre el tema de cómo tratar al Señor de Kalgan. Ideas divertidas e insensatas, pero expresadas con ponderada deliberación.

Homir se sorprendió a sí mismo sonriendo mientras escuchaba y preguntándose de qué novela histórica habría sacado Arcadia su complicada noción del gran universo.

Era la tarde anterior al último salto. Kalgan se veía como una brillante estrella en el vacío escasamente iluminado de los bordes exteriores de la Galaxia. El telescopio de la nave lo mostraba como una burbuja chispeante de diámetro apenas perceptible.

Arcadia estaba sentada, con las piernas cruzadas, en la única silla cómoda. Llevaba pantalones y la camisa más pequeña que poseía Homir. Había lavado y planchado su propio vestuario, más femenino, para ponérselo cuando aterrizasen.

—¿Sabe? Voy a escribir novelas históricas —anunció.

Era feliz por completo con el viaje. A Homir le gustaba escucharla, y la conversación era mucho más agradable cuando se podía hablar a una persona verdaderamente inteligente que se tomaba en serio lo que una decía. Continuó:

—He leído montones de libros sobre los grandes hombres de la historia de la Fundación, como Seldon, Hardin, Mallow, Devers, y todos los demás. Incluso he leído gran parte de lo que usted ha escrito acerca del Mulo, pero no es muy divertido leer los capítulos en que la Fundación pierde. ¿No le gustaría más escribir una historia que no tuviera esos pasajes tontos y trágicos?

—Ya lo creo —le aseguró gravemente Munn—. Pero no sería una hi... historia real, Arkady. Nunca conseguirías el respeto aca... académico, o... o... omitiendo algunos hechos históricos.

—¡Bah! ¿Y a quién le importa el respeto académico? —Le encontraba encantador. Hacía días que no se olvidaba de llamarla Arkady—. Mis novelas serán interesantes, se venderán mucho y se harán famosas. ¿Para qué escribir libros, si no se venden ni son conocidos? No me interesa que me conozcan sólo unos cuantos profesores viejos. Quiero que me conozca todo el mundo.

Sus ojos brillaron al pensarlo, y adoptó una posición aún más cómoda.

—De hecho, en cuanto consiga la autorización de mi padre, visitaré Trántor a fin de encontrar material sobre el Primer Imperio. Yo nací en Trántor, ¿lo sabía usted?

Él lo sabía, pero preguntó, con asombro en la voz:

—¿De verdad?

Fue recompensado con una mezcla de gemido y alegre exclamación.

—Pues sí. Mi abuela..., ya sabe, Bayta Darrell, habrá oído hablar de ella..., estuvo una vez en Trántor, con mi abuelo. De hecho, fue allí donde detuvieron al Mulo, cuando toda la Galaxia estaba a sus pies, y mis padres también fueron a Trántor después de casarse. Y yo nací allí, e incluso viví una temporada, hasta que mi madre murió. Pero sólo tenía tres años, y no recuerdo gran cosa. ¿Ha estado alguna vez en Trántor, tío Homir?

—No, nunca.

Munn se apoyó contra el frío mamparo y siguió escuchando ausentemente. Kalgan estaba muy cerca, y su nerviosismo del principio empezaba a acecharle de nuevo.

—Es el más *romántico* de los mundos. Mi padre dice que durante el reinado de Stannel V estaba poblado por más gente de la que hay ahora en *diez* planetas. Dice también que era un gran mundo de metal, una sola gran ciudad, y capital de toda la Galaxia. Me ha enseñado fotografías que tomó en Trántor. Ahora está reducido a ruinas, pero sigue siendo *magnífico*. Me entusiasmaría verlo de nuevo. De hecho... ¡Homir!

—¿Sí?

—¿Por qué no vamos allí cuando hayamos terminado lo de Kalgan?

El miedo volvió a apoderarse de él, y se reflejó en su rostro.

—¿Qué... qué dices? No lo pi... pi... enses siquiera. Esto es un viaje de negocios, no de placer. Recuérdalo, jovencita.

—Pero también sería de negocios —insistió ella—. Podríamos encontrar increíbles cantidades de información en Trántor. ¿No lo cree así?

—No, no lo creo. —Munn se puso en pie—. Ahora, apártate del com... computador. Hemos de dar el último sa... salto, y después te acostarás.

Al menos, aterrizar tenía un aliciente; estaba harto de intentar dormir sobre un abrigo en el suelo metálico de la nave.

Los cálculos no eran difíciles. El *Manual de las Rutas Espaciales* era muy explícito sobre la ruta Fundación-Kalgan. Se produjo el tirón momentáneo del paso sin tiempo a través del hiperespacio, y quedó atrás el último año-luz.

Ahora, el sol de Kalgan ya era un verdadero sol: grande, brillante, de un blanco amarillento; invisible tras las portillas que se habían cerrado automáticamente en el lado iluminado por el astro.

Kalgan se hallaba sólo a una noche de distancia.

12. EL SEÑOR

De todos los mundos de la Galaxia, Kalgan era el que tenía, indudablemente, la historia más excepcional. La del planeta Términus, por ejemplo, era la de un ascenso casi ininterrumpido. La de Trántor, en un tiempo capital de la Galaxia, era la de una casi continua decadencia. Pero Kalgan...

Kalgan empezó a adquirir fama como el mundo de recreo de la Galaxia, dos siglos antes del nacimiento de Hari Seldon. Era un mundo de recreo en el sentido de que convirtió la diversión en una industria provechosa; inmensamente provechosa, para ser más exactos.

Además, era una industria estable, la más estable de la Galaxia. Cuando toda la Galaxia se extinguió como civilización, apenas unas salpicaduras de la catástrofe alcanzaron a Kalgan. Por mucho que cambiase la economía y la sociología de los sectores circundantes de la Galaxia, siempre quedaba una clase privilegiada; y la característica de una clase privilegiada es siempre la misma: la posesión del ocio, como única gran recompensa de su condición.

Por consiguiente, Kalgan estuvo siempre al servicio

—y siempre con éxito— de los perfumados y elegantes caballeros de la corte imperial y de sus resplandecientes y lascivas damas; de los toscos y bulliciosos señores guerreros que gobernaban con mano férrea los mundos que habían conquistado a fuerza de sangre, y de sus desenfrenadas amantes; de los obesos y extravagantes hombres de negocios de la Fundación, y de sus viciosas amigas.

No había la menor discriminación, ya que todos ellos tenían dinero. Y como Kalgan atendía a todos y no rechazaba a nadie, como sus diversiones colmaban cualquier capricho, como tenía la habilidad de no inmiscuirse en la política de ningún mundo y de no poner en tela de juicio los derechos de nadie, prosperaba cuando todos se hundían, y se enriquecía cuando todos conocían la amargura de la pobreza... hasta que llegó el Mulo. Entonces también cayó, ante un conquistador indiferente a la diversión, interesado sólo en la conquista. Para él, todos los planetas eran iguales, incluso Kalgan.

De este modo, durante una década, Kalgan representó el extraño papel de metrópoli galáctica: dueña y señora del más grande Imperio desde el fin del propio Imperio Galáctico.

Y entonces, tras la muerte del Mulo, tan repentina como inesperada, llegó la caída. La Fundación se desmoronó, y con ella el resto de los dominios del Mulo. Cincuenta años después sólo permanecía el desconcertante recuerdo de aquel fugaz período de poder, como un sueño de opio. Kalgan no se recuperó nunca por completo. Nunca podría volver a ser el despreocupado mundo de recreo que fuera en un tiempo, porque el hechizo del poder nunca suelta del todo a su presa. Sobrevivió bajo el mando de una serie de hombres a quienes la Fundación llamaba Señores de Kalgan, pero que se daban a sí mismos el título de Primer Ciudadano de la

Galaxia, imitando el único título del Mulo, y que mantenían la ficción de ser también ellos conquistadores.

El actual Señor de Kalgan ocupaba su cargo desde hacía cinco meses. Lo había ganado originalmente en virtud de su posición como jefe de la Flota kalganiana, y por una lamentable falta de precaución por parte del Señor precedente. Sin embargo, nadie en Kalgan era tan estúpido como para estudiar demasiado a fondo la cuestión de legitimidad. Esas cosas ocurrían, y lo mejor era aceptarlas.

Con todo, esa especie de supervivencia de los más fuertes, además de significar sangre y maldad, permitía de vez en cuando que algún hombre competente saliera a la superficie. El señor Stettin era uno de ésos, y nada fácil de manejar, por cierto.

Nada fácil para Su Excelencia el primer ministro, que con admirable imparcialidad había servido al último Señor y ahora servía al actual, y que, si vivía lo suficiente, serviría al siguiente. Nada fácil para la señora Callia, la cual era más que amiga de Stettin, pero menos que esposa.

Los tres se encontraban solos aquella tarde en los apartamentos privados del señor Stettin. El Primer Ciudadano, corpulento y deslumbrante con el uniforme de almirante que más le favorecía, jadeaba en un sillón sin tapizar, rígido como el plástico de que estaba hecho este último. Su primer ministro, Lev Meirus, se hallaba frente a él en actitud indiferente, acariciando con sus largos dedos la curva que iba desde su nariz ganchuda hasta la parte hundida de su mejilla que casi se ocultaba bajo su barba gris. La señora Callia descansaba graciosamente sobre el diván de espuma cubierto de espesas pieles, con un mohín tembloroso en sus gruesos labios.

—Señor —dijo Meirus, dándole el único título apropiado para quien sólo se hacía llamar Primer Ciudadano—, usted carece de cierta perspectiva de la continuidad de la historia. Su propia vida, con sus tremendas revoluciones, le hace pensar que el curso de la civilización es algo igualmente susceptible de cambios repentinos. Y no es así.

—El Mulo demostró lo contrario.

—Pero nadie puede imitarle. Recuerde que era más que un hombre. Y ni siquiera él tuvo un éxito completo.

—Puchi —susurró la señora Callia de improviso, y en seguida calló, obedeciendo un furioso gesto del Primer Ciudadano.

Stettin dijo con dureza:

—No interrumpas, Callia. Meirus, estoy cansado de esta inactividad. Mi predecesor dedicó su vida a convertir la Flota en un magnífico instrumento que no tiene igual en toda la Galaxia. Y murió sin haberlo hecho servir. ¿Tengo que hacer yo lo mismo? ¿Yo, un almirante de la Flota? ¿Cuánto tardará en oxidarse? Actualmente representa una sangría para el Tesoro, y no proporciona dividendos. Sus oficiales ansían dominios, sus dotaciones, un botín. Todo Kalgan desea el regreso del Imperio y la gloria. ¿Es usted capaz de comprender esto?

—No son más que palabras, pero capto su significado. Dominios, botín, gloria..., muy agradables cuando se obtienen, pero el proceso para obtenerlos es a menudo arriesgado y siempre desagradable. Las primeras victorias pueden ser efímeras. Y en toda la historia, jamás ha sido inteligente atacar la Fundación. Incluso el Mulo hubiera obrado con mayor sabiduría si se hubiera abstenido de hacerlo...

Había lágrimas en los ojos azules y vacíos de Callia. Últimamente, Puchi apenas la veía, y ahora, después de prometerle que pasaría la tarde con ella, aquel hombre horrible, flaco y canoso, que siempre la miraba como si ella fuera transparente, les había impuesto su presencia. Y Puchi se lo *permitía*. No osaba una palabra; incluso le asustó un leve sollozo que no pudo contener.

Pero Stettin estaba hablando con la voz que Callia odiaba: dura e impaciente. Decía:

—Es usted un esclavo del remoto pasado. La Fundación ha crecido en volumen y población, pero está desunida y caerá al primer ataque. Lo que estos días la mantiene en pie es simplemente la inercia; una inercia que yo soy capaz de detener. Usted está cegado por los tiempos antiguos, cuando sólo la Fundación poseía energía atómica. Así pudo resistir los últimos estertores del Imperio moribundo, para enfrentarse después a la insensata anarquía de los señores guerreros que sólo podían defenderse de las naves atómicas de la Fundación con cacharros y reliquias. Pero el Mulo, mi querido Meirus, cambió todo aquello. Difundió por media Galaxia los conocimientos que la Fundación había guardado celosamente para sí, y ahora ya no existe el monopolio de la ciencia. Nosotros somos sus iguales.

—¿Y la Segunda Fundación? —interrogó fríamente Meirus.

—¿Y la Segunda Fundación? —repitió Stettin con idéntica frialdad—. ¿Conoce usted sus intenciones? Tardó diez años en detener al Mulo, si es que éste fue el factor verdadero de lo cual hay muchos que dudan. ¿Ignora usted que muchos psicólogos y sociólogos de la Fundación son de la opinión de que el Plan Seldon está totalmente descoyuntado a partir de los días del Mulo? Si el Plan ya no puede continuar existe un vacío que yo soy capaz de llenar igual que cualquier otro.

—Nuestro conocimiento de estas cuestiones no es lo bastante profundo como para justificar el riesgo.

—Nuestro conocimiento tal vez no lo sea, pero tenemos un visitante de la Fundación en el planeta. ¿Sabía usted eso? Un tal Homir Munn, quien, según tengo entendido, escribe artículos sobre el Mulo y ha expresado exactamente la opinión de que el Plan Seldon ya no existe.

El primer ministro asintió.

—He oído hablar de él, o al menos de sus escritos. ¿Qué desea?

—Pide autorización para entrar en el palacio del Mulo.

—¿De verdad? Sería inteligente negársela. Nunca es aconsejable ir contra las supersticiones que sostienen a un planeta.

—Reflexionaré sobre ello y volveremos a hablar del asunto.

Meirus hizo una reverencia y salió.

Callia preguntó, llorosa:

—¿Estás enfadado conmigo, Puchi?

Stettin se volvió hacia ella encolerizado.

—¿No te he repetido mil veces que no me llames por ese ridículo nombre en presencia de los demás?

—*Solía* gustarte.

—¡Pues ya no me gusta! Y procura que no vuelva a suceder.

La miró con expresión sombría. Era un misterio para él el hecho de que continuase soportándola. Era como un objeto blando, con la cabeza suave al tacto y dócilmente afectuosa, lo cual era una faceta conveniente cuando se llevaba una vida dura. Sin embargo, incluso aquel afecto se estaba convirtiendo en fastidioso. Ella soñaba con el matrimonio, con ser Primera Dama.

¡Ridículo!

Estaba muy bien cuando él era sólo un almirante, pero ahora, como Primer Ciudadano y futuro conquistador, necesitaba algo más. Necesitaba herederos que pudieran unificar sus futuros dominios, algo que el

Mulo nunca había tenido y que fue la causa de que su Imperio no sobreviviera a su extraña e inhumana vida. Él, Stettin, necesitaba a alguien de las grandes familias históricas con quien fundar una dinastía.

Se preguntó tercamente por qué no se deshacía de Callia en aquel mismo instante. No sería nada difícil. Ella gimotearía un poco... Pero abandonó la idea. De vez en cuando tenía su lado bueno.

Ahora Callia se estaba animando. La influencia de Barbagrís se había esfumado, y la cara de granito de Puchi tenía una expresión más suave. Se puso en pie con un gracioso movimiento y se acercó a él, balanceándose.

—No vas a regañarme, ¿verdad?

—No. —La acarició distraídamente—. Ahora estáte quieta un ratito, ¿quieres? Tengo que pensar.

—¿En el hombre de la Fundación?

—Sí.

—Puchi... —Hubo una pausa.

—¿Qué?

—Puchi, dijiste que el hombre va con una niña, ¿lo recuerdas? ¿Podría verla cuando venga? Yo nunca...

—¿Por qué crees que he de hacerle venir en compañía de esa mocosa? ¿Acaso mi sala de audiencias ha de convertirse en una escuela elemental? Basta de tonterías, Callia.

—Pero yo puedo ocuparme de ella, Puchi. Así no tendrás que verla siquiera. Es que yo casi nunca veo niños, y ya sabes cuánto me gustan.

La miró con sarcasmo. Ella no se cansaba nunca de aquel tema. Le gustaban los niños, es decir, los niños de *él*, sus hijos *legítimos*, y, por lo tanto, el matrimonio. Se rió.

—Esta niña en particular —dijo— es una muchacha de catorce o quince años. Probablemente es tan alta como tú.

Callia pareció desanimada.

—Bueno, ¿puedo verla de todos modos? Podría contarme cosas de la Fundación. Ya sabes que siempre he deseado ir allí. Mi abuelo era de la Fundación. ¿Me llevarás allí algún día, Puchi?

Stettin sonrió al pensarlo. Tal vez lo haría, como conquistador. La idea le puso de buen humor, y contestó:

—Sí, sí. Y puedes ver a la niña y hablar de la Fundación con ella todo lo que quieras. Pero sin mí, ¿eh?

—No te molestaré, te lo prometo. La recibiré en mis habitaciones.

Volvía a ser feliz. Últimamente no se salía con la suya muy a menudo. Le puso los brazos alrededor del cuello, y enseguida notó que él se relajaba y apoyaba la cabeza en su hombro.

13. LA SEÑORA

Arcadia se sentía triunfal. ¡Cuánto había cambiado su vida desde que Pelleas Anthor asomara su cara de tonto a su ventana! Y todo porque ella había tenido la visión y el valor de hacer lo que se debía hacer.

Ahora estaba en Kalgan. Había ido al Gran Teatro Central —el mayor de la Galaxia— y visto *en persona* algunas de las estrellas de la canción que eran famosas incluso en la lejana Fundación. Había ido de compras por todo el Sendero Florido, centro de la moda del mundo más alegre del espacio. Y había elegido ella todas las prendas, porque Homir no entendía absolutamente nada de la moda. Las vendedoras no pusieron ningún inconveniente a los largos y brillantes vestidos con cortes verticales que le hacían parecer tan alta, y el dinero de la Fundación cundía muchísimo. Homir le había dado un billete de diez créditos, y cuando lo cambió a «kalgánidos» kalganianos le dieron un enorme montón.

Incluso cambió de peinado: un poco corto en la nuca y con dos relucientes bucles en cada sien. Y le pusieron una loción que realzaba el tono dorado de sus cabellos; ahora *brillaban* realmente.

197

Pero *aquello*..., aquello era lo mejor de todo. Desde luego, el palacio del señor Stettin no era tan grande ni lujoso como los teatros, ni tan misterioso e histórico como el antiguo palacio del Mulo —del cual, hasta ahora, sólo habían visto las solitarias torres cuando sobrevolaban el planeta—, pero lo habitaba un verdadero Señor. Se sentía entusiasmada.

Y no sólo eso; se encontraba cara a cara con la Señora, la amante del Señor. Arcadia daba mucha importancia a esta palabra, porque conocía el papel que tales mujeres habían representado en la historia; conocía su atractivo y su poder. De hecho, había pensado a menudo en ser ella misma una criatura poderosa y deslumbrante, pero, por alguna razón, las amantes no estaban actualmente de moda en la Fundación, y además, era muy probable que su padre no le permitiese ser una de ellas.

Por supuesto que la señora Callia no se ajustaba del todo a la idea que tenía Arcadia de las amantes. Por un lado, era demasiado rechoncha, y no parecía malvada ni peligrosa, sino algo marchita y un poco miope. Tenía la voz estridente, en lugar de profunda, y...

Callia preguntó:

—¿Quieres otra taza de té, niña?

—Sí, tomaré otra taza, gracias, Su Gracia —¿o debería llamarla Alteza?

Arcadia continuó con la condescendencia de un experto:

—Lleva usted unas perlas muy hermosas, Mi Señora. («Mi Señora» parecía más indicado.)

—¡Oh! ¿Te gustan? —Callia parecía vagamente satisfecha. Se quitó el collar y lo balanceó entre sus dedos—. ¿Las quieres? Te las regalo.

—¡Oh...!, ¿de verdad...? —Se las encontró en la mano, pero las devolvió con tristeza, diciendo—: A mi padre no le gustaría.

—¿No le gustarían las perlas? Pero si son muy bonitas.

—Quiero decir que no le gustaría que las aceptase. Dice que no se deben aceptar regalos caros.

—¿De verdad? Pero... esto es un regalo que me hizo Pu... el Primer Ciudadano. ¿Crees que obré mal aceptándolo?

Arcadia se ruborizó.

—No he querido decir...

Pero Callia ya se había cansado del tema. Dejó resbalar las perlas hasta el suelo y dijo:

—Ibas a hablarme de la Fundación. Hazlo, por favor.

Arcadia no sabía cómo empezar. ¿Qué podía decir de un mundo tan aburrido? Para ella, la Fundación era un barrio suburbano, una casa confortable, las fastidiosas necesidades de la educación, la prosaica monotonía de una vida tranquila. Contestó, titubeando:

—Supongo que es tal como se ve en los libros-película.

—Oh, ¿tú ves libros-película? A mí me dan dolor de cabeza. ¿Sabes que me gustan las historias de vídeo sobre vuestros Comerciantes? Son hombres tan fornidos y salvajes... Sus historias son apasionantes. ¿Es tu amigo, el señor Munn, uno de ellos? No me parece lo bastante salvaje. Muchos Comerciantes llevaban barba y tenían voz de bajo, y eran muy dominantes con las mujeres, ¿verdad?

Arcadia sonrió.

—Eso es parte de la historia, Mi Señora. Quiero decir que, cuando la Fundación era joven, los Comerciantes fueron los pioneros que ensancharon las fronteras y llevaron la civilización al resto de la Galaxia. Aprendemos todo eso en la escuela. Pero aquel tiempo ya pasó. Ahora no tenemos Comerciantes; sólo corporaciones y cosas por el estilo.

—¿De veras? ¡Qué lástima! Entonces, ¿a qué se dedica el señor Munn, sino es un Comerciante?

—Tío Homir es bibliotecario.

Callia se llevó una mano a los labios y gorjeó:

—¿Quieres decir que se ocupa de los libros-película? ¡Oh! Parece una ocupación muy tonta para un hombre hecho y derecho.

—Es un buen bibliotecario, Mi Señora. Su trabajo está muy bien considerado en la Fundación.

Dejó la pequeña taza iridiscente sobre la superficie metálica de la mesa. Su anfitriona comentó:

—Claro, querida niña. Te aseguro que no he querido ofenderte. Debe ser un hombre muy *inteligente*; lo vi en sus ojos en cuanto le miré. Eran ojos muy... inteligentes. Y además debe ser valiente, ya que desea ver el palacio del Mulo.

—¿Valiente? —Arcadia aguzó los oídos. Esto era lo que había estado esperando. ¡Intriga! ¡Intriga! Preguntó con gran indiferencia, contemplándose el pulgar—: ¿Por qué hay que ser valiente para querer visitar el palacio del Mulo?

—¿No lo sabías? —Abrió mucho los ojos y bajó el tono de la voz—. Pesa una maldición sobre él. Cuando murió, el Mulo dio instrucciones de que nadie entrase en el palacio hasta que estuviese establecido el Imperio de la Galaxia. Nadie en Kalgan se atrevería a pisar siquiera los jardines.

Arcadia tomó buena nota de aquella información.

—Pero eso es superstición...

—No digas eso. —Callia estaba intranquila—. Puchi siempre lo dice. Dice que es útil decirlo para mantener su poder sobre el pueblo. Pero yo sé que tampoco él ha entrado nunca. Y tampoco entró Thallos, que fue Primer Ciudadano antes que Puchi. —Se le ocurrió una idea, y la curiosidad volvió a dominarla—: Pero ¿por qué desea ver el palacio el señor Munn?

Esta pregunta permitía a Arcadia poner en ejecución su bien elaborado plan. Sabía por los libros que había leído que la amante de un gobernante ejercía el verdadero poder detrás del trono; en otras palabras: que tenía la máxima influencia. Por consiguiente, si tío Homir fracasaba con el señor Stettin —y estaba segura de que fracasaría—, ella lo lograría por medio de la señora Callia. En realidad, aquella mujer era un enigma. No parecía *nada* inteligente. Pero, en fin, la historia probaba...

—Hay una razón, Mi Señora —repuso—, pero... ¿guardará el secreto de esta confidencia?

—Lo juro —dijo Callia, llevándose una mano a su abundante y blanco pecho.

Los pensamientos de Arcadia volaban por delante de sus palabras.

—Tío Homir es una gran autoridad sobre el Mulo. Ha escrito muchos libros acerca de él, y cree que toda la historia galáctica ha cambiado desde que el Mulo conquistó la Fundación.

—Vaya, vaya.

—Cree que el Plan Seldon...

Callia juntó las manos.

—Conozco el Plan Seldon. Los vídeos sobre los Comerciantes sólo hablaban del Plan Seldon. Se decía que gracias a él, la Fundación siempre vencería. La ciencia tenía algo que ver con el Plan, aunque yo nunca lo entendí. Me pongo siempre tan nerviosa cuando tengo que escuchar explicaciones... Pero continúa, querida. Es diferente si tú lo explicas; sabes hacerlo con tanta claridad...

Arcadia continuó:

—Bueno, ¿no comprende usted que cuando la Fundación fue derrotada por el Mulo, el Plan Seldon no funcionó y no ha vuelto a funcionar desde entonces? Así pues, ¿quién formará el Segundo Imperio?

—¿El Segundo Imperio?

—Sí, se ha de formar algún día, pero ¿cómo? Este es el gran problema. Y además está la Segunda Fundación.

—¿La Segunda Fundación? —No entendía nada.

—Sí, son los que planean la historia, los sucesores de Seldon. Detuvieron al Mulo porque era un hecho prematuro, pero ahora es posible que ayuden a Kalgan.

—¿Por qué?

—Porque ahora Kalgan puede ofrecer la posibilidad de ser el núcleo de un nuevo Imperio.

La señora Callia pareció comprender vagamente esta frase.

—¿Quieres decir que Puchi va a construir un nuevo Imperio?

—No podemos decirlo con seguridad. Tío Homir así lo cree, pero tendrá que ver los archivos del Mulo para averiguarlo.

—Es todo muy complicado —dijo la señora Callia, llena de dudas.

Arcadia aflojó. Había hecho todo lo que estaba en su mano.

Stettin estaba de un humor que más o menos podríamos calificar de salvaje. La sesión con aquel estúpido de la Fundación había sido muy poco provechosa. Peor aún: había sido molesta. Ser dueño absoluto de veintisiete mundos, poseer la maquinaria militar y poderosa de la Galaxia y la ambición más arrolladora del universo... y tener que discutir tonterías con un anticuario.

¡Maldición!

¿Acaso iba a violar las costumbres de Kalgan? ¿Permitir que el palacio del Mulo fuese mancillado para que un idiota pudiera escribir otro libro? ¡La causa de la ciencia! ¡El espíritu sagrado del saber! ¡Por la

Gran Galaxia! ¿Acaso podían lanzarle a la cara con toda seriedad aquellas paparruchas? Además —y se le puso la carne de gallina—, estaba la cuestión de la maldición. No creía en ella; un hombre inteligente no podía prestarle crédito. Pero si tenía que desafiarla, sería por una razón de más peso que la aducida por aquel insensato.

—¿Qué quieres ahora? —chilló cuando vio aparecer a Callia en el umbral.

—¿Estás ocupado?

—Sí, estoy ocupado.

—Pero aquí no hay nadie, Puchi. ¿No puedo hablarte un solo minuto?

—¡Oh, por la Galaxia! ¿Qué quieres? Dilo deprisa.

Ella habló con precipitación:

—La niña me ha dicho que van a entrar en el palacio del Mulo. He pensado que podríamos ir con ellos. Debe de ser magnífico por dentro.

—Conque te ha dicho eso, ¿eh? Pues no entrarán, y nosotros tampoco. Ahora vete y dedícate a tus cosas. Ya me has estorbado bastante.

—Pero, Puchi, ¿por qué no? ¿No vas a permitírselo? ¡La niña ha dicho que fundarás un Imperio!

—No me importa lo que haya dicho... ¿Qué? —Se acercó a Callia y la cogió firmemente por el codo, hundiendo los dedos en la suavidad de su carne—. ¿Qué fue lo que te dijo?

—Me haces daño. No puedo recordar lo que dijo si me miras de este modo.

Él la soltó, y Callia se frotó en vano las marcas rojas de su brazo. Murmuró:

—La niña me ha hecho prometer que no lo diría.

—Vaya, vaya. Dímelo, ¡y *ahora mismo*!

—Pues dijo que el Plan Seldon había sido cambiado y que hay otra Fundación en alguna parte que está organizando las cosas para que tú fundes un Imperio. Eso es todo. Dijo que el señor Munn es un científico muy importante y que el palacio del Mulo contenía pruebas de todo esto. No dijo nada más. ¿Estás enfadado?

Pero Stettin no contestó. Abandonó precipitadamente la habitación, mientras los ojos bovinos de Callia le seguían con expresión desconsolada. Antes de una hora fueron enviadas dos órdenes con el sello oficial del Primer Ciudadano. Una tenía por objeto mandar quinientas naves al lugar del espacio donde se realizaban lo que oficialmente se llamaba «maniobras de guerra». La otra tuvo el efecto de sumir a un solo hombre en la más completa confusión.

Homir Munn abandonó sus preparativos para la marcha cuando llegó a sus manos aquella segunda orden. Se trataba, naturalmente, de la autorización oficial para visitar el palacio del Mulo. La leyó una y otra vez, con sentimientos que no eran precisamente de alegría. Pero Arcadia estaba encantada. Sabía lo que había ocurrido. O al menos, pensaba que lo sabía.

14. LA ANSIEDAD

Poli puso el desayuno sobre la mesa, mirando de reojo el televisor, que emitía los boletines informativos. Este trabajo podía hacerse con facilidad sin merma de eficiencia. Como todos los alimentos estaban envueltos en recipientes esterilizados que servían de platos desechables, sus deberes en lo tocante al desayuno consistían únicamente en elegir el menú, colocar los recipientes en la mesa y llevarse después los residuos.

Chasqueó con la lengua al ver las imágenes y gimió suavemente.

—¡Oh! La gente es tan malvada —observó, y Darell se limitó a asentir con la cabeza.

La voz de Poli subió de tono, lo cual hacía de forma automática cuando se lamentaba de la maldad del mundo.

—Veamos, ¿por qué esos terribles kalganeses se portan así? —Acentuó la segunda sílaba, alargando mucho la «a»—. Podrían dejar a la gente tranquila. Pero no, quieren jaleo, siempre jaleo. Lea ese titular: «Las turbas ante el Consulado de la Fundación.» ¡Ah!, me gustaría poder decirles lo que pienso. Eso es lo malo de la gente: que no recuerdan nada. No recuerdan nada, doctor Darell; no tienen memoria. Por ejemplo, la última guerra después de la muerte del Mulo..., claro que yo era una niña entonces. Mi propio tío resultó muerto, y aún no tenía treinta años y sólo hacía dos que se había casado. Habían tenido una niña hacía poco. Aún la recuerdo: tenía los cabellos rubios y un hoyuelo en la barbilla. Tengo un cubo tridimensional de él en alguna parte... Y ahora la niña tiene un hijo que sirve en la Flota, y si algo sucede... Tuvimos patrullas de bombardeo, y todos los viejos tomaron parte en la defensa de la estratosfera..., no quiero imaginarme lo que hubieran hecho si los kalganeses hubiesen llegado tan lejos. Mi madre solía hablarnos, cuando éramos niños, del racionamiento de alimentos y de precios e impuestos. Era muy difícil soportar tantos gastos... Si la gente tuviera sentido común no querría volver a pasar todo aquello. Aunque supongo que la culpa no es de la gente, y que incluso los kalganeses preferirían quedarse en casa con sus familias antes que ir de aquí para allí con sus naves, matándose unos a otros. La culpa es de ese hombre horrible, Stettin; no me explico cómo dejan vivir a personas como él. Mató a aquel anciano, ¿cómo se llamaba? ¡Ah, sí! Thallos, y ahora pretende ser dueño de todo. No comprendo por qué quiere atacarnos. Seguramente perderá..., siempre pierden. Quizá todo esté en el Plan, pero a veces pienso que debe ser un plan muy malvado para permitir tantas guerras y matanzas, aunque esto no quiere decir que critique a Hari Seldon, que debía saber muchas más cosas que yo, y quizá sea una insensatez dudar de él. Y esa *otra* Fundación también tiene la culpa. Podría detener a Kalgan *ahora* y hacer que todo fuese bien. Lo hará de todos modos al final, así que sería más lógico que lo hiciese ahora, antes de que ocurra una catástrofe.

El doctor Darell levantó la vista.

—¿Decías algo, Poli?

Poli abrió mucho los ojos, y luego contestó, despechada:

—Nada, doctor, absolutamente nada. No tengo nada que decir. Una preferiría morirse antes que decir una palabra en esta casa. Ir todo el día de un lado para otro, y cuando intentas decir algo... —y continuó rezongando.

El silencio de Poli impresionó tan poco a Darell como su discurso.

¡Kalgan! ¡Tonterías! ¡Un enemigo meramente físico! ¡Esos siempre eran derrotados!

No obstante, le resultaba imposible mantenerse al margen de la actual y estúpida crisis. Siete días antes, el alcalde le había propuesto ser Administrador de la Investigación y el Desarrollo. Darell había prometido darle una respuesta aquel mismo día.

Bien...

Se removió, intranquilo. ¿Por qué precisamente él? Y, sin embargo, ¿podía rehusar? Parecería extraño, y no se atrevía a hacer nada que pareciese raro. Después de todo, ¿qué le importaba Kalgan? Para él sólo existía un enemigo, y siempre había sido el mismo.

Mientras su esposa vivía, no le importó rehuir la tarea, ocultarse. ¡Aquellos largos y tranquilos días en Trántor, rodeados de las ruinas del pasado! ¡El silencio de un mundo destrozado y la serenidad de su vida!

Pero ella había muerto. Su matrimonio sólo duró cinco años; y después comprendió que sólo podría vivir luchando contra aquel vago y temible enemigo que le privaba de su dignidad de hombre al controlar su destino, que convertía la vida en una triste lucha contra un fin predestinado, que hacía de todo el universo un juego de ajedrez odioso y mortal.

Podía llamarse sublimación —de hecho, él así lo llamaba—, pero la lucha daba algún significado a su vida.

Primero fue a la Universidad de Santanni, donde se asoció con el doctor Kleise. Habían sido cinco años bien aprovechados.

Y, no obstante, Kleise era solamente un coleccionista de datos. No podía tener éxito en la verdadera tarea; y cuando Darell lo comprendió con seguridad, supo que había llegado el momento de irse.

Kleise podía haber trabajado en secreto, pero necesitaba hombres con quienes trabajar. Disponía de alumnos cuyos cerebros sondeó. Tenía una Universidad que le respaldaba. Todo esto eran debilidades.

Kleise no podía comprender aquello; y él, Darell, no podía explicárselo. Se separaron como enemigos. Así tuvo que ser; era preciso que le abandonase como quien renuncia, por si se daba el caso de que alguien le estuviera vigilando.

Mientras Kleise trabajaba con gráficos, Darell trabajaba con conceptos matemáticos en las profundidades de su mente. Kleise trabajaba con mucha gente; Darell, con nadie. Kleise en la Universidad; Darell, en la paz de una casa de los suburbios.

Y ya estaba llegando.

Un hombre de la Segunda Fundación no es humano en lo que respecta a su cerebro. El fisiólogo más inteligente, el neuroquímico más sutil, podía no detectar nada... y, sin embargo, la diferencia existía. Y como esta diferencia se encontraba en la mente, era allí donde debía ser detectable.

Un hombre como el Mulo, por ejemplo —y no cabía duda de que los miembros de la Segunda Fundación poseían las facultades del Mulo, ya fueran congénitas o adquiridas—, con el poder de detectar y controlar las emociones humanas; podía deducirse el circuito electrónico requerido, y de él lograr los últimos detalles del encefalograma, en el cual se traicionaría sin remedio.

Y ahora Kleise había vuelto a su vida en la persona de su impulsivo y joven discípulo, Anthor.

¡Qué locura! Con sus gráficos y registros de personas que habían sido manipuladas. Él había aprendido a detectar aquello hacía años, pero ¿de qué servía? Necesitaba el brazo, no la herramienta. Sin embargo, había tenido que unirse a Anthor, ya que era el plan de acción más discreto; del mismo modo que ahora se convertiría en Administrador de la Investigación y el Desarrollo. ¡Era el plan de acción más discreto! Y de esta forma seguiría siendo una conspiración dentro de una conspiración.

El recuerdo de Arcadia le preocupó por un momento, y tuvo que obligarse a desecharlo. Si de él hubiera dependido, nunca hubiese ocurrido aquello. Si todo dependiera sólo de él, nadie correría peligro más que él mismo. Si dependiera de él...

Sintió que le dominaba la ira... contra el difunto Kleise, contra Anthor, contra todos los estúpidos bien intencionados...

Bueno, ella sabía cuidar de sí misma. Era una niña muy inteligente.

¡Sabía cuidar de sí misma!

Fue como un susurro en su mente...

¿Sabía hacerlo realmente?

En el mismo momento en que el doctor Darell se decía a sí mismo que sí, Arcadia se encontraba esperando en la fría y austera antesala de las Oficinas Ejecutivas del Primer Ciudadano de la Galaxia. Hacía media hora que estaba allí, dejando resbalar lentamente la mirada por las paredes. Cuando había entrado con Homir Munn, dos hombres armados montaban guardia en la puerta. No solían hacerlo en otras ocasiones.

Ahora estaba sola, e incluso el mobiliario de la habitación respiraba hostilidad. Era la primera vez que la sentía.

¿Cuál podía ser la causa?

Homir estaba con el señor Stettin. ¿Qué habría ocurrido?

La situación la enfurecía. En casos similares de los libros-película o los vídeos, el héroe preveía la conclusión y estaba preparado cuando se producía. En cambio, ella... ella sólo podía esperar. Podía ocurrir *cualquier cosa*. ¡Cualquier cosa! Y no sabía qué hacer.

Bueno, lo pensaría todo otra vez, lo repasaría de nuevo. Quizá se le había olvidado algo.

Durante dos semanas, Homir había vivido prácticamente en el interior del palacio del Mulo. Una vez la llevó consigo, previa autorización de Stettin. Era grande y tenebroso, alejado del pulso de la vida, adormecido entre los recuerdos; contestaba a los pasos con un sonido hueco o un rumor lejano. No le había gustado en absoluto.

Eran mejor las grandes y alegres avenidas de la capital; los teatros y espectáculos de un mundo esencialmente más pobre que la Fundación, pero que exhibía su derroche.

Homir volvía al atardecer, abrumado.

—Es un mundo de ensueño para mí —murmuraba—. Si pudiera desmontar el palacio piedra por piedra, capa por capa de esponja de aluminio... Si lo pudiera transportar a Términus... ¡Qué museo haría de él!

Parecía haber perdido sus anteriores temores. Ahora estaba ansioso, entusiasmado. Arcadia lo observó por una señal muy significativa: no volvió a tartamudear durante todo aquel período.

Una vez dijo:

—Hay extractos de los archivos del general Pritcher...

—Le conozco. Era el renegado de la Primera Fundación que recorrió toda la Galaxia en busca de la Segunda, ¿verdad?

—No fue exactamente un renegado, Arkady. El Mulo le había convertido.

—¡Bah! Es lo mismo.

—¡Por la Galaxia! Ese recorrido que has mencionado fue una tarea imposible. Los archivos originales de la Convención Seldon, que estableció ambas Fundaciones hace quinientos años, sólo hacen *una* referencia a la Segunda Fundación. Dicen que está situada «al otro extremo de la Galaxia, en el Extremo Estelar». Eso es todo cuanto sabían el Mulo y Pritcher. No tenían medio de reconocer a la Segunda Fundación aun en el caso de que la encontraran. ¡Qué locura! Tienen archivos —hablaba para sí mismo, pero Arcadia escuchaba con atención— que deben abarcar casi mil mundos, pero el número de mundos susceptibles de estudio debía acercarse al millón. Y nosotros no sabemos gran cosa más...

Arcadia le interrumpió ansiosamente con un «shhh-h». Homir calló de pronto, y se recobró con lentitud.

—No hablemos de ello —murmuró.

Y ahora Homir estaba con Stettin, y Arcadia esperaba sola en la antesala, sintiendo que la sangre se helaba en sus venas sin saber por qué. Aquello era lo más temible: no parecía haber una razón.

Al otro lado de la puerta, Homir también se consumía interiormente. Estaba luchando con furiosa intensidad contra su tartamudez, pero, a pesar de ello, no podía hablar dos palabras seguidas sin balbucear.

El señor Stettin vestía uniforme de gala, lo cual acentuaba sus dos metros de estatura, las grandes mandíbulas y los labios crueles. Sus arrogantes puños acompañaban rítmicamente sus frases.

—Bien. Le he dado dos semanas y usted me sale con el cuento de que no ha encontrado nada. Vamos, señor, dígame lo que sea. ¿Va a ser destrozada mi Flota? ¿Tendré que luchar contra los fantasmas de la Segunda Fundación además de hacerlo contra los hombres de la Primera?

—Re... repito, señor, que no soy un pro... profeta. No sé abso... lutamente nada.

—¿Acaso quiere volver para advertir a sus compatriotas? ¡Al fondo del espacio con su maldita comedia! Quiero la verdad o se la arrancaré junto con sus intestinos.

—Estoy di... diciendo la verdad, y le re... recuerdo, señor, que soy un ciudadano de la Fu.. Fundación. No puede to... tocarme sin arriesgarme a re... represalias.

El Señor de Kalgan soltó una gran carcajada.

—Una amenaza que sólo asustaría a un niño o amilanaría a un idiota. Vamos, señor Munn, he sido paciente con usted. Le he escuchado durante veinte minutos, mientras usted me contaba aburridos detalles cuya invención debe de haberle costado noches enteras de insomnio. El esfuerzo ha sido inútil; sé que está usted aquí para algo más que para husmear entre los archivos del Mulo y remover sus cenizas. Vino aquí por algo que no quiere admitir, ¿verdad?

Homir Munn era incapaz de hablar, del mismo modo que era incapaz de ocultar el terror que expresaban sus ojos. Stettin lo advirtió, y se inclinó hacia delante para dar una palmadita en el hombro al ciudadano de la Fundación.

—Bien. Ahora, seamos francos. Usted está investigando el Plan Seldon; sabe que ya no tiene consistencia. Tal vez sabe también que ahora soy yo el inevitable vencedor; yo y mis herederos. Vamos, hombre, ¿qué importa quién establezca el Segundo Imperio, mientras sea establecido? La historia no tiene favoritos, ¿verdad que no? ¿Tiene usted miedo de decírmelo? Ya ve que estoy enterado de su misión.

—¿Qué quie... quiere u... usted? —preguntó Munn con la boca seca.

—Su presencia. No me gustaría que el Plan se estropeara por culpa de un exceso de confianza. Usted sabe más de estas cosas que yo; puede detectar pequeños fallos que tal vez a mí me pasarían desapercibidos. No se preocupe, al final será recompensado; recibirá una parte justa del botín. ¿Qué puede usted esperar en la Fundación? ¿Que no tenga lugar una derrota inevitable? ¿Que se alargue la guerra? ¿O acaso siente el patriótico deseo de morir por su país?

—Yo..., yo... —No pudo continuar, no lograba componer una sola palabra.

—Se quedará aquí —declaró el Señor de Kalgan—. No tiene otra alternativa. Espere —añadió, como si acabara de ocurrírsele—, tengo cierta información sobre el hecho de que su sobrina pertenece a la familia de Bayta Darell.

Homir pronunció un sorprendido «sí». En aquel momento era incapaz de algo que no fuese la verdad absoluta.

—¿Es una familia de prestigio en la Fundación?

Homir asintió con la cabeza.

—Sí, y no le tole... rarían que se le cau... causara el menor daño.

—¡Daño! No sea estúpido, hombre; estoy pensando precisamente en lo contrario. ¿Qué edad tiene?

—Catorce años.

—¡Vaya! Bueno, ni la Segunda Fundación ni el propio Hari Seldon podrían impedir que el tiempo pasara o que las niñas se convirtieran en mujeres.

Entonces dio media vuelta y se dirigió hacia la puerta cubierta por un cortinaje, el cual descorrió con gesto violento. Exclamó con voz estentórea:

—¿Por qué diablos has arrastrado hasta aquí tu estúpida persona?

La señora Callia le miró parpadeando, y contestó con voz débil:

—No sabía que tenías visita.

—Pues la tengo. Más tarde te hablaré de esto, pero ahora ¡lárgate! ¡Y deprisa!

Sus pasos se alejaron apresuradamente por el pasillo. Stettin volvió.

—Es el vestigio de un interludio que ya ha durado demasiado. Pronto tocará a su fin. ¿Catorce años, ha dicho usted?

Homir le contempló con un nuevo terror en los ojos.

Arcadia se sobresaltó al advertir que una puerta se abría sin ruido... y por el rabillo del ojo vio que algo se movía. Era un dedo que se agitaba frenéticamente, y durante unos segundos la muchacha no reaccionó; después, como si aquella figura blanca y temblorosa le hubiese contagiado su misterio, se levantó y cruzó de puntillas la habitación.

Los pasos de las dos mujeres eran apenas audibles por el pasillo. Se trataba de la señora Callia, la cual le sujetaba la mano con tal fuerza que casi le hacía daño; pero, por alguna razón, a Arcadia no le importaba seguirla. Al menos, de la señora Callia no sentía ningún miedo.

¿Qué ocurriría ahora?

Llegaron al vestidor, todo de color de rosa y muy femenino. La señora Callia se detuvo de espaldas a la puerta.

—Por aquí venía a verme en secreto... desde su despacho —murmuró, señalando con el pulgar, como si incluso la mención del nombre de su amante le inspirara pánico.

—Es una suerte..., es una suerte... —Sus pupilas eran tan grandes que casi ocupaban todo el ojo.

—¿Puede decirme...? —empezó tímidamente Arcadia.

Callia se movía ahora con repentina y febril actividad.

—No, niña, no. No hay tiempo. Quítate esas ropas, deprisa, te lo ruego. Te daré otras para que no puedan reconocerte.

Estaba ante el armario, tirando al suelo montones de prendas transparentes, buscando desesperadamente algo que una niña pudiese llevar sin llamar la atención.

—Toma, esto servirá. Tendrá que servir. ¿Llevas dinero? Toma todos estos billetes... y esto también. —Se quitó anillos y pendientes—. Vete a tu casa, vete a la Fundación.

—Pero Homir... mi tío.

Arcadia protestó en vano mientras Callia la cubría a toda prisa con una lujosa prenda de metal tejido, que olía a perfume.

—No se irá de aquí; Puchi le retendrá para siempre, pero tú no debes quedarte. ¡Oh, querida! ¿No lo comprendes?

—No —Arcadia se inmovilizó—, no lo comprendo.

La señora Callia se retorció las manos.

—Tienes que volver y advertir a tu pueblo que se declarará una guerra. ¿Está claro? —El más absoluto terror parecía prestar lucidez a sus pensamientos y hacerle pronunciar palabras que no eran propias de ella—. Ahora, ¡sígueme!

Salieron por otra puerta. Pasaron ante funcionarios

que las miraron con fijeza, pero que no vieron motivo para detener a una persona a la que sólo el Señor de Kalgan podía hacerlo impunemente. Los guardas presentaron armas cuando cruzaron el umbral.

Arcadia apenas pudo respirar durante el camino, que se le antojó interminable, y que, sin embargo, sólo duró veinticinco minutos desde que viera el dedo blanco haciendo señas hasta que alcanzaron la puerta principal, cerca ya del bullicio de la gente y el ruido del tráfico.

Miró hacia atrás con repentina y tímida piedad.

—Yo... yo... ignoro por qué hace esto, Mi Señora, pero gracias... ¿Qué le sucederá a tío Homir?

—No lo sé —gimió Callia—. ¿Quieres irte ya? Ve directamente al espaciopuerto. No te demores, en este mismo instante ya se te está buscando.

Pero Arcadia aún vacilaba. Dejaba solo a Homir, y de pronto, ahora que se encontraba al aire libre, le asaltó la sospecha.

—Pero ¿a usted qué le importa si se me busca?

La señora Callia se mordió el labio inferior y murmuró:

—No puedo explicárselo a una niña como tú. No sería delicado. Bueno, cuando seas mayor... Yo conocí a Puchi cuando tenía dieciséis años. No puedo consentir que estés a su alcance, ¿sabes?

En su voz había una hostilidad un poco avergonzada. Las implicaciones dejaron helada a Arcadia. Susurró:

—¿Qué le hará a usted cuando lo descubra?

—No lo sé —replicó Callia, y se llevó la mano a la cabeza mientras se alejaba corriendo por la gran avenida, hacia la mansión del Señor de Kalgan.

Durante un segundo eterno, Arcadia continuó inmóvil, porque en el último momento, antes de que la señora Callia se alejara, Arcadia había visto algo. Aquellos ojos asustados y nerviosos se habían iluminado —momentánea, fugazmente— con una fría burla.

Una vasta e inhumana burla.

Era algo difícil de constatar en el rápido destello de un par de ojos, pero Arcadia no abrigaba la menor duda sobre lo que había visto.

Empezó a correr, a correr desatinadamente, buscando con desesperación una cabina telefónica libre para pedir un vehículo público.

No estaba huyendo del señor Stettin, no huía de él ni de ningún sabueso que pudiera lanzar en su búsqueda... ni siquiera de los veintisiete mundos que le pertenecían y que ahora podían correr tras ella como una gigantesca avalancha.

Huía de una mujer frágil que la había ayudado a escapar, de una criatura que la había cargado de dinero y joyas, que había arriesgado su vida para salvarla. Huía de una persona de la cual sabía, con absoluta certeza, que era una mujer de la Segunda Fundación.

Un aerotaxi se posó suavemente en el pavimento. El viento que provocó azotó el rostro de Arcadia y despeinó sus cabellos, medio cubiertos por la capucha orlada de piel que Callia le había puesto.

—¿Adónde va, señorita?

Luchó desesperadamente para que su voz no sonara como la de una niña.

—¿Cuántos espaciopuertos hay en la ciudad?

—Dos. ¿A cuál quiere ir?

—¿Cuál está más cerca?

El hombre la miró fijamente.

—Kalgan Central, señorita.

—Pues al otro, por favor. Puedo pagarle.

Tenía en la mano un billete de veinte kalgánidos. El

precio del billete no significaba nada para ella, pero el taxista sonrió apreciativamente.

—Lo que usted diga, señorita. Los taxis Skyline la llevan a cualquier parte.

Arcadia apoyó la cabeza contra la tapicería ligeramente húmeda. Las luces de la ciudad brillaban debajo de ella.

¿Qué debía hacer? ¿Qué *debía* hacer?

Fue en aquel momento cuando comprendió que era una niña estúpida, muy *estúpida*, separada de su padre y muy asustada. Tenía los ojos llenos de lágrimas, y en el fondo de su garganta se movía un grito pequeño e inaudible que le producía dolor.

No temía que el señor Stettin la capturase. La señora Callia se encargaría de que no lo consiguiera. ¡La señora Callia! Vieja, gorda, estúpida, pero con dominio sobre el dirigente, a pesar de todo. ¡Oh, qué claro estaba todo ahora! *Todo* estaba claro.

El té que tomó con Callia, cuando se creyó tan lista. ¡La lista pequeña Arcadia! Algo en su interior le produjo náuseas. El té había sido una maniobra, y probablemente Stettin había sido persuadido para que permitiese a Homir inspeccionar el palacio. Ella, la necia Callia, lo había querido así, y maniobrado para que la lista y pequeña Arcadia le suministrase una excusa válida, una excusa que no despertase sospechas en las mentes de las víctimas e implicase un mínimo de interferencia por parte de ella.

Entonces, ¿por qué Arcadia estaba libre? Homir era un prisionero, por supuesto...

A menos que...

A menos que la enviaran a la Fundación como un cebo..., un cebo para conducir a otros a manos de... *ellos*.

Así pues, no podía volver a la Fundación...

—El espaciopuerto, señorita.

El aerotaxi había aterrizado. ¡Qué extraño! Ni siquiera lo había advertido.

Se movía como en un sueño.

—Gracias.

Le entregó el billete sin ver nada, bajó del vehículo y echó a correr por la pista elástica.

Luces. Hombres y mujeres indiferentes. Grandes y brillantes tableros de información, con los números móviles que indicaban todas las llegadas y salidas de las astronaves.

¿Adónde iba? No le importaba. ¡Lo único que sabía era que no iba a la Fundación! Cualquier otro lugar le serviría.

¡Oh, gracias, Seldon, por aquel momento de olvido! Gracias por el efímero segundo en que Callia había olvidado su comedia y expresado su burla porque sólo trataba con una niña.

Y entonces se le ocurrió otra cosa, algo que se había estado gestando en la base de su cerebro desde que comenzara a huir, algo que mató para siempre la inocencia de sus catorce años.

Y comprendió que *debía* escapar.

Aquello sobre todo. Aunque localizaran a todos los conspiradores de la Fundación, aunque cogieran a su propio padre, no podía, no se atrevía a dar el menor aviso. No podía arriesgar su propia vida —ni en lo más mínimo— aunque fuera por todo el Reino de Términus. Ella era la persona más importante de la Galaxia. Era la *única* persona importante de la Galaxia.

Lo comprendió mientras se detenía ante la máquina de los billetes y se preguntaba adónde iría.

Porque en toda la Galaxia, ella, y sólo ella, a excepción de *ellos mismos*, conocía la localización de la Segunda Fundación.

15. A TRAVÉS DE LA REJA

TRÁNTOR.—*A mediados del Inte-*
rregno, Trántor era una sombra. En medio
de las colosales ruinas vivía una pequeña co-
munidad de granjeros...

Enciclopedia Galáctica

No hay nada ni nunca ha habido nada parecido a
un bullicioso espaciopuerto de la capital de un popu-
loso planeta. Están los enormes aparatos, descansando
majestuosamente sobre sus emplazamientos. Si se elige
bien el momento, puede contemplarse la impresionante
vista del gigante perdiendo altura y posándose en su
lugar, o todavía más escalofriante, la salida a ritmo creciente de una burbuja de acero. Todos los procesos
implicados en la maniobra son casi silenciosos. La
fuente de energía es el inaudible brotar de las partículas
atómicas y su combinación en formaciones más com-
pactas...

En términos de área, sólo nos hemos referido al

noventa y cinco por ciento del cosmódromo. Kilómetros cuadrados están reservados a los aparatos y a los hombres que los atienden, y a los calculadores que atienden a ambos.

Sólo el cinco por ciento del espaciopuerto está destinado a la multitud de hombres para quienes es el punto de partida hacia cualquier estrella de la Galaxia. Seguro que muy pocos de los anónimos viajeros se detienen a pensar en la red tecnológica que une los caminos del espacio. Tal vez algunos de ellos tiemblen ocasionalmente al pensar en los miles de toneladas representadas por el bólido de acero que parece tan pequeño a cierta distancia. Cabría dentro de lo posible que uno de estos ciclópeos cilindros se desviara del rayo conductor y se estrellara a un kilómetro del punto de aterrizaje —tal vez destrozando el techo de glasita de la inmensa sala de espera—, dejando sólo un tenue vapor orgánico y algo de fosfato pulverizado como señal del paso de mil hombres.

Nunca podía ocurrir, sin embargo, con las medidas de seguridad vigentes, y solamente un neurótico podía considerar dicha posibilidad durante más de un segundo.

Entonces, ¿*qué* piensan las multitudes? Porque no son simplemente multitudes. Son gentes que tienen un propósito, y ese propósito se cierne sobre el campo y enrarece la atmósfera. Hay muchas colas; padres que llevan a sus niños de la mano; largas hileras de equipaje... La gente va a alguna parte.

Considérese, pues, el completo aislamiento psíquico de un solo individuo de esta ingente masa que no sabe adónde va, y, sin embargo, siente con más intensidad que cualquier otro la necesidad de ir a alguna parte, ¡casi a cualquier parte!

Incluso sin telepatía o sin cualquiera de los diferentes métodos que existen para poner en contacto a las mentes, hay en la atmósfera la carga suficiente como para inducir a la desesperación.

¿Para inducir? ¡Para invadir, y empapar, y sofocar!

Arcadia Darell, vestida con ropas extrañas, sola en un planeta extraño y en una situación extraña de una vida que también se le antojaba extraña a sí misma, necesitaba urgentemente la seguridad del hogar. Pero ella no sabía que era precisamente aquello lo que necesitaba. Sólo sabía que la misma inmensidad de aquel enorme mundo era un gran peligro. Quería encontrar un lugar cerrado, un lugar lejano, un rincón en un punto inexplorado del universo, donde nadie pudiera encontrarla.

Y allí estaba, a sus catorce años y algunos días, cansada como si tuviera ochenta y asustada como si tuviera tres.

¿Cuál de los extraños que pasaban a cientos por su lado, que incluso la empujaban, haciéndole sentir su contacto, sería de la Segunda Fundación? ¿Cuál de aquellos individuos tendría que destruirla instantáneamente por su conocimiento culpable —por su conocimiento *único*— de dónde se encontraba la Segunda Fundación?

La voz que la penetró como una descarga ahogó el grito que se formó en su garganta de modo simultáneo.

—Oiga, señorita —dijo con irritación—, ¿va a usar la máquina de billetes o a quedarse aquí eternamente?

Fue entonces cuando se dio cuenta de que estaba ante la máquina de los billetes. Había que introducir un billete en la ranura, pulsar el botón que había bajo el punto de destino, y el billete para el viaje salía junto con el dinero sobrante, gracias a un dispositivo electrónico que jamás cometía error. Era algo muy sencillo, que no requería aquellos cinco minutos de vacilación.

Introdujo en la ranura un billete de doscientos créditos, y se fijó de improviso en el botón que indicaba

«Trántor». Trántor, la capital muerta del Imperio muerto, el planeta donde había nacido. Lo pulsó como en sueños. No ocurrió nada; sólo que las letras rojas se encendieron con intermitencias: 172,8-172,8-172,8.

Era el dinero que faltaba. Otro billete de doscientos créditos, y el billete del viaje asomó por otra ranura. Lo estiró, y a continuación salió el dinero del cambio.

Cogió las monedas y echó a correr. Había notado que el hombre que estaba tras ella la empujaba, ansioso por coger su billete, y ella se alejó y no miró hacia atrás.

Pero no sabía hacia dónde correr. Todos eran sus enemigos.

Sin darse cuenta, empezó a mirar los gigantescos nombres luminosos que flotaban en el aire: *Steffani, Anacreonte, Fermus*... También flotaba otro: *Términus*, y lo miró con nostalgia. Pero no se atrevía...

Por una suma insignificante podría haber alquilado un avisador que, dispuesto para cualquier destino y una vez colocado dentro de su bolso, sonaría exclusivamente para ella quince minutos antes de la hora de salida. Pero semejantes dispositivos son sólo para personas que están razonablemente seguras; ella no podía usarlos.

Y entonces, al tratar de mirar en dos direcciones simultáneamente, fue a darse de cabeza contra un blando abdomen. Oyó una exclamación de asombro y un gruñido, y una mano se cerró en torno a su brazo. Se retorció desesperadamente, pero le faltó aliento para emitir más que un grito ahogado.

Su captor la retenía con firmeza y esperaba. Arcadia fue apercibiéndose lentamente de su aspecto. Era bastante rechoncho y más bien bajo. Su cabello, blanco y abundante, estaba peinado hacia atrás, y formaba como una coronilla que resultaba incongruente sobre su rostro redondo y rubicundo de campesino.

—¿Qué pasa? —preguntó finalmente, con franca curiosidad—. Pareces asustada.

—Lo siento —murmuró Arcadia con desesperación—. Tengo que irme. Perdóneme.

Pero él no hizo ningún caso a su respuesta y dijo:

—Cuidado, jovencita, vas a perder el billete —y después de quitárselo de entre los dedos, sin que ella ofreciera resistencia, lo miró con evidente satisfacción.

—Ya me lo imaginaba —observó el hombre, y entonces gritó como si mugiera un toro—: ¡Mamáaaa!

Una mujer apareció instantáneamente a su lado, un poco más baja, redonda y rubicunda que él. Se apartó con un dedo un bucle de cabellos grises y lo metió debajo de su anticuado sombrero.

—Papá —exclamó con reprobación—, ¿por qué gritas en medio de tanta gente? Todos te miran como si estuvieras loco. ¿Acaso crees que estás en la granja? —Entonces sonrió a la asombrada Arcadia y añadió—: Tiene los modales de un oso. —Y después, con voz aguda—: Papá, suelta a la niña. ¿Qué demonios haces?

Pero papá se limitó a enseñarle el billete.

—Mira —dijo—, va a Trántor.

La cara de mamá resplandeció de pronto.

—¿Eres de Trántor? Te he dicho que le sueltes el brazo, papá. —Colocó en el suelo la abultada maleta que sostenía y obligó a Arcadia a sentarse sobre ella, con una presión suave, pero firme—. Siéntate —dijo— y descansa un poco, pequeña. Falta una hora para que despegue la nave, y los bancos están llenos de vagabundos dormidos. ¿Eres de Trántor?

Arcadia respiró profundamente y se resignó. Repuso con voz ronca:

—Nací allí.

Mamá aplaudió, llena de alegría.

—Hace un mes que estamos aquí y aún no hemos

visto a ningún paisano. Esto es muy agradable. Tus padres... —y miró vagamente a su alrededor.

—No estoy con mis padres —dijo Arcadia con cautela.

—¿Estás sola? ¿Una niña como tú? —Mamá se convirtió inmediatamente en una mezcla de indignación y simpatía—. ¿Y cómo es eso?

—Mamá —interrumpió el hombre, tirándole de la manga—, deja que te explique. Le pasa algo; creo que está asustada. —Su voz, aunque quería ser un susurro, era completamente audible para Arcadia—. Corría, yo la estaba mirando, sin saber adónde iba. Antes de que pudiera apartarme chocó contra mí. ¿Sabes qué pienso? Que tiene problemas.

—Cierra la boca, papá. Contra ti chocaría cualquiera. —Se sentó junto a Arcadia, sobre la maleta, que crujió bajo su peso, y rodeó con su brazo los hombros temblorosos de la muchacha—. ¿Estás huyendo de alguien, preciosa? No temas decírmelo. Yo te ayudaré.

Arcadia contempló los ojos grises y bondadosos de la mujer y sintió que sus propios labios temblaban. Una parte de su cerebro le decía que aquellas personas eran de Trántor, y que si iba con ellas podían ayudarla en aquel planeta hasta que decidiera adónde podía ir y qué podía hacer. Pero otra parte le gritaba incoherentemente que no recordaba a su madre, que estaba muy cansada de luchar contra el universo, que lo único que deseaba era acurrucarse en los fuertes y suaves brazos que la rodeaban, que si su madre viviera, tal vez, tal vez...

Y por primera vez en aquella noche se echó a llorar; lloró como una niña muy pequeña, y a gusto, agarrándose con fuerza al anticuado vestido de la mujer y humedeciéndolo con sus lágrimas, mientras unos brazos suaves la sostenían y una mano cariñosa le acariciaba los cabellos.

Papá contemplaba desconcertado a las dos mujeres, buscando en vano un pañuelo que, cuando por fin lo encontró, le fue arrancado de la mano. Mamá le indicó con una furiosa mirada que guardara silencio. El gentío pasaba junto al pequeño grupo con la indiferencia que muestran las muchedumbres en cualquier parte del universo. Estaban realmente solos.

Las lágrimas cesaron por fin, y Arcadia sonrió débilmente mientras se secaba los ojos enrojecidos con el pañuelo.

—Bueno —murmuró—, yo...

—Shh-h-h, no hables —le dijo mamá—. Quédate aquí y descansa un ratito. Primero recobra el aliento, y luego cuéntanos qué te pasa y nosotros procuraremos arreglarlo todo.

Arcadia hizo un esfuerzo para recobrar la serenidad. No podía decirles todo lo ocurrido. No podía decírselo a nadie..., pero estaba demasiado cansada para inventar una mentira válida. Murmuró:

—Ya estoy mejor.

—Bien —dijo mamá—. Ahora, cuéntanos por qué huyes. ¿Has hecho algo malo? Por supuesto que te ayudaremos, sea lo que sea, pero dinos la verdad.

—Cualquier cosa por una amiga de Trántor, ¿eh, mamá? —añadió papá en tono festivo.

—Cierra la boca —fue la respuesta, aunque sin irritación.

Arcadia rebuscaba en su bolso. Al menos conservaba aquello, pese al rápido cambio de vestido en los aposentos de la señora Callia. Encontró lo que buscaba y lo alargó a mamá.

—Éstos son mis documentos —dijo con timidez. Era un brillante pergamino sintético que le había entregado el embajador de la Fundación el día de su llegada, provisto de la firma del funcionario kalganiano competente. Era grande, pomposo e impresionante. Mamá lo miró sin comprender, y lo pasó a papá, el cual absorbió su contenido frunciendo los labios.

—¿Eres de la Fundación? —preguntó.

—Sí. Pero nací en Trántor. Aquí lo dice...

—¡Ah, sí, sí! Te llamas Arcadia, ¿eh? Es un buen nombre trantoriano. Pero ¿dónde está tu tío? Aquí dice que viniste en compañía de Homir Munn, tío.

—Ha sido arrestado —contestó Arcadia con desaliento.

—¡Arrestado! —exclamaron ambos al unísono—. ¿Por qué? —preguntó mamá—. ¿Hizo algo malo?

Arcadia negó con la cabeza.

—No lo sé. Sólo estábamos de visita. Tío Homir hablaba de negocios con el señor Stettin, pero... —no necesitó un esfuerzo para estremecerse.

Papá estaba impresionado.

—Con el señor Stettin... Vaya, tu tío debe ser un hombre importante.

—Ignoro qué sucedió, pero el Señor Stettin quería que *yo* me quedara... —Estaba recordando las últimas palabras de la señora Callia, pronunciadas para engañarla.

Hizo una pausa, y mamá preguntó, interesada:

—¿Y por qué precisamente tú?

—No estoy segura. Él..., él quería cenar conmigo a solas, pero yo dije que no, porque quería que tío Homir estuviera presente. Me miraba de un modo raro y me cogía por los hombros.

Papá abrió un poco la boca, pero mamá enrojeció de pronto y se puso muy furiosa.

—¿Cuántos años tienes, Arcadia?

—Catorce y medio, casi.

Mamá respiró profundamente y exclamó:

—¡Que se permita vivir a semejantes personas! Los

perros callejeros son mejores. Estás huyendo de él, ¿verdad, querida?

Arcadia asintió. Mamá dijo:

—Papá, dirígete a Información y averigua a qué hora exactamente sale la nave de Trántor. ¡Apresúrate!

Pero papá dio un paso y se detuvo. Fuertes palabras metálicas resonaban encima de sus cabezas, y cinco mil pares de ojos miraron hacia arriba.

—«Hombres y mujeres —se oyó retumbar—, el espaciopuerto está siendo registrado y acordonado porque se busca a una peligrosa fugitiva. Nadie puede entrar ni salir. Sin embargo, la búsqueda se llevará a cabo con gran rapidez, y ninguna nave aterrizará ni despegará hasta que termine, por lo que nadie perderá su vuelo. Se bajarán las rejas. Nadie se moverá de su sitio hasta que las rejas vuelvan a levantarse, pues de lo contrario nos veremos obligados a usar los látigos neurónicos.»

Durante el minuto, o algo menos, en que la voz dominó la vasta bóveda de la sala de espera del espaciopuerto, Arcadia no hubiera podido moverse aunque toda la maldad de la Galaxia se hubiese concentrado en una bola y arremetido contra ella.

Sólo podía tratarse de ella. No era siquiera necesario formular la idea como un pensamiento específico. Pero ¿por qué...?

Callia había montado su fuga, y Callia era de la Segunda Fundación. ¿Por qué, pues, buscarla ahora? ¿Habría fracasado Callia? ¿*Podía* fracasar? ¿O sería esto parte del plan, cuyas complicaciones se le escapaban?

Durante un momento de vértigo, sintió deseos de saltar y gritar que se entregaba, que se iría con ellos, que, que...

Pero la mano de mamá la asió por la muñeca.

—¡Deprisa, deprisa! Iremos al lavabo antes de que empiecen.

Arcadia no la comprendió; se limitó a seguirla ciegamente. Se abrieron paso entre el gentío, inmovilizado en grupos, mientras aún perduraba el eco de la voz.

Ahora descendía la verja, y papá la contemplaba con la boca abierta. Había oído hablar de ella y leído sobre su funcionamiento, pero nunca la había visto. Resplandecía en el aire, y era simplemente una serie de apretados rayos cruzados que encendían el aire como una inofensiva red de luz deslumbradora.

Siempre se hacía descender lentamente desde arriba, a fin de que representara una red, con todas sus terribles implicaciones psicológicas de internamiento.

Ahora se hallaba a la altura del centro; tres metros y medio de líneas resplandecientes en cada dirección. Papá se encontró solo en medio de unos doce metros cuadrados de superficie, mientras a su alrededor, cada doce metros, se encontraban atestados de gente. Se sintió conspicuamente aislado, pero sabía que moverse hacia el anonimato de otro grupo significaba cruzar una de aquellas líneas resplandecientes, disparar una alarma y descargar sobre sí el látigo neurónico.

Esperó.

Por encima de las cabezas de la muchedumbre, siniestramente, inmóvil, distinguió el cordón de policías que rodeaba la vasta área, dividida en cuadrados de luz.

Pasó mucho tiempo antes de que un hombre uniformado entrase en su cuadrado y anotase cuidadosamente sus coordenadas en un cuaderno oficial.

—¡Documentos!

Papá se los alargó, y el policía los examinó con ojos expertos.

—Usted es Preem Palver, nativo de Trántor, en visita a Kalgan durante un mes, de regreso a Trántor. Conteste sí o no.

—Sí, sí.

—¿Qué le ha traído a Trántor?

—Soy representante comercial de nuestra cooperativa agrícola. He estado negociando con el Departamento de Agricultura de Kalgan.

—Humm. ¿Su mujer va con usted? ¿Dónde está? Sus documentos la mencionan.

—Sí, señor. Mi esposa está en el... —señaló.

—Hanto —vociferó el policía. Un compañero acudió—. Hay otra dama en la jaula, por la Galaxia. Debe de estar atestada. Anota su nombre. —El segundo policía obedeció—. ¿Va alguien más con usted?

—Mi sobrina.

—No figura en los documentos.

—Vino por separado.

—¿Dónde está? No importa, ya sé. Hanto, anota también el nombre de la sobrina. ¿Cómo se llama? Escribe: Arcadia Palver. Usted quédese aquí, Palver. Nos ocuparemos de las mujeres antes de irnos.

Papá esperó interminablemente. Y al fin, transcurrido un larguísimo rato, mamá se acercó a él, llevando a Arcadia de la mano y seguida por los dos policías.

Entraron en el cuadrado en el que se hallaba papá, y uno de ellos preguntó:

—¿Es su esposa esta vieja gritona?

—Sí, señor —contestó papá en tono conciliador.

—En tal caso, será mejor que le diga que va a meterse en un lío si habla de ese modo a la policía del Primer Ciudadano. —Se enderezó con un gesto de ira—. ¿Es ésta su sobrina?

—Sí, señor.

—Quiero ver sus documentos.

Mamá, mirando fijamente a su marido, meneó la cabeza. Tras una breve pausa, papá dijo con una débil sonrisa:

—Creo que no puedo complacerle.

—¿Qué significa esto? —El policía alargó la mano—. Entréguemelos.

—Inmunidad diplomática —dijo papá en voz baja.

—¿Qué quiere decir?

—Ya le he dicho que soy representante comercial de mi cooperativa agrícola. Estoy acreditado ante el Gobierno kalganiano como representante extranjero oficial, y mis documentos lo prueban. Ya se los he enseñado, y ahora dejen de molestarme.

Durante un momento, el policía pareció desconcertado.

—Tengo que ver sus documentos. Son las órdenes.

—Usted lárguese —interrumpió mamá de improviso—. Cuando le necesitemos le llamaremos..., *atontado*.

El policía apretó los labios.

—No los pierdas de vista, Hanto. Voy a buscar al teniente.

—¡Rómpase una pierna! —le gritó mamá. Alguien se rió, pero en seguida reprimió su impulso.

La búsqueda tocaba a su fin. El gentío estaba peligrosamente nervioso. Habían pasado cuarenta y cinco minutos desde que la verja empezara a descender, y aquello era demasiado tiempo para mantener el efecto inicial. El teniente Dirige abría paso apresuradamente entre la muchedumbre.

—¿Es ésta la chica? —preguntó con desgana. La miró para convencerse de que se ajustaba a la descripción—. Todo este trabajo por una niña. ¿Me enseña sus documentos, por favor? —añadió.

—Ya he explicado... —empezó papá.

—Ya sé lo que ha explicado, y lo siento —replicó el teniente—, pero tengo mis órdenes y he de obedecerlas. Si quiere elevar más tarde una protesta, puede hacerlo. Mientras tanto, si es necesario, habré de usar la fuerza.

Hubo una pausa, durante la cual el teniente esperó pacientemente.

Entonces papá dijo con voz ronca:

—Dame tus documentos, Arcadia.

Arcadia meneó la cabeza, llena de pánico, pero papá insistió con suavidad:

—No tengas miedo. Dámelos.

Impotente, Arcadia se los alargó. Papá los desdobló torpemente, los examinó con cuidado y entonces los entregó. El teniente los examinó a su vez. Durante un rato posó la vista en Arcadia, y por fin cerró el pliego de un golpe seco.

—Todo en orden —dijo—. Ya está, muchachos.

Se alejó, y apenas transcurridos dos minutos la verja desapareció, y la voz que resonaba en el techo anunció el fin de la búsqueda. El clamor de la multitud, liberada de improviso, fue ensordecedor.

Arcadia preguntó:

—¿Cómo..., cómo...?

—Shhh... —dijo papá—. No digas una sola palabra. Será mejor que nos dirijamos hacia la nave. Pronto despegará.

Ya estaban en la nave. Tenían una cabina privada y una mesa para ellos solos en el comedor. Les separaban ya dos años-luz del planeta Kalgan, y Arcadia se atrevió finalmente a mencionar de nuevo el tema, diciendo:

—Pero me perseguían a mí, señor Palver, y debían de tener mi descripción y todos los detalles. ¿Por qué me dejaron marchar?

Papá sonrió mientras masticaba su filete.

—Verás, Arcadia, hija mía, fue muy fácil. Cuando uno ha tratado a agentes, compradores y cooperativas de la competencia, aprende algunos trucos. Yo he dispuesto de veinte años o más para aprenderlos. Verás, niña; cuando el teniente hojeó tus documentos, encontró entre ellos un billete de quinientos créditos, muy bien dobladito. Sencillo, ¿no?

—Se los pagaré... De verdad, tengo mucho dinero.

—Vaya —observó papá con una sonrisa de desconcierto y un vago ademán—, para ser una campesina...

Arcadia desistió.

—Pero ¿y si hubiera tomado el dinero y me hubiese arrestado de todos modos, acusándome además de intento de soborno?

—¿Y renunciar a quinientos créditos? Conozco a esa gente mejor que tú, muchacha.

Pero Arcadia estaba segura de que él *no* conocía mejor a la gente. No a esa clase de gente. En la cama, aquella noche, reflexionó cuidadosamente, y comprendió que ningún soborno hubiera impedido a un teniente de la policía capturarla, a menos que se tratara de algo planeado. *No querían* capturarla, y, sin embargo, habían fingido que lo intentaban.

¿Por qué? ¿Para asegurarse de que se iba? ¿Y en dirección a Trántor? ¿Acaso la obtusa y bondadosa pareja con la que estaba ahora era solamente un instrumento en manos de la Segunda Fundación, tan impotente como ella misma?

¡Tenía que serlo!

¿Lo sería, en realidad?

Todo era inútil. No podía luchar contra ellos. Hiciera lo que hiciese, siempre sería lo que aquellos terribles y omnipotentes seres planeaban para ella.

No obstante, era preciso engañarles. ¡Era preciso!

16. COMIENZA LA GUERRA

Por razones desconocidas para los miembros de la Galaxia, el Tiempo Medio Intergaláctico define su unidad fundamental, el segundo, como el tiempo que la luz emplea en recorrer 299.776 kilómetros. Por otro lado, 86.400 segundos son arbitrariamente igualados a un Día Medio Intergaláctico; y 365 de esos días, a un Año Medio Intergaláctico.

¿Por qué 299.776, 86.400 o 365?

La tradición, decía el historiador sancionando la cuestión. A causa de ciertas misteriosas relaciones numéricas, indicaban los místicos, cultistas, numerólogos y metafísicos. Debido a que el planeta nativo original de la humanidad tenía ciertos períodos naturales de rotación y traslación de los que podían derivarse esas relaciones, señalaban unos cuantos.

Nadie lo sabía con certeza.

Pese a ello, la fecha en que el crucero de la Fundación, el *Hober Mallow*, se encontró con el escuadrón kalganiano, capitaneado por el *Fearless*, y tras su negativa de permitir la entrada a bordo de un destacamento de registro, fue atacado y reducido a cenizas, fue 185;

11692 E.G. Es decir, fue el día 185 del año 11692 de la Era Galáctica, que había comenzado con la subida al trono del primer Emperador de la tradicional dinastía Kamble. Fue también 185; 419 D.S., que databa del nacimiento de Seldon, o 185; 348 D.F., en base al establecimiento de la Fundación. En Kalgan fue 185; 56 P.C., relativo al establecimiento por el Mulo de la Primera Ciudadanía. Naturalmente, por conveniencia, el año se distribuía en cada caso de manera que la fecha recayese en el mismo día, cualquiera que fuese el día en que comenzara la nueva era.

Además, en todos los millones de mundos de la Galaxia había millones de tiempos locales, basados en los movimientos de sus particulares vecinos celestes.

Pero cualquiera que sea la era que se elija: 185; 11692, 419; 348 o 56, fue este día el señalado más tarde por los historiadores como el de la iniciación de la guerra de Stettin.

Sin embargo, para el doctor Darell no servía ninguna de estas fechas. Hacía exactamente treinta y dos días que Arcadia había abandonado Términus.

Lo que costó a Darell conservar la ecuanimidad durante aquellos días no fue evidente para todo el mundo.

Pero Elvett Semic creía poder adivinarlo. Era un anciano y le gustaba decir que sus conductos neurónicos se habían calcificado hasta el extremo de que sus procesos mentales eran rígidos e invariables. Invitaba y casi deseaba la subestimación universal de sus decadentes facultades, siendo el primero en reírse de ellas. Pero sus ojos no veían menos porque estaban gastados, y su mente no era menos experimentada y sabia porque ya no era ágil.

Se limitó a torcer los labios y preguntó:

—¿Por qué no hace usted algo?

Las palabras fueron como una sacudida física para Darell, que se estremeció. Replicó bruscamente:

—¿Dónde estábamos?

Semic le observó con expresión grave.

—Debería usted hacer algo con respecto a la chica.

Abrió mucho la boca al hablar, enseñando sus dientes escasos y amarillentos.

Pero Darell contestó con frialdad:

—La cuestión es: ¿se puede obtener el alcance necesario con un Resonador Symes-Molff?

—Ya le he dicho que sí, pero usted no escuchaba...

—Lo siento, Elvett. Lo que ocurre es que esto que hacemos ahora puede ser más importante para toda la Galaxia que la cuestión de si Arcadia está sana y salva. Al menos, para todo el mundo menos para Arcadia y para mí mismo, y estoy dispuesto a sacrificarme por la mayoría. ¿Qué tamaño tendría el Resonador?

Semic pareció dudar.

—No lo sé. Podemos encontrarlo en los catálogos.

—Pero ¿cómo de grande, más o menos? ¿Como una manzana de casas? ¿Pesaría una tonelada, o un kilo?

—¡Ah! Creía que quería una respuesta exacta. Es muy pequeño. —Señaló la primera falange de su pulgar—. Una cosa así.

—Muy bien. ¿Podría usted hacer algo parecido a esto?

Dibujó rápidamente en un bloc que tenía sobre las piernas, y después lo enseñó al anciano físico, que lo miró con aire dudoso y al final rió entre dientes.

—Realmente, el cerebro se calcifica cuando se es viejo como yo. ¿Qué intenta usted hacer?

Darell titubeó. Deseó urgentemente, durante unos momentos, poseer la ciencia física encerrada en el cerebro de su interlocutor, a fin de no tener que expresar su idea con palabras. Pero aquel deseo era inútil, y se explicó.

Semic meneaba la cabeza.

—Necesitaría usted hiper-relés, lo único que funcionaría con la rapidez suficiente. Gran cantidad de ellos.

—Pero ¿se puede construir?

—Sí, claro.

—¿Puede obtener todos los elementos? Quiero decir, sin provocar comentarios. Como si fuesen para su trabajo normal.

Semic levantó el labio superior.

—¿Si puedo obtener cincuenta hiper-relés? No podría usarlos en toda mi vida.

—Ahora trabajamos en un proyecto defensivo. ¿No se le ocurre algo que los necesitara para funcionar? Tenemos dinero suficiente.

—Humm. Tal vez se me ocurra algo.

—¿Cuál es el tamaño mínimo de todo el aparato?

—Hay hiper-relés de tamaño microscópico... cables, tubos... Tendrá unos centenares de circuitos.

—Lo sé. ¿Qué tamaño?

Semic lo indicó con las manos.

—Demasiado grande —dijo Darell—. Me lo he de colgar del cinturón.

Empezó a arrugar su boceto con la mano. Después lo tiró al cenicero, donde desapareció con la diminuta llama blanca de la descomposición molecular. Preguntó:

—¿Quién está en la puerta?

Semic se inclinó sobre la mesa y miró la pequeña pantalla colocada sobre el umbral.

—El joven Anthor. Alguien le acompaña.

Darell apartó su silla.

—Ni una palabra de esto a los demás, Semic. Saberlo representa un peligro mortal, y ya es suficiente arriesgar dos vidas.

Pelleas Anthor era un torbellino de agitación en el despacho de Semic, que de algún modo parecía compartir la edad de su ocupante. En la placidez de la habitación, las mangas anchas y veraniegas de la túnica de Anthor parecían ondear todavía a la brisa del exterior. Dijo:

—Doctor Darell, doctor Semic, les presento a Orum Dirige.

El otro hombre era alto, y su nariz larga y recta daba a su rostro delgado un aspecto sombrío. El doctor Darell le alargó la mano. Anthor sonrió ligeramente.

—Teniente de policía Dirige —precisó, y luego, en tono significativo—: De Kalgan.

Darell se volvió para mirar fijamente al joven Anthor.

—Teniente de policía Dirige, de Kalgan —repitió, recalcando las sílabas—. Y lo trae usted aquí. ¿Por qué?

—Porque fue el último hombre de Kalgan que vio a su hija. Tranquilícese, hombre.

La mirada triunfal de Anthor se convirtió en agitada, y se interpuso entre los dos, luchando violentamente con Darell. Con lentitud y firmeza obligó a este último a sentarse.

—¿Qué intenta hacer? —Anthor se apartó de la frente un mechón de cabellos castaños, se apoyó en la mesa y balanceó una pierna—. Yo creía que le traía buenas noticias.

Darell se dirigió directamente al policía.

—¿Qué significa eso de que fue el último hombre que vio a mi hija? ¿Acaso ha muerto? Le ruego que me lo diga sin rodeos.

Su rostro estaba lívido. El teniente Dirige contestó con expresión impasible:

—La frase exacta ha sido:«El último hombre de Kalgan.» Su hija no está en Kalgan ahora. Ignoro lo ocurrido después.

—Veamos —interrumpió Anthor—, intentaré explicarme. Siento haber exagerado el tono, doctor. A veces es tan inhumano, que olvido que tiene sentimientos. En primer lugar, el teniente Dirige es uno de los nuestros. Nació en Kalgan, pero su padre era de la Fundación, y fue enviado a aquel planeta al servicio del Mulo. Respondo de la lealtad del teniente hacia la Fundación. Me puse en contacto con él al día siguiente que dejamos de recibir el informe diario de Munn...

—¿Por qué? —interrumpió Darell con fiereza—. Creía que habíamos decidido no dar un solo paso en este asunto. Con ello ha arriesgado usted sus vidas y las nuestras.

—Lo hice —fue la respuesta igualmente fiera— porque yo intervine en este juego antes que usted. Conozco ciertos contactos en Kalgan de los que usted no sabe nada. Actúo con conocimientos más profundos en la materia, ¿me comprende?

—Creo que está completamente loco.

—¿Quiere escucharme?

Tras una pausa, Darell bajó los ojos. Anthor esbozo una sonrisa.

—Muy bien, doctor. Déme unos minutos. Cuénteselo, Dirige.

Dirige habló con soltura:

—Por lo que yo sé, doctor Darell, su hija está en Trántor. Al menos tenía un billete para Trántor en el espaciopuerto Oriental. Estaba con un representante comercial de aquel planeta, el cual aseguraba que ella era su sobrina. Su hija parece tener una extraña colección de parientes, doctor. Aquél era el segundo tío que ha tenido en el breve período de dos semanas, ¿no es eso? El trantoriano trató incluso de sobornarme; probablemente piensa que tal es la razón por la que les dejamos marchar —terminó con una sonrisa irónica.

—¿Cómo estaba ella?

—Muy bien, por lo que pude comprobar. Asustada, y no la culpo por eso. Todo el Departamento iba tras ella. Todavía ignoro por qué.

Darell respiró profundamente por primera vez en varios minutos. Era consciente del temblor de sus manos, y lo controló con un esfuerzo.

—Entonces, está bien. ¿Quién era ese representante comercial? Hábleme de él. ¿Qué papel juega en esto?

—Lo ignoro. ¿Sabe usted algo sobre Trántor?

—En un tiempo viví allí.

—Ahora es un mundo agrícola. Exporta piensos y cereales casi exclusivamente. De primera calidad. Los venden a toda la Galaxia. Hay una o dos docenas de cooperativas agrícolas en el planeta, y cada una de ellas tiene sus representantes en el extranjero. Son unos tipos muy vivos..., precisamente conozco el historial de éste en particular. Ha estado en Kalgan otras veces, generalmente con su esposa. Una gente muy honrada, y totalmente inofensiva.

—Humm —murmuró Anthor—. Arcadia nació en Trántor, ¿verdad, doctor?

Darell asintió.

—Es lógico, ¿no cree? Ella quería huir, marcharse lejos y rápidamente, y se le ocurrió Trántor.

—¿Por qué no regresar aquí? —preguntó Darell.

Tal vez la perseguían y pensó que era mejor despistarles yendo en otra dirección, ¿no le parece?

Al doctor Darell le faltó valor para seguir preguntando. Arcadia estaba sana y salva en Trántor, o por lo menos tan a salvo como se podía estar en aquella oscura y horrible Galaxia. Se dirigió hacia la puerta, casi a tientas, y al sentir la mano de Anthor sobre su brazo, se detuvo sin volverse.

—¿Le importa que le acompañe a su casa, doctor?

—Como quiera —fue la automática respuesta.

Al llegar la noche, las capas exteriores de la personalidad del doctor Darell, las que estaban en contacto directo con los demás, ya se habían solidificado. Se negó a comer, y con febril insistencia volvió a sumergirse en las intrincadas matemáticas del análisis encefalográfico.

Era casi medianoche cuando entró de nuevo en la sala de estar. Pelleas Anthor seguía allí, manipulando los controles del vídeo. Al oír pasos, miró por encima del hombro.

—¡Hola! ¿Aún no se ha acostado? He pasado las horas ante el vídeo, tratando de encontrar algo que no fueran boletines. Al parecer, la nave de la Fundación *Hober Mallow* lleva retraso en su ruta y no se han recibido noticias de ella.

—¿Ah, no? ¿Y qué sospecha usted?

—¿Y usted, qué cree? Alguna granujada kalganiana. Se ha informado que fueron vistas naves kalganianas en el sector del espacio desde donde se recibieron las últimas noticias de la *Hober Mallow*.

Darell se encogió de hombros, y Anthor, pensativo, se frotó la frente.

—Escuche, doctor —dijo—, ¿por qué no se marcha a Trántor?

—¿Por qué habría de hacerlo?

—Porque aquí no nos es útil. Ha cambiado, y es lógico. Y yendo a Trántor podría cumplir un objetivo. La antigua Biblioteca Imperial, con los archivos completos de las Actas de la Comisión Seldon, está allí...

—¡No! La Biblioteca ha sido registrada, y el asunto no ha ayudado a nadie.

—Una vez ayudó a Ebling Mis.

—¿Cómo lo sabe usted? En efecto, él *dijo* que había encontrado la Segunda Fundación, y mi madre le mató cinco segundos más tarde para que no revelase involuntariamente su situación al Mulo. Pero comprenda que con este acto ella hizo imposible que supiéramos si Mis conocía realmente su localización. Después de todo, nadie más ha sido capaz de deducir la verdad de esos archivos.

—No sé si usted recuerda que Ebling Mis trabajaba bajo el impulso de la mente del Mulo.

—Ya lo sé, pero, precisamente por eso, la mente de Mis se hallaba en un estado anormal. ¿Sabemos algo usted y yo acerca de las propiedades de una mente bajo el control emocional de otra? ¿Acerca de sus facultades y defectos? En cualquier caso, no pienso ir a Trántor.

Anthor frunció el ceño.

—Está bien. ¿Por qué tanta vehemencia? Yo me he limitado a sugerirlo... Por el Espacio, que no le comprendo a usted. Parece haber envejecido diez años. Es evidente que está muy preocupado, y aquí no hace nada de utilidad. Si yo estuviera en su lugar iría y rescataría a la chica.

—¡Exactamente! Eso es lo que querría hacer yo. *Y por esa razón no lo haré*. Escuche, Anthor, y trate de comprenderme. Estamos jugando, usted y yo, con algo contra lo cual somos incapaces de luchar. A sangre fría, si es que la tiene, usted lo sabe tan bien como yo, sean cuales fueran sus ideas en sus momentos de euforia.

»Durante cincuenta años hemos sabido que la Segunda Fundación es el verdadero heredero y discípulo de las matemáticas seldonianas. Eso significa, y usted lo sabe, que nada de lo que ocurre en la Galaxia está fuera de sus cálculos. Para nosotros, la vida es una serie de accidentes que hemos de afrontar con improvisaciones. Para ellos, toda la vida tiene un objetivo y tiene que ser precalculada.

»Pero tienen sus debilidades. Su trabajo es estadís-

tico, y sólo la acción conjunta de la humanidad es verdaderamente inevitable. Ahora bien, ignoro el papel
que represento yo como individuo en el curso previsto
de la historia. Tal vez no tenga un papel definido,
puesto que el Plan da libre albedrío a los individuos.
Pero soy importante, y ellos, *ellos*, ¿me comprende?,
pueden al menos haber calculado mi reacción probable.
Por eso desconfío de mis impulsos, mis deseos y mis
probables reacciones.

»Preferiría ofrecerles una reacción *im*probable. Me
quedaré aquí, pese al hecho de que ansío desesperadamente marcharme. ¡No, no es eso! *Porque* ansío desesperadamente marcharme.

El joven sonrió con amargura.

—Usted no conoce su propia mente tan bien como
pueden hacerlo *ellos*. Suponga que, conociéndole, cal-
culan que lo que usted piensa, simplemente *piensa*, es
esa reacción improbable, sabiendo por anticipado cuál
será la tónica de su razonamiento.

—En este caso, no hay escapatoria. Porque si sigo el
razonamiento que acaba usted de mencionar, y me voy a
Trántor, también pueden haber previsto eso. Es un círculo vicioso de dobles intenciones. Por mucho que siga
este ciclo, sólo puedo marcharme o permanecer aquí. El
intrincado plan de hacer recorrer media Galaxia a mi hija
no puede tener como fin que yo me quede donde estoy,
puesto que igualmente me hubiera quedado si ellos no
hubiesen hecho nada. El único motivo ha de ser que yo
me vaya y, por consiguiente, me quedaré.

»Además, Anthor, no todo es obra de la Segunda
Fundación, ni todos los acontecimientos son resultado
de sus intrigas. Tal vez no han tenido nada que ver con
la marcha de Arcadia, y es posible que ella esté a salvo
en Trántor mientras aquí morimos todos.

—No —replicó Anthor con brusquedad—, ahora
ha perdido usted la pista.

—¿Tiene algo más que sugerir?

—En efecto, si quiere escucharme.

—¡Oh, pues adelante! No me falta paciencia.

—Muy bien. ¿Hasta qué punto conoce usted a su propia hija?

—¿Hasta qué punto pueden conocerse las personas? Es evidente que no la conozco demasiado bien.

—Yo tampoco, seguramente menos que usted, pero al menos la he visto con otros ojos. Primero: se trata de una romántica incorregible, hija única de un académico que vive en su torre de marfil, aficionada al mundo irreal del vídeo, y los libros de aventuras. Está viviendo una extraña fantasía propia de intrigas y espionaje. Segundo: la vive con inteligencia, con la inteligencia suficiente como para despistarnos. Planeó cuidadosamente escuchar nuestra primera conferencia, y lo logró. Planeó cuidadosamente ir a Kalgan con Munn, y lo logró. Tercero: adora el recuerdo de su abuela, la madre de usted, que derrotó al Mulo.

»Hasta aquí no me equivoco, ¿verdad? Muy bien. A diferencia de usted, yo he recibido un informe completo del teniente Dirige, y, además, mis fuentes de información en Kalgan son bastante fidedignas y todas concuerdan. Sabemos, por ejemplo, que el Señor de Kalgan negó a Homir Munn la autorización para entrar en el palacio del Mulo, y que esta negativa fue repentinamente cancelada después de que Arcadia hablase con la señora Callia, que es muy buena amiga del Primer Ciudadano.

—¿Cómo sabe usted todo esto? —interrumpió Darell.

—Porque Munn fue entrevistado por Dirige como parte de la campaña policial para localizar a Arcadia. Naturalmente, tenemos una transcripción completa de las preguntas y respuestas. Considere, además, a la propia Callia. Se rumorea que Stettin ya no siente interés por ella, pero los hechos no corroboran este rumor. No sólo Callia continúa en su puesto, no sólo es capaz de convertir la negativa de Stettin a Munn en una afirmación, sino que incluso puede organizar abiertamente la fuga de Arcadia. Imagínese: una docena de soldados que estaban de guardia en la mansión de Stettin testificaron que las vieron juntas la última noche. Y, sin embargo, no ha sido castigada, y eso a pesar del hecho de que buscaron a Arcadia con toda diligencia.

—¿Y cuál es su conclusión de todo este torrente de incongruencias?

—Que la fuga de Arcadia fue organizada.

—Como yo he dicho.

—Pero con esta adición: Arcadia debió de darse cuenta de que estaba organizada. Arcadia, la lista chiquilla que veía cábalas por todas partes, adivinó ésta y siguió su propio tipo de razonamiento. Ellos querían que volviese a la Fundación, y por eso se dirigió a Trántor. Pero ¿por qué a Trántor?

—Exacto, ¿por qué?

—Porque allí fue donde Bayta, su idolatrada abuela, escapó cuando huía. Consciente o inconscientemente, Arcadia la imitó. Así pues, me pregunto si Arcadia huía del mismo enemigo.

—¿El Mulo? —preguntó Darell con cortés ironía.

—Claro que no. Por enemigo me refiero a una mentalidad contra la que no podía luchar. Huir de la Segunda Fundación, o de la influencia que ésta pueda tener en Kalgan.

—¿De qué influencia habla?

—¿Cree que Kalgan estará inmune de esa amenaza omnipresente? Ambos hemos llegado de algún modo a la conclusión de que la huida de Arcadia fue organizada. ¿De acuerdo? La buscaron y la encontraron, y Dirige permitió deliberadamente que se escapara. Dirige, ¿lo comprende usted? Pero ¿por qué? Porque era de los nuestros. Pero ¿cómo lo sabían ellos? ¿Contaban con que fuese un traidor? ¿Qué opina usted?

—Ahora está diciendo que tenían intención de atraparla. Francamente, me está cansando un poco, Anthor. Termine de decir lo que sea; quiero irme a la cama.

—Terminaré muy pronto. —Anthor extrajo unas fotografías de un bolsillo interior. Eran las familiares curvas del encefalograma—. Las ondas cerebrales de Dirige —explicó Anthor en tono casual—, tomadas a su regreso.

Era algo claramente visible para Darell, y su rostro estaba lívido cuando miró a su interlocutor.

—Está controlado.

—Exactamente. Dejó huir a Arcadia, no porque fuera de los nuestros, sino porque pertenecía a la Segunda Fundación.

—Incluso después de saber que ella iba a Trántor, y no a Términus.

Anthor se encogió de hombros.

—Le habían programado para dejarla escapar; no podía modificar aquello. Era sólo un instrumento. La suerte ha sido que Arcadia eligió el camino menos probable, y posiblemente está a salvo. O, por lo menos, estará a salvo hasta que la Segunda Fundación pueda modificar los planes para afrontar este nuevo estado de cosas...

Hizo una pausa. La pequeña luz de aviso del vídeo estaba relampagueando, en un circuito independiente. Aquello significaba la presencia de noticias urgentes. Darell también la vio, y con el gesto mecánico de una larga costumbre puso en marcha el vídeo. Sólo pudieron oír el final de una frase, pero antes de que terminara ya sabían que se habían encontrado los restos de la *Hober Mallow* y que, por primera vez en casi medio siglo, la Fundación volvía a estar en guerra.

Anthor apretó las mandíbulas.

—Muy bien, doctor, ya lo ha oído. Kalgan ha atacado, y Kalgan está bajo el control de la Segunda Fundación. ¿Seguirá usted el ejemplo de su hija y se trasladará a Trántor?

—No. Correré el riesgo. Me quedaré aquí.

—Doctor Darell, no es usted tan inteligente como su hija. Me pregunto hasta qué punto se puede confiar en usted.

Su mirada serena se clavó en Darell durante unos momentos, y luego, sin una palabra, se fue.

Y Darell se quedó lleno de dudas, y casi de desesperación.

Sin que nadie le prestara atención, el vídeo continuó emitiendo excitados sonidos e imágenes, mientras describía con nervioso detalle la primera hora de la guerra entre Kalgan y la Fundación.

17. LA GUERRA

El alcalde de la Fundación intentó peinar, sin resultado, los mechones de cabellos que orlaban su cráneo. Suspiró:

—¡Cuántos años malgastados y cuántas oportunidades perdidas! No quiero hacer recriminaciones, doctor Darell, pero nos merecemos la derrota.

Darell observó tranquilamente:

—No veo razón para desconfiar de los acontecimientos, señor.

—¡Desconfiar, desconfiar! Por la Galaxia, doctor Darell, ¿en qué basaría usted cualquier otra actitud? Venga aquí...

Condujo a Darell casi a la fuerza hacia el límpido ovoide, colocado graciosamente sobre su diminuto soporte, dotado de un campo de fuerza. Al contacto de la mano del alcalde se iluminó por dentro, era un modelo exacto, tridimensional, de la doble espiral galáctica.

—Marcada en amarillo —explicó el alcalde con excitación— tenemos la región del espacio que se halla bajo el control de la Fundación; en rojo, la que está bajo el control de Kalgan.

Darell vio una esfera roja rodeada por un casco amarillo que la envolvía casi completamente, excepto en una franja que se dirigía hacia el centro de la Galaxia.

—La galactografía —dijo el alcalde— es nuestro mayor enemigo. Nuestros almirantes no ocultan nuestra desesperada posición estratégica. Observe: el enemigo tiene líneas internas de comunicación. Está concentrado; puede enfrentarse a nosotros en cualquier flanco con igual facilidad. Puede defenderse con un mínimo de fuerza. Nosotros estamos desperdigados. La distancia entre los sistemas habitados dentro de la Fundación es casi tres veces la que hay en Kalgan. Por ejemplo, ir de Santanni a Locris es un viaje de dos mil quinientos parsecs para nosotros y sólo de ochocientos para ellos, si permanecemos en nuestros territorios respectivos...

—Comprendo todo esto, señor —dijo Darell.

—Pero no comprende que puede significar la derrota.

—En la guerra cuentan otras cosas además de la distancia. Yo afirmo que no podemos perder; es totalmente imposible.

—¿Y por qué lo afirma?

—A causa de mi propia interpretación del Plan Seldon.

—¡Oh! —exclamó el alcalde torciendo los labios y juntando las manos a su espalda—. De modo que usted también confía en la mística ayuda de la Segunda Fundación.

—No. Simplemente en la ayuda de la inevitabilidad, y del valor y la persistencia.

Y, no obstante, a pesar de su confianza, dudaba...

¿Y si...?

¿Y si Anthor tenía razón y Kalgan era un instrumento directo de aquellos monstruos mentales? Y si su propósito era derrotar y destruir a la Fundación? ¡No! ¡No tenía sentido!

Y sin embargo...

Sonrió con amargura. Siempre ocurría lo mismo. Siempre atisbaban una y otra vez aquel granito opaco que, para el enemigo, era de una total transparencia.

Stettin tampoco olvidaba las verdades galactográficas de la situación.

El Señor de Kalgan se hallaba ante un modelo galáctico exactamente igual que el que inspeccionaban el alcalde y Darell, sólo que, mientras el alcalde fruncía el ceño, Stettin sonreía.

Su uniforme de almirante resplandecía sobre su corpulenta figura. La banda carmesí de la Orden del Mulo, que le fuera impuesta por el anterior Primer Ciudadano —al que reemplazara seis meses después utilizando métodos algo violentos—, cruzaba su pecho en diagonal, desde el hombro derecho a la cintura. La Estrella de Plata con cometas y espadas dobles brillaba sobre su hombro izquierdo.

Se dirigió a los seis hombres de su Estado Mayor, cuyos uniformes eran menos fastuosos que el suyo, y a su primer ministro, delgado y canoso, parecido a una telaraña perdida entre el resplandor:

—Creo que las decisiones tomadas están bien claras. Podemos permitirnos el lujo de esperar. Para ellos, cada día de retraso será un golpe a su moral. Si intentan defender todas las regiones de su reino, quedarán demasiado dispersos, y nosotros podremos introducirnos con dos ataques simultáneos aquí y aquí. —Indicó las direcciones sobre el modelo galáctico, dos líneas blancas que atravesaban el casco amarillo desde la bola roja que contenía, cortando Términus por ambos lados con un apretado arco—. De este modo dividimos su Flota en tres partes que pueden ser derrotadas por separado. Si se concentran, abandonan voluntariamente dos tercios de sus dominios y tal vez se arriesgan a una rebelión.

La voz delgada del primer ministro se dejó oír en el silencio que siguió a estas palabras.

—Dentro de seis meses —dijo— la Fundación será seis veces más fuerte. Sus recursos son mayores, como todos sabemos: su Flota es numéricamente superior, sus recursos humanos son prácticamente inextinguibles. Quizá un ataque rápido sería más seguro.

Su voz era la que gozaba de menos influencia en la habitación. El Señor Stettin sonrió e hizo un gesto de menosprecio con la mano.

—Seis meses, o un año, si es necesario, no nos costarán nada. Los hombres de la Fundación no pueden prepararse; son ideológicamente incapaces de ello. Forma parte de su misma filosofía creer que la Segunda Fundación les salvará. Pero esta vez no será así.

Los hombres congregados en la habitación se removieron, intranquilos.

—Me parece que su confianza no es excesiva —observó Stettin en tono glacial—. ¿Es necesario que les repita una vez más los informes de nuestros agentes en territorio de la Fundación, o los descubrimientos del señor Homir Munn, el agente de la Fundación actualmente a nuestro... hum... servicio? Bien, la sesión queda aplazada, caballeros.

Stettin volvió a sus aposentos privados con una sonrisa estereotipada en el rostro. A veces dudaba del tal Homir Munn, un tipo extraño que no resultaba tan útil como pareció al principio. Y, no obstante, de vez en cuando facilitaba información interesante y convincente, en especial en presencia de Callia.

Su sonrisa se ensanchó. Aquella gorda estúpida servía para algo, después de todo. Por lo menos sabía sonsacar mejor a Munn con sus zalamerías que él mismo, y con menos esfuerzo. ¿Por qué no entregarla a Munn? Frunció el ceño. Callia y sus cargantes celos. ¡Por el Espacio! Si hubiera conservado a aquella chica, Darell... ¿Por qué no había aplastado el cráneo de Callia por lo que hizo?

Le era imposible comprender la razón.

Tal vez porque sabía tratar a Munn, y él necesitaba a aquel hombre. Por ejemplo, había sido Munn quien demostró que, al menos según el convencimiento del Mulo, la Segunda Fundación no existía. Sus almirantes necesitaban este convencimiento.

Le hubiera gustado hacer públicas las pruebas, pero era preferible dejar que la Fundación creyera en aquella ayuda inexistente. ¿No había sido Callia quien señalara aquel punto? Sí, en efecto. Había dicho...

¡Oh, tonterías! Ella no podía haber dicho nada.

Y sin embargo...

Agitó la cabeza para desechar aquella idea y pensó en otra cosa.

18. EL MUNDO FANTASMA

Trántor era un mundo de cenizas... y resurgimiento. Situado como una joya opaca entre la abrumadora cantidad de soles del centro de la Galaxia, entre montones de estrellas apiñadas con inútil prodigalidad, soñaba alternativamente con el pasado y con el futuro.

Hubo un tiempo en que los insustanciales lazos de su control partían de su corteza metálica y se extendían hasta las más lejanas estrellas. Había sido una única ciudad, que albergara a cuatrocientos mil millones de administradores; la capital más poderosa que existiera jamás.

Hasta que eventualmente llegó hasta ella la decadencia del Imperio, y en el Gran Saqueo del siglo anterior todos sus poderes y prerrogativas quedaron destruidos para siempre. Bajo la uña demoledora de la muerte, el casco de metal que circundaba el planeta se arrugó y resquebrajó en una dolorosa burla de su propia grandeza.

Los supervivientes arrancaron la capa de metal y la vendieron a otros planetas para conseguir semillas y ganado. El suelo estaba una vez más al descubierto, y el planeta retornó a sus comienzos. En las extensas áreas de primitiva agricultura olvidó su intrincado y colosal pasado.

O lo hubiera olvidado de no ser por los restos todavía poderosos que elevaban hacia el cielo sus enormes ruinas en un digno y trágico silencio.

Arcadia contemplaba el borde metálico del horizonte con el corazón oprimido. El pueblo en que vivían los Palver no era para ella más que un montón de casas, pequeño y primitivo. Los campos que lo rodeaban eran de un amarillo dorado, sembrados de trigo.

Pero allí, en aquel punto lejano del horizonte, estaba el recuerdo del pasado, que aún ardía con esplendor intacto y alumbraba como el fuego cuando el sol de Trántor le arrancaba mil reflejos deslumbrantes. Arcadia había estado allí una vez durante los meses transcurridos desde su llegada a Trántor. Había trepado a la suave y lisa avenida, aventurándose en el interior de las silenciosas estructuras, cubiertas de polvo, donde la luz se filtraba por los agujeros de las paredes.

Sintió un dolor agudo. Era como una blasfemia.

Se alejó, oyendo el eco estridente de sus propios pasos, y corrió hasta que sus pies pisaron de nuevo la tierra blanda.

Después se volvió a mirar con honda nostalgia, y no se atrevió en lo sucesivo a perturbar aquel imponente silencio.

Sabía que había nacido en alguna parte de aquel mundo, cerca de la antigua Biblioteca Imperial, que era el corazón de Trántor. ¡El lugar sagrado, el lugar sacrosanto! Era el único en todo el planeta que había sobrevivido al Gran Saqueo, y durante un siglo, permaneció completo e intacto, desafiando al universo.

Allí Hari Seldon y su grupo habían tejido su inimaginable obra. Allí Ebling Mis había penetrado el secreto y enmudecido en su inmenso asombro, hasta que le dieron muerte para que tal secreto no pudiera divulgarse.

Allí, en la Biblioteca Imperial, su propio padre había regresado con su esposa para encontrar de nuevo la Segunda Fundación, pero fracasaron. Allí había nacido ella y allí murió su madre.

Le hubiera gustado visitar la Biblioteca, pero Preem Palver movió su redonda cabeza.

—Son miles de kilómetros, Arkady, y aquí tenemos mucho trabajo. Además, no es bueno deambular por ahí. Ya sabes que es un santuario...

Pero Arcadia sabía que él no deseaba visitar la Biblioteca; que era el mismo caso que el palacio del Mulo. Los pigmeos del presente sentían un temor supersticioso de los gigantes del pasado.

Pero hubiera sido horrible guardar rencor por ello a aquel hombre menudo y extraño. Hacía ya casi tres meses que se encontraba en Trántor, y, durante todo aquel tiempo, tanto papá como mamá habían sido maravillosos con ella...

¿Y qué había significado su regreso? Pues implicarles a ellos en la ruina común. ¿No hubiera debido advertirles que estaba marcada para la destrucción? No lo hizo, les dejó asumir el mortal papel de protectores.

Le remordía insoportablemente la conciencia... pero ¿acaso había podido elegir?

Abatida, bajó de su cuarto para desayunar, y entonces oyó sus voces.

Preem Palver se había introducido la servilleta en el cuello de la camisa y se disponía con evidente satisfacción a saborear unos huevos pasados por agua.

—Ayer bajé a la ciudad, mamá —dijo, clavando el

tenedor y casi ahogando luego sus palabras con un considerable bocado.

—¿Y qué pasa en la ciudad, papá? —preguntó la mujer con indiferencia, sentándose, inspeccionando la mesa y volviéndose a levantar para buscar la sal.

—Nada bueno. Ha llegado una nave de Kalgan y ha traído periódicos de allí. Están en guerra.

—¿En guerra? ¡Vaya! Pues que se rompan la cabeza, ya que no tienen sentido común. ¿Aún no ha llegado el cheque de tu paga? Papá, te lo digo una vez más: has de advertir a ese viejo Cosker que la suya no es la única cooperativa del mundo. Ya es malo que te paguen tan poco que me avergüenza decirlo a mis amigas, pero ¡que encima no te paguen a su tiempo...!

—Bueno, bueno, ya está bien —replicó papá, irritado—. Mira, no quiero oír tonterías durante el desayuno; me va a sentar mal. —Y se le cayó la tostada untada de mantequilla. Luego agregó, algo más calmado—: La lucha es entre Kalgan y la Fundación, y ya hace dos meses que dura.

Hizo un ademán con las dos manos, pretendiendo imitar una guerra en el espacio.

—Humm. Y, ¿cómo se desarrolla?

—Mal para la Fundación. Ya lo viste en Kalgan: todo eran soldados. Estaban dispuestos, y la Fundación, no.

De improviso, mamá dejó el tenedor y silabeó:

—¡Idiota!

—¿Qué?

—Eres un idiota; harías bien en cerrar tu gran pico.

Hizo una rápida seña, y cuando papá miró por encima de su hombro vio que allí estaba Arcadia, como paralizada, en el umbral.

—¿La Fundación está en guerra? —preguntó.

Papá miró con desaliento a mamá, y luego asintió.

—¿Y pierde?

De nuevo una señal afirmativa.

Arcadia sintió un terrible nudo en la garganta, y se acercó a la mesa con lentitud.

—¿Así que todo ha terminado? —musitó.

—¿Terminado? —repitió papá con falsa animación—. ¿Quién ha dicho que todo ha terminado? En la guerra pueden ocurrir muchas cosas. Además..., además...

—Siéntate, querida —dijo mamá con voz suave—. Nadie debería hablar antes del desayuno. No se está en buenas condiciones con el estómago vacío.

Pero Arcadia no le hizo caso.

—¿Están en Términus los kalganianos?

—No —repuso gravemente papá—. Las noticias son de la semana pasada, y Términus continúa luchando. Es cierto, te estoy diciendo la verdad. Y la Fundación es todavía fuerte. ¿Quieres que te traiga los periódicos?

—¡Sí!

Los leyó mientras intentaba comer algo, y sus ojos se humedecieron mientras leía. Santanni y Korell se habían rendido... sin luchar. Una escuadra de la Flota de la Fundación había sido atrapada en el escasamente poblado Sector de Ifni, y casi todas sus naves fueron aniquiladas.

Y ahora la Fundación había retrocedido hasta el núcleo de los Cuatro Reinos, el reino original construido bajo el mandato de Salvor Hardin, el primer alcalde. Pero seguía luchando, y aún quedaba una posibilidad; y ocurriera lo que ocurriese, ella tenía que informar a su padre. Tenía que ponerse en contacto con él como fuera. ¡Era preciso!

Pero ¿cómo? Había una guerra entre ellos.

Después del desayuno preguntó a papá:

—¿Saldrá usted pronto en una nueva misión, señor Palver?

Papá estaba sentado en el gran sillón del prado, tomando el sol. Un grueso cigarro se consumía entre sus dedos rechonchos, y su aspecto era el de un beatífico cachorro.

—¿Una misión? —repitió perezosamente—. ¿Quién sabe? Estas vacaciones son muy agradables, y mi permiso aún no ha terminado. ¿Por qué hablar de nuevas misiones? ¿Estás inquieta, Arkady?

—¿Yo? No, me encuentro muy bien aquí. Son los dos muy buenos conmigo, usted y la señora Palver.

Él hizo un gesto despreciativo, como rechazando la frase cortés de Arcadia. Ésta dijo:

—Estaba pensando en la guerra.

—No pienses en ella. ¿Qué puedes hacer *tú*? Si es algo que no puedes evitar, ¿por qué romperte la cabeza?

—Pero estaba pensando que la Fundación ha perdido la mayoría de sus mundos agrícolas. Probablemente han tenido que racionar los alimentos.

Papá pareció confuso.

—No te preocupes; todo irá bien.

Ella apenas le escuchó.

—Me gustaría poder llevarles alimentos, eso es todo. Verá, cuando el Mulo murió y la Fundación se rebeló, Términus estuvo prácticamente aislado durante un tiempo, y el general Han Pritcher, que sucedió al Mulo, le puso sitio. La comida empezó a escasear, y mi padre dice que oyó contar al suyo que sólo tenían concentrados de aminoácidos de un sabor repugnante. Imagínese, un huevo costaba doscientos créditos. Entonces consiguieron romper el cerco justo a tiempo, y empezaron a llegar naves con alimentos desde Santanni. Debió de ser un tiempo terrible, y tal vez ahora esté ocurriendo lo mismo.

Hubo una pausa, tras la cual Arcadia continuó:

—Apostaría algo a que la Fundación pagaría ahora

precios muy altos por cualquier artículo alimenticio. El doble, el triple, o más sobre su precio normal. Si, por ejemplo, una cooperativa de Trántor decidiera venderles comida, tal vez perdiera algunas naves, pero se haría millonaria antes de que terminase la guerra. Los Comerciantes de la Fundación, en los tiempos antiguos, se dedicaban siempre a este trabajo. Cuando había una guerra, vendían los artículos más necesarios y hacían frente a las dificultades. ¡Imagínese!, en un solo viaje solían ganar hasta dos millones de créditos, *de beneficio*. Y sólo con lo que podían llevar en una sola nave.

Papá se estremeció ligeramente. Sin que él lo advirtiera, se le había apagado el cigarro.

—Un negocio con los alimentos, ¿eh? Hummm. Pero la Fundación está muy lejos.

—¡Oh, ya lo sé! Supongo que no se podría hacer desde aquí. Con una nave de línea regular no llegaría más allá de Massena o Smushyk, y allí tendría que alquilar una pequeña nave de reconocimiento o algo parecido para cruzar las líneas.

Papá se alisó los cabellos mientras calculaba.

Dos semanas después, los preparativos para la misión habían concluido. Mamá había estado despotricando casi todo el tiempo. Primero, por la incurable obstinación con que quería suicidarse, y segundo, por la increíble obstinación con que le prohibía acompañarle. Papá dijo al fin:

—Mamá, ¿por qué actúas como una vieja caprichosa? No puedo llevarte conmigo; es un trabajo de hombres. ¿Qué te imaginas que es la guerra? ¿Una diversión? ¿Un juego de niños?

—Entonces, ¿por qué vas *tú*? Eres un hombre, viejo idiota, con un pie y un brazo en la tumba. Deja que vayan los jóvenes, y no un viejo gordo y calvo como tú.

—No soy calvo —replicó papá con dignidad—. Aún tengo muchos cabellos. ¿Y por qué no he de ser yo quien se lleve la comisión? ¿Por qué ha de ser un joven? Escucha, ¡esto puede significar millones!

Ella lo sabía, y guardó silencio.

Arcadia le vio una vez antes de que se marchara

—¿Irá usted a Términus? —le preguntó.

—¿Por qué no? Tú misma has dicho que necesitan pan, arroz y patatas. Haré un trato con ellos y se lo venderé.

—Entonces... quiero pedirle una cosa. Si va a Términus, ¿podría..., podría ver a mi padre?

El rostro de papá se arrugó, lleno de comprensión.

—¡Oh! ¿Y crees que hacía falta que me lo dijeras? Claro que iré a verle. Le diré que estás muy bien y que todo va sobre ruedas, y que cuando la guerra termine te llevaré a casa.

—Gracias. Le diré cómo puede encontrarle. Su nombre es doctor Toran Darell, y vive en Stanmark, un suburbio de Términus; puede tomar un avión de enlace que va hasta allí. La dirección es 55 Channel Drive.

—Espera, que voy a anotarlo.

—No, no. —Arcadia le cogió del brazo—. No debe llevar nada anotado. Tendrá que recordarlo... y encontrarle sin pedir ayuda a nadie.

Papá parecía perplejo. Luego se encogió de hombros.

—Muy bien. Es el 55 de Channel Drive, en Stanmark, un suburbio de Términus, y se va en avión. ¿Correcto?

—Hay otra cosa.

—¿Cuál?

—¿Quiere decirle algo de mi parte?

—Pues claro.

—Quiero decírselo en voz muy baja.

Él inclinó la cabeza hacia ella, y Arcadia le susurró unas palabras.

Papá abrió mucho los ojos.

—¿Eso es lo que quieres que diga? ¡Pero si no tiene ningún sentido!

—Él sabrá de qué se trata. Diga solamente que es un mensaje de mi parte y que yo he dicho que él sabrá de qué se trata. Lo ha de decir exactamente como se lo he dicho yo. No cambie nada. ¿No lo olvidará?

—¿Cómo puedo olvidarlo? Son sólo cinco palabras. Escucha...

—No, no. —Arcadia dio varios saltitos, impulsada por la intensidad de sus sentimientos—. No lo repita. No lo repita a nadie. Olvídese de ello excepto cuando vea a mi padre. Prométamelo.

Papá volvió a encogerse de hombros.

—Está bien. ¡Lo prometo!

—De acuerdo —repuso ella con expresión triste.

Cuando le vio bajar por el camino hacia el lugar donde le esperaba el aerotaxi para llevarle al espacio puerto, Arcadia se preguntó si iría hacia la muerte por culpa de ella. Se preguntó si volvería a verle alguna vez.

Casi no se atrevía a entrar de nuevo en la casa y enfrentarse a la bondadosa mamá. Tal vez, cuando todo hubiera terminado, tendría que suicidarse por el mal que les había hecho.

19. FIN DE LA GUERRA

QUORISTON. Batalla de.—*Librada en 9-17-377 D.F. entre las fuerzas de la Fundación y las del señor Stettin de Kalgan, fue la última batalla de importancia durante el Interregno...*

Enciclopedia Galáctica

Jole Turbor, en su nuevo papel de corresponsal de guerra, llevaba su macizo cuerpo enfundado en un uniforme militar, y sentía una relativa satisfacción. Disfrutaba encontrándose de nuevo en el aire, y perdió algo de la fiera impotencia de verse envuelto en una lucha trivial contra la Segunda Fundación, en la excitación de otra clase de lucha con naves reales y hombres corrientes.

Era cierto que la Fundación no había cosechado victorias, pero aún era posible enfocar la cuestión con filosofía. Al cabo de seis meses, el núcleo de la Fundación continuaba intacto, y el grueso de la Flota seguía en pie de guerra. Contando los nuevos refuerzos desde el principio de la guerra, era casi tan fuerte numérica y técnicamente como antes de la derrota de Ifni.

Y, mientras tanto, se reforzaban las defensas planetarias, las fuerzas armadas recibían un mejor adiestramiento, la eficiencia administrativa se incrementaba y gran parte de la Flota kalganiana se dispersaba debido a la necesidad de ocupar el territorio «conquistado».

Por el momento, Turbor se encontraba con la Tercera Flota, en los bordes exteriores del sector de Anacreonte. De acuerdo con su política de hacer de aquello una «guerra del hombre de la calle», se hallaba entrevistando a Fennel Leemor, ingeniero de tercera clase, voluntario.

—Díganos algo acerca de usted mismo —propuso Turbor.

—No hay mucho que contar. —Leemor movió los pies, y una sonrisa tímida apareció en su rostro, como si estuviera viendo a todos los millones que indudablemente le estaban mirando en aquel momento—. Soy de Locris. Trabajo en una fábrica de coches aéreos, soy jefe de sección y tengo un buen salario. Estoy casado y tengo dos hijas. Oiga, ¿no podría saludarlas, por sí me están escuchando?

—Adelante, amigo. El vídeo está a su disposición.

—¡Oh, gracias! —murmuró—. Hola, Milla. Por si me estás escuchando, estoy bien. ¿Cómo se encuentra Sunni? ¿Y Tomma? No dejo de pensar en vosotras, y tal vez obtenga un permiso cuando volvamos a puerto. Recibí el paquete de comida, pero te lo he devuelto porque aquí tenemos nuestra ración y dicen que los civiles están un poco faltos de alimentos. Creo que esto es todo.

—La visitaré la próxima vez que vaya a Locris, amigo, y me aseguraré de que no le falte comida. ¿De acuerdo?

El joven sonrió, agradecido, asintiendo.

—Gracias, señor Turbar. Se lo agradezco mucho.

—De nada. Díganos ahora... Usted es un voluntario, ¿verdad?

—Claro que lo soy. Si alguien me provoca, no tengo que esperar a que me obliguen a luchar. Me alisté el día en que me enteré de lo de la *Hober Mallow*.

—Éste es el espíritu, sí, señor. ¿Ha visto mucha acción? Observo que lleva dos estrellas.

—¡Bah! —El hombre escupió—. Aquello no fueron batallas, fueron simples cacerías. Los kalganianos no luchan, a menos que sean cinco contra uno o más. Incluso entonces se escabullen y tratan de atacar a las naves una por una. Un primo mío estuvo en Ifni, en una de las naves que escaparon, la vieja *Ebling Mis*. Dice que allí ocurrió lo mismo. Ellos atacaban con toda su Flota y nosotros sólo teníamos una división, y hasta que sólo nos quedaron cinco naves se escabulleron en vez de luchar. En aquella batalla dejamos fuera de combate al doble de naves suyas de las que perdimos nosotros.

—Entonces, ¿usted cree que ganaremos la guerra?

—Con toda seguridad, ahora que no estamos retrocediendo. Incluso aunque las cosas fueran muy mal, estoy convencido de que la Segunda Fundación intervendría. Contamos con el Plan Seldon, y ellos también lo saben.

Los labios de Turbor se curvaron un poco.

—¿De modo que usted cuenta con la Segunda Fundación?

La respuesta tuvo un tono de auténtica sorpresa.

—¡Cómo! ¿Acaso no cuentan todos con ella?

El joven oficial Tippellum entró en la habitación de Turbor después de la emisión de vídeo. Alargó un cigarrillo al corresponsal y se empujó la gorra hasta la nuca.

—Hemos hecho un prisionero —anunció.

—¿Ah, sí?

—Es un tipo estrambótico. Pretende ser neutral; inmunidad diplomática, nada menos. Creo que no saben qué hacer con él. Su nombre es Palbro, o Palver, o algo por el estilo, y dice que es de Trántor. Ignoro qué demonios hace en una zona de guerra.

Pero Turbor se había incorporado en su litera, y olvidado por completo su interrumpida siesta. Recordaba muy bien su última entrevista con Darell, al día siguiente de la declaración de la guerra.

—Preem Palver —dijo. Era una afirmación.

Tippellum dejó que el humo saliera por las comisuras de sus labios.

—Sí —murmuró—. ¿Cómo diablos lo sabe?

—No importa. ¿Puedo verle?

—¡Por el Espacio! No lo sé. El viejo lo tiene en su despacho para interrogarle. Todo el mundo cree que es un espía.

—Diga al viejo que yo le conozco, si es quien pretende ser. Cargaré con la responsabilidad.

El capitán Dixyl contemplaba incesantemente el detector desde la nave insignia de la Tercera Flota. Ninguna nave podía evitar ser la fuente de una radiación subatómica —ni siquiera si permanecía como una masa inerte—, y cada punto focal de aquella radiación era un pequeño destello en el campo tridimensional.

Todas las naves de la Fundación habían sido registradas, y ya no quedaba ningún destello, ahora que habían hecho prisionero a aquel pequeño espía que pretendía ser neutral. La nave extranjera había causado un momentáneo revuelo en la cabina del capitán. Podía ser necesario un rápido cambio de táctica. Pero, por lo visto...

—¿Está seguro de que lo tiene? —preguntó.

El comandante Cenn asintió:

—Conduciré mi escuadrón a través del hiperespacio: radio, 10.00 parsecs; theta, 268,52 grados; phi, 84,15 grados. Retorno al punto de origen en 1330. Ausencia total, 11,83 horas.

—Está bien. Ahora comenzaremos a contar con exactitud el espacio y el tiempo. ¿Comprendido?

—Sí, capitán. —Miró su reloj de pulsera—. Mis naves estarán dispuestas a las 0140.

—Bien —dijo el capitán Dixyl.

El escuadrón kalganiano no se hallaba todavía dentro del alcance del detector, pero no tardaría en estarlo. Había información independiente a este respecto. Sin el escuadrón de Cenn, las fuerzas de la Fundación serían numéricamente muy inferiores, pero el capitán tenía confianza. *Plena* confianza.

Preem Palver miraba tristemente a su alrededor. Primero miró al alto y huesudo almirante, y luego a los otros, todos de uniforme; y ahora miraba a aquel hombre grueso y macizo que llevaba el cuello abierto e iba sin corbata —a diferencia del resto—, que había dicho que quería hablar con él.

Jole Turbor estaba diciendo:

—Soy perfectamente consciente, almirante, de las graves posibilidades que este asunto implica, pero le aseguro que, si me permite hablar con él unos minutos, tal vez pueda aclarar las dudas existentes al respecto.

—¿Hay alguna razón para que no le interrogue en mi presencia?

Turbor frunció los labios con expresión obstinada.

—Almirante —dijo—, mientras yo he estado en sus

naves, la Tercera Flota ha disfrutado de una prensa excelente. Ponga centinelas ante la puerta, si lo desea, y regrese dentro de cinco minutos. Pero ahora, déjeme hacer las cosas a mi modo y sus relaciones públicas seguirán siendo perfectas. ¿Me comprende?

El almirante le comprendió.

Cuando Turbor se encontró a solas con Palver, se dirigió a él rápidamente:

—Deprisa, dígame el nombre de la chica que raptó.

Palver le miró con los ojos muy abiertos y meneó la cabeza.

—Nada de tonterías —amenazó Turbor—. Si no me contesta, le acusarán de ser un espía, y los espías son liquidados sin juicio previo en tiempo de guerra.

—¡Arcadia Darell! —jadeó Palver.

—*¡Bien!* ¿Está sana y salva?

Palver asintió.

—Será mejor que me lo asegure, o lo pasará usted muy mal.

—Goza de buena salud, y está totalmente a salvo —afirmó Palver.

El almirante regresó.

—¿Y bien?

—Este hombre no es un espía, señor. Puede usted creer lo que le dice. Yo respondo de él.

—¿Ah, sí? —El almirante frunció el ceño—. En tal caso, representa a una cooperativa agrícola de Trántor que desea llegar a un acuerdo comercial con Términus para la venta de cereales y patatas. Está bien, le creo, pero no podrá irse enseguida.

—¿Por qué no? —preguntó Palver con rapidez.

—Porque estamos a mitad de una batalla. Cuando termine, y suponiendo que aún estemos vivos, le llevaremos a Términus.

La Flota kalganiana diseminada por el espacio localizó las naves de la Fundación desde una distancia increíble, y fue a su vez localizada. Como pequeñas luciérnagas en los grandes detectores del enemigo, se fueron aproximando a través del vacío.

El almirante de la Fundación frunció el ceño y dijo:

—Éste debe de ser su ataque principal: contemple la cantidad de naves. Pero no podrán con nosotros, sobre todo si contamos con el destacamento de Cenn.

El comandante Cenn se había despegado de ellos horas antes, a la primera detección del enemigo. Ahora era imposible alterar el plan. Tal vez funcionara, tal vez no, pero el almirante estaba muy confiado, al igual que sus oficiales, al igual que sus hombres.

De nuevo contempló las luciérnagas, que lanzaban destellos y volaban en formación impecable, como en un ballet de la muerte.

La Flota de la Fundación se retiraba lentamente. A medida que transcurrían las horas iba virando con lentitud, obligando al enemigo a cambiar ligeramente su rumbo.

En las mentes de los estrategas había un determinado volumen de espacio que debía ser ocupado por las naves kalganianas. Las de la Fundación iban abandonando aquel volumen, atrayendo hacia él al enemigo. Las que volvían a salir de él eran atacadas, repentina y furiosamente. Las que se quedaban dentro, no sufrían ningún ataque.

Todo dependía de la indecisión de las naves del Señor Stettin de tomar la iniciativa, o de su decisión de permanecer donde no eran atacadas.

El capitán Dixyl tenía su mirada glacial fija en su reloj de pulsera. Eran las 1310.

—Tenemos veinte minutos —dijo.

El teniente que se encontraba a su lado asintió.

—Hasta ahora todo parece ir bien. Tenemos atrapado a más del noventa por ciento de sus naves. Si podemos mantenerlas allí...

—¡Sí! Si podemos...

Las naves de la Fundación volvían a avanzar... muy lentamente, no lo bastante deprisa como para obligar a los kalganianos a cesar en su persecución, pero sí con la rapidez suficiente como para desalentar su avance. Preferían esperar.

Y los minutos fueron transcurriendo.

A las 1325, el aviso del almirante sonó simultáneamente en setenta y cinco naves de la Fundación, que se acercaron con la máxima aceleración al grueso de la Flota kalganiana, que constaba de trescientas naves. Los escudos kalganianos entraron en acción, y se dispararon los inmensos rayos de energía. Cada una de las trescientas naves se concentraron en la misma dirección, hacia sus insensatos atacantes, que avanzaban inexorable y osadamente...

A las 1330, cincuenta naves bajo el mando del comandante Cenn aparecieron de la nada, en un único salto a través del hiperespacio hasta un punto calculado en determinado momento... y atacaron con furia arrolladora por la retaguardia kalganiana.

La trampa funcionó a la perfección.

Los kalganianos poseían todavía gran número de naves, pero ya no estaban de humor para contarlas. Su primer esfuerzo fue para escapar, y la formación, una vez rota, se hizo aún más vulnerable frente al ataque de las naves enemigas.

Al cabo de poco tiempo, la lucha tomó las proporciones de una caza de ratas.

De las trescientas naves kalganianas, el grueso y el orgullo de su Flota, sólo unas sesenta, muchas de ellas en un estado casi irreparable, pudieron regresar a Kalgan. La Fundación había perdido ocho naves de un total de ciento veinticinco.

Preem Palver aterrizó en Términus en el momento álgido de las celebraciones. Le abrumó el jolgorio, pero antes de abandonar el planeta había cumplido dos objetivos y recibido un encargo.

Los dos objetivos eran: 1) la conclusión de un acuerdo por el que la cooperativa de Palver entregaría veinte cargamentos de diversos artículos alimenticios por mes, durante un año, a precios de guerra y, gracias a la reciente batalla, sin los correspondientes riesgos, y 2) la transmisión al doctor Darell de las cinco breves palabras de Arcadia.

Durante un momento de asombro, Darell le había mirado con los ojos muy abiertos, y entonces le había hecho un encargo. Éste consistía en dar una respuesta a Arcadia. A Palver le gustó; era una respuesta sencilla y tenía sentido. Rezaba: «Ahora puedes volver. Ya no hay ningún peligro.»

El Señor Stettin se hallaba invadido de una tremenda frustración. Contemplar cómo todas sus armas se rompían en sus manos, y sentir cómo el firme tejido de su poderío militar se deshacía en podridos jirones de la manera más imprevista, convirtió su actitud flemática en un torrente de cólera. Y, sin embargo, no podía hacer nada, y lo sabía.

En realidad, hacía semanas que no dormía bien, y no se había afeitado en tres días. Había cancelado todas las audiencias y abandonado a su suerte a sus generales. Nadie sabía mejor que el Señor de Kalgan que no eran necesarias más derrotas para que dentro de muy poco tiempo se enfrentase con una rebelión interna.

Lev Meirus, el primer ministro, no le servía de nada. Estaba ante él, tranquilo e indecentemente viejo, acariciándose como siempre con un dedo nervioso la nariz y la mejilla.

—¡Vamos —le gritó Stettin—, contribuya con algo! Estamos vencidos, ¿lo comprende? *¡Vencidos!* ¿Y por qué? Lo ignoro. Ya ve usted, lo ignoro. ¿Acaso lo sabe usted?

—Creo que sí —repuso Meirus, con calma.

—¡Traición! —fue la réplica, pronunciada en voz baja como las palabras que siguieron—. Usted estaba enterado de una traición y ha guardado silencio. Sirvió al imbécil a quien arrebaté la Primera Ciudadanía y está convencido de que podrá servir a la rata que venga a reemplazarme. Por su actuación le haré arrancar las entrañas y quemarlas ante sus propios ojos.

Meirus permaneció impasible.

—He intentado mostrarle mis propias dudas, no una vez, sino muchas. Se las he gritado al oído y usted ha preferido seguir el consejo de los demás porque halagaba más su vanidad. Las cosas han ido aún peor de lo que me temía. Si ahora tampoco quiere escucharme, dígamelo, señor, y me marcharé, y a su debido tiempo serviré a su sucesor, cuyo primer acto será sin duda alguna la firma de un tratado de paz.

Stettin le contempló con fijeza, mientras sus enormes manos se abrían y cerraban lentamente.

—Hable, estúpido anciano, *¡hable!*

—Le he dicho a menudo, señor, que usted no es el Mulo. Puede controlar naves y cañones, pero no puede controlar las mentes de sus súbditos. ¿Es usted consciente, señor, de la identidad de su enemigo? Se trata de la Fundación, que nunca sufre derrotas, la Fundación, que está protegida por el Plan Seldon, la Fundación, que está destinada a formar un nuevo Imperio.

—Ya no existe ningún Plan. Munn lo ha dicho.

—Entonces, Munn se equivoca. Y aunque tuviera razón, ¿qué importaría? Usted y yo, señor, no somos el pueblo. Los hombres y mujeres de Kalgan y de sus mundos satélites creen ciega y profundamente en el Plan Seldon, al igual que todos los habitantes de este extremo de la Galaxia. Casi cuatrocientos años de historia nos enseñan el hecho de que la Fundación no puede ser derrotada. No lo consiguieron los Reinos, ni los señores guerreros, en el antiguo imperio Galáctico.

—El Mulo lo consiguió.

—Exactamente, pero él estaba más allá de todo cálculo, y usted no. Y lo que es peor, la gente lo sabe. Por esta razón sus naves participan en la batalla temiendo la derrota. La conciencia del Plan se cierne sobre ellos, inspirándoles cautela, temor al ataque y demasiadas dudas. En cambio, esta misma conciencia infunde confianza al enemigo, suprime el temor y mantiene su moral pese a las antiguas derrotas. ¿Y por qué no? La Fundación siempre ha sido derrotada al principio, pero siempre ha vencido al final. ¿Y qué hay de su propia moral, señor? Por doquier se halla usted en territorio enemigo. Sus propios dominios no han sido invadidos, todavía no corren peligro de invasión, y, no obstante, ha sido vencido. Ni siquiera cree en la posibilidad de la victoria, porque sabe que no existe. Por consiguiente, ceda, ceda antes de la derrota definitiva. Ceda voluntariamente y podrá salvar lo que le queda. Siempre ha dependido del metal y el poder, y le han sostenido en la medida de lo posible. Usted ha ignorado la mente y la moral, y entonces le han fallado. Así pues, siga mi consejo. Tiene prisionero a un hombre de la Fundación: Homir Munn. Déjele en libertad. Envíele a Términus con su oferta de paz.

Stettin apretó los dientes tras sus labios delgados y pálidos. Pero ¿qué alternativa tenía?

El primer día del año nuevo, Homir Munn abandonó Kalgan. Más de seis meses habían transcurrido desde que saliera de Términus, y en el intervalo una guerra había sido librada y perdida.

Llegó acompañado, pero se marchó solo. Había venido como un simple ciudadano con motivos particulares, y se marchó como un efectivo embajador de paz.

Lo que más había cambiado en él era su antigua preocupación por la Segunda Fundación. Se rió al recordarla, y se imaginó con todo lujo de detalles su revelación final al doctor Darell, al enérgico y competente Anthor, a todos ellos...

Él lo sabía todo. Él, Homir Munn, conocía finalmente la verdad.

20. «YO SÉ...»

Los dos últimos meses de la guerra stettiniana no dejaron mucho tiempo libre a Homir. En su insólito papel de Mediador Extraordinario se encontró en el centro de los asuntos interestelares, lo cual no dejaba de satisfacerle.

No hubo más batallas importantes, sino sólo unas cuantas escaramuzas accidentales de escasa consideración, y la Fundación no tuvo necesidad de hacer concesiones al redactar el tratado. Stettin conservaría su puesto, pero muy pocas cosas más. Su Flota fue desmantelada, sus posesiones fuera del sistema central recibieron la autonomía y la autorización de votar por el retorno a su posición primitiva: independencia total o confederación dentro de la Fundación.

La guerra terminó oficialmente en un asteroide del sistema estelar de Términus, lugar de la base naval más antigua de la Fundación. Lev Meirus firmó por Kalgan, y Homir Munn fue un interesado espectador.

Durante todo aquel período no vio al doctor Darell ni a ninguno de los otros. Pero no importaba mucho.

Su noticia podía esperar, y, como siempre, pensar en ella distendía su rostro con una sonrisa.

El doctor Darell regresó a Términus unas semanas después del Día de la Victoria, y aquella misma noche su casa sirvió de lugar de reunión para los cinco hombres que, diez meses atrás, habían trazado sus primeros planes.

Prolongaron la cena y se demoraron con el café y los licores, como si estuviesen indecisos antes de abordar el viejo tema.

Fue Jole Turbor quien, contemplando el fondo oscuro de su copa de licor, murmuró, más que dijo:

—Bien, Homir, tengo entendido que ahora es un hombre de negocios. Ha llevado bien los asuntos.

—¿Yo? —Munn soltó una alegre carcajada. Por alguna razón, no había tartamudeado durante meses—. No he tenido nada que ver con todo ello. Fue Arcadia. A propósito, Darell, ¿cómo está? Me han dicho que vuelve de Trántor.

—Es cierto —repuso Darell con voz tranquila—. Su nave llegará esta misma semana.

Miró a los otros con ojos observadores, pero sólo hubo confusas exclamaciones de alegría. Nada más. Turbor dijo:

—Entonces, todo se ha acabado. ¿Quién hubiera adivinado todo esto hace diez meses? Munn fue a Kalgan y ha regresado. Arcadia ha estado en Kalgan y Trántor y no tardará en volver. Ha habido una guerra y la hemos ganado. Nos dicen que se pueden predecir los grandes giros de la historia, pero parece inconcebible que todo lo ocurrido recientemente, con su gran confusión para los que lo hemos vivido, haya sido predicho.

—Tonterías —intervino agriamente Anthor—. ¿Y por qué este acento triunfal, si se puede saber? Habla usted como si realmente hubiéramos ganado una guerra, cuando de hecho sólo hemos ganado una simple reyerta que ha distraído nuestras mentes del verdadero enemigo.

Hubo un incómodo silencio, en el que la sonrisa de Homir Munn fue la única nota discordante.

Anthor descargó un puñetazo sobre el brazo de su sillón.

—Sí, me refiero a la Segunda Fundación. Nadie la menciona, y si mi juicio es correcto, todos se esfuerzan para no pensar en ella. ¿Acaso esta falsa atmósfera de victoria que reina en este mundo de idiotas es tan atractiva que se sienten obligados a participar en ella? Entonces, den saltos mortales, hagan proezas atléticas, golpéense unos a otros en el hombro y arrojen confeti por la ventana. Hagan lo que quieran, hasta que lo hayan celebrado, y cuando ya no puedan más y vuelvan a ser ustedes mismos, vengan y discutiremos el problema, que sigue existiendo exactamente igual que hace diez meses, cuando vinieron aquí mirando por encima del hombro, temiendo no sabían qué. ¿Creen realmente que las supermentes de la Segunda Fundación son menos temibles porque han derrotado a un insensato dictador?

Hizo una pausa, con el rostro enrojecido, jadeando.

Munn preguntó con voz serena:

—¿Quiere escucharme ahora, Anthor, o prefiere seguir con su papel de airado conspirador?

—Di lo que quieras, Homir —intervino Darell—, pero procuremos todos abstenernos de utilizar un lenguaje excesivamente florido. Es muy bonito cuando viene a cuento, pero en estos momentos me fastidia.

Homir Mumm se apoyó en el respaldo de su asiento y llenó de nuevo su copa con movimientos lentos.

—Fui enviado a Kalgan —dijo— para descubrir lo

que pudiera en los archivos del palacio del Mulo. Pasé varios meses dedicado a esta tarea, y no pretendo ningún mérito por ello. Como ya he indicado, fue Arcadia, con su ingeniosa intervención, quien logró que me permitieran entrar en el palacio. Sin embargo, es un hecho que a mis conocimientos anteriores sobre la vida y la época del Mulo, los cuales, lo reconozco, no eran escasos, he añadido los frutos de un minucioso trabajo entre evidencias de primera mano que no han estado al alcance de ninguna otra persona. Me encuentro, por lo tanto, en una posición única para valorar el verdadero peligro de la Segunda Fundación; lo cual no se puede decir de nuestro joven y excitable amigo.

—¿Y cómo valora usted ese peligro? —rugió Anthor.

—Pues, naturalmente, en cero.

Una breve pausa, tras la cual Elvett Semic preguntó con aire de sorprendida incredulidad:

—¿Quiere decir que el peligro es nulo?

—Exactamente. Amigos míos, *¡la Segunda Fundación no existe!*

Anthor cerró los ojos lentamente, y permaneció silencioso, con el rostro lívido y sin expresión.

Munn continuó, sabiéndose el centro de la atención y satisfecho de serlo:

—Y lo que es más, no ha existido nunca.

—¿En qué basas esta sorprendente conclusión? —interrogó Darell.

—Niego que sea sorprendente —declaró Munn—. Todos ustedes conocen la historia de la búsqueda de la Segunda Fundación por parte del Mulo. Pero nada sabemos de la intensidad de dicha búsqueda, del propósito firme que la guiaba. El Mulo tenía a su disposición inmensos recursos, y los utilizó todos. Tenía un único objetivo... y, sin embargo, falló. No encontró la Segunda Fundación.

—Era difícil que la encontrase —señaló Turbar, inquieto—. Disponía de medios para protegerse contra las mentes inquisitivas.

—¿Incluso cuando la mente inquisitiva es la mentalidad mutante del Mulo? No lo creo. Pero no pretenderán ustedes que les facilite cincuenta volúmenes de informes en cinco minutos. Todo ello será eventualmente, según los términos del tratado de paz, parte del Museo Histórico de Seldon, y entonces tendrán oportunidad de analizarlo con la misma calma con que lo he hecho yo. Hallarán su conclusión claramente formulada, y es la misma que ya he expresado yo: no existe, ni ha existido jamás, una Segunda Fundación.

Semic interrumpió.

—Entonces, ¿qué fue lo que detuvo al Mulo?

—Por la Gran Galaxia, ¿qué se imagina usted que pudo detenerle? La muerte, como nos detendrá a todos nosotros. La mayor superstición de la época es que el Mulo fue detenido en su arrolladora carrera por unas entidades misteriosas que eran superiores a él. Es el resultado de enfocarlo todo desde un punto erróneo. Es evidente que nadie en la Galaxia puede ignorar que el Mulo era un monstruo, tanto física como mentalmente. Murió antes de los cuarenta años porque su cuerpo enfermizo no pudo luchar por más tiempo contra su constante desequilibrio. Fue un inválido durante los últimos años de su vida, y su salud nunca superó el estado débil de un hombre corriente. Eso es todo. Conquistó la Galaxia y, siguiendo el curso normal de la naturaleza, llegó un día en que le sobrevino la muerte. Es un milagro que viviera tanto y tan plenamente. Amigos míos, la cuestión se encuentra escrita en la más clara de las letras impresas. Lo único que han de tener es paciencia para volver a enfocar todos los hechos desde un nuevo punto de vista.

—Bien, lo intentaremos, Munn —dijo Darell en tono pensativo—. Será una tentativa interesante, aun en el caso de que sólo sirva para refrescar nuestras ideas. Pero ¿qué me dices de esos hombres manipulados de quienes hablan los archivos que Anthor nos enseñó hace casi un año? Ayúdanos a enfocarlos también a ellos.

—Es fácil. ¿Qué antigüedad tiene la ciencia del análisis encefalográfico? O, en otras palabras, ¿cuál es el desarrollo del estudio de los problemas neurónicos?

—Concedido; a este respecto estamos en los comienzos —admitió Darell.

—Muy bien. Entonces, ¿hasta qué punto podemos estar seguros de la interpretación de lo que Anthor y tú llamáis «la planicie manipulada»? Tenéis vuestras teorías, pero ¿acaso estáis seguros? ¿Se puede considerar una base firme para la existencia de una fuerza poderosa para la que todas las demás pruebas son negativas? Siempre resulta fácil explicar lo desconocido por medio de una voluntad sobrehumana y arbitraria. Se trata de un fenómeno muy humano. En toda la historia galáctica ha habido casos de sistemas planetarios aislados que han retornado a la barbarie, y, ¿qué hemos aprendido de ellos? En cada uno de esos casos, los salvajes atribuyen las fuerzas de la naturaleza, incomprensibles para ellos, como tormentas, pestes o sequías, a seres sensibles más poderosos y arbitrarios que los hombres. Creo que eso se llama antropomorfismo, y a este respecto nosotros somos salvajes y nos recrearnos en ello. Como sabemos poco de la ciencia mental, atribuimos todo lo que desconocemos a superhombres, en este caso a los de la Segunda Fundación, basándonos en la indicación de Seldon.

—¡Oh! —interrumpió Anthor—. Veo que se acuerda de Seldon. Creía que se había olvidado de él. Seldon dijo, efectivamente, que había una Segunda Fundación. Enfoque bien *esa* afirmación.

—¿Y usted cree conocer todos los propósitos de Seldon? ¿Conoce todas las necesidades encerradas en sus cálculos? Es posible que la Segunda Fundación fuera una falsedad muy necesaria, con un propósito muy específico. ¿Cómo derrotamos a Kalgan, por ejemplo? ¿Qué decía usted en su última serie de artículos, Turbor?

Turbor removió su corpachón.

—Sí, ya veo adónde quiere ir a parar. Yo estuve en Kalgan hacia el final, Darell, y era evidente que la moral estaba por los suelos en el planeta. Eché un vistazo a sus periódicos y... bueno, daban la derrota como cosa hecha. De hecho, estaban convencidos de que la Segunda Fundación acabaría interviniendo, a favor de la Primera, naturalmente.

—Eso es —convino Munn—. Yo estuve allí durante toda la guerra. Le dije a Stettin que la Segunda Fundación no existía, y él me creyó. Se sentía seguro. Pero no había modo de hacer que el pueblo dejase de creer en lo que había creído toda su vida, por lo que el mito acabó siendo muy útil para un propósito del juego de ajedrez cósmico de Seldon.

Anthor abrió los ojos repentinamente y los fijó con ironía en el rostro de Munn.

—*Yo digo que usted miente.*

Homir palideció.

—No creo que deba aceptar, y mucho menos responder, a una acusación de esta índole.

—Lo digo sin ninguna intención de ofensa personal. Usted no puede evitar mentir; ni siquiera sabe que está mintiendo. Pero lo cierto es que miente.

Semic posó su mano marchita sobre el brazo del joven.

—Cálmese, muchacho.

Anthor se desasió con brusquedad y dijo:

—Mi paciencia ha llegado ya al límite con todos

ustedes. No he visto a este hombre más de media docena de veces en mi vida, pero encuentro increíble el cambio operado en él. Todos ustedes le conocen desde hace años, y, sin embargo, no lo advierten. Es suficiente como para volverle a uno loco. ¿Llaman Homir Munn a este hombre que acaban de escuchar? Pues no es el Homir Munn que yo conocía.

Se produjo un clamor, y la voz de Munn tronó:

—¿Me está acusando de ser un impostor?

—Tal vez no en el sentido corriente —gritó Anthor para hacerse oír entre el ruido—, pero sí un impostor, al fin y al cabo. ¡Silencio todo el mundo! Exijo ser escuchado.

Frunció el ceño con expresión feroz, y todos le obedecieron.

—¿Recuerda alguno de ustedes al Homir Munn de antes, al bibliotecario introvertido que nunca hablaba sin una timidez evidente; al hombre de voz tensa y nerviosa, que tartamudeaba sus frases indecisas? ¿Se parece a él este hombre? Habla con fluidez, está lleno de confianza y de teorías, y, ¡por el Espacio!, no tartamudea. ¿Es la misma persona?

Incluso Munn pareció confuso, y Pelleas Anthor continuó:

—¿Y bien? ¿Le sometemos a una prueba?

—¿A cuál? —preguntó Darell.

—¿*Usted* pregunta a cuál? Existe una prueba evidente. Usted tiene su registro encefalográfico de hace diez meses, ¿verdad? Hágale otro y compárelos.

Señaló al bibliotecario, que tenía el ceño fruncido, y añadió con violencia:

—Le desafío a que se niegue a someterse al análisis.

—No me negaré —dijo Munn con voz firme—. Soy el mismo hombre de siempre.

—¿Cómo puedo saberlo? —preguntó Anthor con desdén—. Iré aún más lejos. No me fío de ninguno de los presentes; quiero que todos se sometan a un análisis. Ha habido una guerra, Munn ha estado en Kalgan, y Turbor a bordo de una nave que ha recorrido todas las áreas de guerra. Darell y Semic también han estado ausentes..., ignoro adónde fueron. Sólo yo he permanecido aquí, recluido y a salvo, y ya no puedo fiarme del resto de ustedes. Pero, para jugar limpio, yo también me someteré a la prueba. ¿Estamos de acuerdo, o quieren que me vaya y siga solo mi camino?

Turbor se encogió de hombros y declaró:

—Yo no me opongo.

—Yo ya he dicho que no me negaré —dijo Munn.

Semic movió una mano en señal de asentimiento, y Anthor esperó la respuesta de Darell. Finalmente, Darell aceptó con la cabeza.

—Empiece conmigo —dijo Anthor.

Las agujas trazaron su delicado dibujo en la banda registradora mientras el joven neurólogo yacía inmóvil sobre el sillón reclinado, con los párpados cerrados y temblorosos. Darell extrajo del archivador la carpeta que contenía el antiguo registro encefalográfico de Anthor, y se lo alargó a éste.

—Ésta es su firma, ¿verdad?

—Sí, sí. Es mi registro. Haga la comparación.

La pantalla mostró el antiguo y el nuevo. Aparecieron en ambos las seis curvas, y en la oscuridad sonó la voz de Munn con insólita claridad:

—Bien, miren allí. Hay un cambio.

—Se trata de las ondas primarias del lóbulo frontal. No significa nada, Homir. Las alteraciones que estás señalando sólo indican cólera. Son las otras las que cuentan.

Pulsó un botón de control y los seis pares de curvas se superpusieron; coincidían todas. Sólo se veía el cambio de una amplitud más profunda en las primarias.

—¿Satisfecho? —preguntó Anthor.

Darell asintió brevemente y ocupó a su vez el sillón. Le siguieron Semic y Turbor. Las curvas fueron comparadas en silencio.

Munn fue el último en sentarse. Por un momento vaciló, y luego dijo, con un matiz de desesperación en la voz:

—Escuchen, mi turno es el último y estoy bajo tensión. Espero que lo tendrán en cuenta.

—Lo tendremos en cuenta —le aseguró Darell—. Ninguna emoción consciente será más importante que la primaria.

El silencio completo que siguió podría haber durado horas...

Y entonces, en la oscuridad de la comparación, Anthor dijo roncamente:

—Claro, claro, es sólo el inicio de un complejo. ¿No es lo que él nos dijo? Nada de manipulación; simplemente una estúpida noción antromórfica... pero, ¡véanlo! Supongo que será una coincidencia.

—¿Qué sucede? —gritó Munn.

Darell apretó con firmeza el hombro del bibliotecario.

—Calma, Munn..., has sido manipulado, ajustado por ellos.

Entonces se encendió la luz, y Munn miró a su alrededor con los ojos velados y una mueca que pretendía ser una sonrisa.

—No es posible que hables en serio. Aquí hay un propósito oculto. Me estáis poniendo a prueba.

Pero Darell negó con la cabeza.

—No, no, Homir. Es verdad.

Los ojos del bibliotecario se llenaron de lágrimas.

—No me siento diferente en absoluto. No puedo

creerlo. —Y con repentina convicción—: Todos están de acuerdo en esto. Es una conspiración.

Darell intentó un gesto conciliador, pero Munn le apartó la mano y exclamó:

—Están planeando matarme. ¡Por el Espacio, están planeando matarme!

De un salto, Anthor se abalanzó sobre él. Se oyó el sonido agudo de hueso contra hueso, y Homir quedó inconsciente, con el temor reflejado en el rostro.

Anthor se irguió, tambaleándose, y dijo:

—Será mejor que le atemos y amordacemos. Más tarde decidiremos qué debemos hacer.

Tiró hacia atrás sus largos cabellos. Turbor preguntó:

—¿Cómo ha adivinado que le ocurría algo anormal?

Anthor se volvió hacia él con expresión sarcástica:

—No ha sido difícil. Verán, *da la casualidad de que yo sé dónde está la Segunda Fundación.*

Las sacudidas sucesivas tienen un efecto decreciente...

Semic preguntó con tono tranquilo:

—¿Está seguro? Quiero decir que ya hemos hablado de todo esto con Munn, y...

—No es exactamente lo mismo —replicó Anthor—. Darell, el día en que empezó la guerra le hablé a usted con mucha seriedad. Traté de hacerle abandonar Términus. Entonces le hubiera dicho lo que voy a decirle ahora, si hubiese podido confiar en usted.

—¿Quiere decir que ha conocido la respuesta durante estos seis meses? —sonrió Darell.

—La conozco desde que supe que Arcadia se había ido a Trántor.

Darell se puso en pie con repentina consternación.

—¿Qué tiene que ver Arcadia con esto? ¿De qué está hablando?

—De nada que no sea evidente por los sucesos que

conocemos tan bien. Arcadia se va de Kalgan y huye, aterrorizada, hacia el *mismo* centro de la Galaxia, en vez de regresar a casa. El teniente Dirige, nuestro mejor agente en Kalgan, es manipulado. Homir Munn va a Kalgan y es manipulado a su vez. El Mulo conquistó la Galaxia, pero, cosa extraña, instaló su cuartel general en Kalgan, y se me ocurre preguntarme si fue un conquistador, o, tal vez, un instrumento. A cada momento nos encontramos con Kalgan, siempre Kalgan, el mundo que por alguna razón permaneció intacto durante más de un siglo, a través de las luchas de los señores guerreros.

—Sus conclusiones, entonces...

—Es obvio. —La mirada de Anthor era intensa—. La Segunda Fundación está en Kalgan.

Turbor interrumpió.

—Yo he estado en Kalgan, Anthor; la semana pasada. Si allí está la Segunda Fundación, yo estoy loco. Personalmente, creo que quien está loco es usted.

El joven se volvió salvajemente hacia él.

—Entonces es usted doblemente loco. ¿Qué espera que sea la Segunda Fundación? ¿Una escuela elemental? ¿Se imagina qué Campos Radiantes escriben «Segunda Fundación» en verde y violeta a lo largo de las rutas espaciales? Escúcheme, Turbor. Dondequiera que estén forman una oligarquía cerrada. Deben de estar tan ocultos en el mundo donde existen como el propio mundo debe de estarlo en el conjunto de la Galaxia.

Turbor apretó las mandíbulas.

—No me gusta su actitud, Anthor.

—Esto sí que me preocupa —fue la sarcástica respuesta—. Eche un vistazo a su alrededor, aquí, en Térmnus. Estamos en el centro, en el núcleo, en el origen de la Primera Fundación, con todos sus conocimientos de las ciencias físicas. Pues bien, ¿cuántos científicos físicos hay entre la población? ¿Sabe *usted* hacer funcionar una Estación Transmisora de Energía? ¿Qué sabe *usted* sobre el funcionamiento de un motor hiperatómico? El número de verdaderos científicos en Términus, incluso en Términus, puede calcularse en menos del uno por ciento de la población. ¿Qué ocurrirá, pues, en la Segunda Fundación, cuyo secreto debe ser preservado? Habrá aún menos científicos, y seguramente se ocultan incluso de su propio mundo.

—Oiga —interrumpió Semic con cautela—, acabamos de vencer a Kalgan...

—Sí, sí, es cierto —dijo Anthor en tono irónico—. ¡Y cómo celebramos esa victoria! Las ciudades aún están iluminadas; siguen encendiendo fuegos de artificio; continúan gritando en los televisores. Pero ahora, *ahora* que se inicia de nuevo la búsqueda de la Segunda Fundación, ¿cuál es el último lugar donde buscaremos, cuál es el último lugar donde se le ocurrirá buscar a cualquiera? ¡Exacto! ¡Kalgan! No les hemos hecho mucho daño, en realidad. Hemos destruido algunas naves, matado a unos cuantos miles, disgregado su Imperio, tomando algo de su poderío económico y comercial..., pero todo eso no significa nada. Apostaría algo a que ni un solo miembro de la clase dirigente de Kalgan siente la menor preocupación. Por el contrario, ahora están a salvo de la curiosidad ajena. Pero no de mi curiosidad. ¿Qué dice usted, Darell?

Darell se encogió de hombros.

—Es interesante. Estoy tratando de aplicarlo a un mensaje que recibí de Arcadia hace unos meses.

—¡Oh, un mensaje! —exclamó Anthor—. ¿Y qué decía?

—Bueno, no estoy seguro; eran sólo cinco breves palabras. Pero es interesante.

—Escuche —interrumpió Semic con interés y preocupación—, hay algo que no comprendo.

—¿Qué es?

Semic eligió cuidadosamente sus palabras, levantando el labio superior al pronunciarlas, como si le costara un esfuerzo expresar lo que iba a decir:

—Pues verá: Homir Munn ha dicho hace un rato que Hari Seldon mentía cuando anunció que había establecido una Segunda Fundación. Ahora usted dice que no es cierto; que Seldon no mentía, ¿no es así?

—Así es, no mentía. Seldon dijo que había establecido una Segunda Fundación, y era cierto.

—Está bien, pero además dijo otra cosa. Dijo que estableció las dos Fundaciones en «extremos opuestos de la Galaxia». Esto, jovencito, sí que fue una mentira, porque Kalgan no está en el extremo opuesto de la Galaxia.

Anthor pareció irritado.

—Eso es un detalle sin importancia. Tal vez lo dijo para protegerles. Pero, después de todo, reflexione..., ¿de qué serviría tener a las supermentes en el extremo opuesto de la Galaxia? ¿Cuál es su función? Ayudar a preservar el Plan. ¿Quiénes son los principales ejecutores del Plan? Nosotros, la Primera Fundación. ¿Desde dónde pueden observarnos mejor y cumplir sus objetivos? ¿Desde el extremo opuesto de la Galaxia? ¡Ridículo! En realidad están a cincuenta parsecs de distancia, lo cual es mucho más lógico.

—Me gusta este argumento —observó Darell—; tiene sentido. Escuchen, hace rato que Munn ha recuperado el conocimiento, y propongo que le desatemos. No puede hacer ningún daño, creo yo.

Anthor parecía disconforme, pero Homir meneó vigorosamente la cabeza. Cinco segundos después se frotaba las muñecas con idéntico vigor.

—¿Cómo te sientes? —preguntó Darell.

—Horriblemente —gruñó Munn—, pero no importa. Hay algo que quiero preguntar a este niño prodigio. He oído lo que ha dicho y me gustaría tener permiso para preguntar qué hacemos ahora.

Se produjo un extraño e incongruente silencio. Munn sonrió con amargura.

—Bien, supongamos que Kalgan *es* la Segunda Fundación. ¿Quiénes son *ellos* entre los habitantes de Kalgan? ¿Cómo van a encontrarles? Cómo van a luchar contra ellos si les encuentran, ¿eh?

—¡Ah! —exclamó Darell—. Por extraño que parezca, yo puedo contestar a eso. ¿Quieren saber lo que Semic y yo hemos estado haciendo durante estos seis meses? Puede proporcionarle otro motivo, Anthor, de mi insistencia en permanecer todo el tiempo en Términus.

—En primer lugar —continuó—, he trabajado en el análisis encefalográfico con más intensidad de la que cualquiera de ustedes puede sospechar. Detectar las mentes de la Segunda Fundación es un poco más sutil que encontrar solamente una planicie manipulada..., y en realidad no lo he logrado. Pero me he acercado mucho. ¿Sabe alguno de ustedes cómo funciona el control emocional? Ha sido un tema popular entre los escritos de ficción desde la época del Mulo, y se han escrito, dicho y registrado muchas tonterías al respecto. En general ha sido tratado como algo misterioso y oculto, lo cual no es cierto, por supuesto. Todo el mundo sabe que el cerebro es la fuente de multitud de diminutos campos electromagnéticos. Cada emoción fugaz varía esos campos de manera más o menos intrincada, y todo el mundo debe saber también esto. Pues bien, es posible concebir una mente que pueda sentir estos campos cambiantes e incluso resonar con ellos. Es decir, puede existir un órgano especial del cerebro que capte cualquiera de esos campos. No tengo idea de cómo podría hacerlo, pero eso no importa. Por ejemplo, si yo fuera ciego me sería igualmente posible aprender la importancia de los fotones y «quanta» de energía, y podría ser razonable para mí que la absorción de un fotón de dicha energía pudiera crear cambios químicos en algún órgano del cuerpo, de forma que su presencia fuese detectable. Pero, naturalmente, no sería capaz de comprender el color. ¿Me siguen todos ustedes?

Anthor asintió con firmeza, los otros, con vacilación.

—Este hipotético «órgano resonador de la mente», ajustándose a los campos emitidos por otras mentes, podría realizar lo que se conoce popularmente como «leer las emociones» o incluso «leer las mentes», que, en realidad, es algo aún más sutil. Partiendo de ahí, es fácil imaginar un órgano similar que fuera capaz de forzar un reajuste en otra mente. Con su campo más potente podría orientar al más débil de otra mente, de modo parecido a como un potente imán orienta los polos de una barra de acero y la deja magnetizada. Resolví las matemáticas de la Segunda Fundación en el sentido de que desarrollé una función que prediciría la necesaria combinación de sendas neurónicas que formarían un órgano como el que acabo de describir, pero, desgraciadamente, la función es demasiado complicada para ser resuelta con cualquiera de los instrumentos matemáticos conocidos en la actualidad. Esto es una lástima, porque significa que nunca podré detectar a uno de esos operadores mentales disponiendo sólo de su pauta encefalográfica. Pero podría hacer otra cosa. Con ayuda de Semic podría construir lo que describiré como un dispositivo estático mental. La ciencia moderna es capaz de crear una fuente de energía que duplique una pauta encefalográfica de campo eletromagnético. Además, puede construirse de modo que se desvíe totalmente al azar, creando, en lo que respecta a este particular sentido mental, una especie de «ruido» o «estática» que tape a otras mentes con las que puede estar en contacto. ¿Me han seguido hasta aquí?

Semic rió entre dientes. Le había ayudado a crear aquello a ciegas, pero había acertado.

—Creo que sí —repuso Anthor.

—El dispositivo —prosiguió Darell— es bastante fácil de construir, y yo tenía bajo mi control todos los recursos de la Fundación, ya que formaba parte de la investigación de guerra. Y ahora, las oficinas del alcalde y las asambleas legislativas están rodeadas de estática mental, así como nuestras principales fábricas y esta misma casa. Eventualmente, cualquier lugar que nos interese se puede poner completamente a salvo de la Segunda Fundación o de un futuro Mulo. Eso es todo.

Concluyó con sencillez, haciendo un simple ademán con la mano. Turbor parecía abrumado.

—Entonces, todo ha terminado. ¡Por el Gran Seldon, todo ha terminado!

—Bueno —dijo Darell—, no exactamente.

—¿Cómo que no exactamente? ¿Hay algo más?

—Sí. ¡Aún no hemos localizado la Segunda Fundación!

—¡Cómo! —rugió Anthor—. ¿Está intentando decir...?

—En efecto. Kalgan no es la Segunda Fundación.

—¿Cómo lo sabe usted?

—Es fácil —gruñó Darell—. Verá, *da la casualidad que yo sé dónde está realmente la Segunda Fundación.*

21. LA RESPUESTA SATISFACTORIA

Turbor se echó a reír de repente, con sonoras carcajadas que resonaron ruidosamente contra las paredes y se apagaron en gemidos. Agitó la cabeza sin fuerza y exclamó:

—Por la Gran Galaxia, esto ya dura toda la noche. Uno tras otro vamos colocando nuestros hombres de paja para después derribarlos. Nos divertimos, pero no vamos a ninguna parte. ¡Por el Espacio! Quizá todos los planetas son la Segunda Fundación. Quizá no tienen ningún planeta, sólo hombres clave esparcidos por todos los planetas. ¿Qué importa, a fin de cuentas, si Darell dice que tenemos la defensa perfecta?

Darell sonrió sin humor.

—La defensa perfecta no es suficiente, Turbor, incluso mi dispositivo de estática mental no es más que algo que nos mantiene en el mismo lugar. No podemos permanecer para siempre con los puños cerrados, buscando frenéticamente en todas direcciones al enemigo desconocido. No sólo tenemos que saber *cómo* ganar, sino también a quién derrotar. Y hay un mundo específico en el cual el enemigo existe.

—Vayamos al grano —intervino Anthor con tono cansado—. ¿Cuál es su información?

—Arcadia me envió un mensaje —repuso Darell—. y hasta que lo recibí no comprendí lo evidente. Es probable que jamás lo hubiera comprendido. Y, no obstante, era un mensaje sencillo, que decía así: «Un círculo no tiene fin.» ¿Lo comprende ahora?

—No —dijo tercamente Anthor, y resultaba obvio que también hablaba por los demás.

—Un círculo no tiene fin —repitió Munn, pensativo, arrugando la frente.

—Pues a mí me resultó evidente... —dijo Darell con impaciencia—. ¿Cuál es el único hecho absoluto que conocemos sobre la Segunda Fundación? ¡Se lo diré! Sabemos que Hari Seldon la situó en el extremo opuesto de la Galaxia. Homir Munn teorizó que Seldon mintió sobre la existencia de la Fundación. Pelleas Anthor teorizó que Seldon dijo la verdad a este respecto, pero que mintió sobre la situación de la Fundación. Yo digo que Hari Seldon no mintió en ningún detalle; que dijo la verdad absoluta. Pero ¿cuál es el otro extremo? La Galaxia es un objeto achatado que tiene forma de lente. Su borde exterior es un círculo, y un círculo no tiene extremos, como comprendió Arcadia. Nosotros, *nosotros*, la Primera Fundación, estamos situados en Términus, en el borde de ese círculo. Estamos, por definición, en el extremo de la Galaxia. Ahora sigan el borde del círculo y busquen el otro extremo. Síganlo, síganlo, síganlo y no encontrarán el otro extremo, sino que volverán simplemente al punto de partida... Y allí encontrarán la Segunda Fundación.

—¿Allí? —repitió Anthor—. ¿Quiere decir *aquí*?

—¡Sí! ¡Quiero decir aquí! —gritó Darell con energía—. ¿En qué otro lugar podría estar? Usted mismo dijo que si los de la Segunda Fundación eran los guardianes del Plan Seldon, era improbable que estuviesen situados en el llamado extremo opuesto de la Galaxia, donde se encontrarían totalmente aislados. Observó que le parecía más lógica una distancia de cincuenta parsecs. Y yo le digo que esa distancia es también demasiado larga. Que una distancia cero es la más lógica. ¿Y dónde estarían más seguros? ¿Quién les buscaría aquí? Se trata del viejo principio de que el lugar más obvio es el menos sospechoso.

«¿Por qué el pobre Ebling Mis se sorprendió tanto cuando descubrió la localización de la Segunda Fundación? Estuvo buscándola desesperadamente para advertirla de la llegada del Mulo, y lo que descubrió fue que el Mulo ya había conquistado ambas Fundaciones de un solo golpe. ¿Y por qué el propio Mulo fracasó en su búsqueda? ¿Cómo no había de fracasar? Si uno busca una amenaza inconquistable, no se pone a buscar entre los enemigos ya conquistados. Y por eso las supermentes dispusieron de tiempo más que suficiente para trazar sus planes contra el Mulo y detenerle.

»Es fantásticamente simple. Aquí estamos nosotros, con nuestros complots y nuestros planes, pensando que lo hacemos todo en secreto, y resulta que nos hallamos en el mismo centro de la fortaleza enemiga. Es algo cómico.

El rostro de Anthor seguía expresando escepticismo.

—¿Cree usted honradamente en esta teoría, doctor Darell?

—Sí, la creo honradamente.

—Entonces, cualquiera de nuestros vecinos, cualquier hombre que vemos por la calle puede ser un individuo de la Segunda Fundación, que observa nuestras mentes y capta el pulso de nuestros pensamientos.

—Exactamente.

—¿Y se nos ha permitido actuar durante todo este tiempo sin ser molestados?

—¿Sin ser molestados? ¿Quién le ha dicho que no hemos sido molestados? Usted mismo demostró que Munn había sido manipulado. ¿Qué le hace pensar que le enviamos a Kalgan enteramente por nuestra propia voluntad, o que Arcadia nos escuchó y le siguió por la suya propia? Probablemente hemos sido molestados sin pausa. Y, después de todo, ¿por qué tenían que hacer más de lo que han hecho? Les conviene mucho más desorientarnos que simplemente detenernos.

Anthor se sumió en una larga meditación, y cuando volvió a hablar su expresión mostraba lo poco satisfecho que estaba:

—Pues no me gusta nada el asunto. Su estática mental es inútil. No podemos permanecer siempre dentro de casa, y en cuanto salgamos estaremos perdidos, sabiendo lo que ahora creemos saber. A menos que pueda usted construir un pequeño dispositivo para cada habitante de la Galaxia...

—Cierto, pero no somos del todo impotentes, Anthor. Estos hombres de la Segunda Fundación tienen un sentido del que nosotros carecemos. Es su fuerza, pero también su debilidad. Por ejemplo, ¿existe algún arma ofensiva que surta efecto contra un hombre normal, dotado del sentido de la vista, y que sea inútil contra un ciego?

—Claro —repuso Munn—: una luz en los ojos.

—Exacto —dijo Darell—. Una fuerte luz cegadora.

—Bueno, ¿y qué si la hay? —preguntó Turbor.

—La analogía es bien clara. Yo tengo un dispositivo de estática mental. Produce una pauta electromagnética artificial que para la mente de un hombre de la Segunda Fundación sería lo que un rayo de luz para nosotros. Pero el dispositivo de estática mental es caleidoscópico. Se mueve rápida y continuamente, más deprisa que la mente receptora. Así pues, consideremos una luz intermitente; la clase de luz que provocaría un dolor de cabeza si continuara durante el tiempo suficiente. Ahora intensifiquemos esa luz, o ese campo electromagnético, hasta que sea cegador..., y el dolor se convertirá en insoportable. Pero sólo para los que estén dotados de ese sentido, no para los demás.

—¿De verdad? —preguntó Anthor, empezando a entusiasmarse—. ¿Lo ha probado ya?

—¿En quién? Claro que no lo he probado. Pero funcionará.

—Oiga, ¿dónde tiene los controles del campo que rodea la casa? Me gustaría verlo.

—Aquí. —Darell metió la mano en el bolsillo de la chaqueta. Era un objeto pequeño que apenas abultaba; un cilindro negro, lleno de botones, que alargó a Anthor.

Anthor lo inspeccionó y se encogió de hombros.

—Mirarlo no me dice nada. Oiga, Darell, ¿qué es lo que no debo tocar? No quiero anular la defensa de la casa inadvertidamente.

—No puede hacerlo —dijo Darell con indiferencia—. Ese control está fijo.

Y tocó un interruptor que no se movió.

—Y ese botón, ¿qué es?

—Es el que varía la frecuencia de la pauta. Y este otro varía la intensidad; es al que me refería antes.

—¿Puedo...? —preguntó Anthor, con el dedo sobre el botón de intensidad. Los otros se apiñaron a su alrededor.

—¿Por qué no? —dijo Darell, encogiéndose de hombros—. A nosotros no nos afectará.

Lentamente, casi con vacilación, Anthor hizo girar el botón, primero en una dirección y después en la otra. Turbor hacía rechinar los dientes, mientras Munn parpadeaba con rapidez. Era como si agudizaran su deficiente equipo sensorial para localizar ese impulso que no podía afectarles.

Finalmente, Anthor se encogió de hombros y puso la caja de control sobre las piernas de Darell.

—Bueno, supongo que debemos creer en su palabra. Pero es difícil imaginar que haya ocurrido algo cuando hice girar el botón.

—Claro, Pelleas Anthor —dijo Darell con una tensa sonrisa—. El que le he dado era una imitación. Como ve, tengo otro. —Se apartó la chaqueta y enseñó una caja de control que llevaba colgada del cinturón y que era exactamente igual que la que Anthor había estado investigando—. Se lo demostraré.

Darell hizo girar el botón de intensidad hasta el punto máximo.

Y con un alarido inhumano, Pelleas Anthor se desplomó en el suelo. Lívido, retorcido por el dolor, se agarraba fútilmente los cabellos con dedos temblorosos.

Munn levantó rápidamente los pies para evitar el contacto con el cuerpo convulso; sus ojos eran dos pozos de terror. Semic y Turbor eran dos estatuas de yeso, rígidas y blancas.

Darell, con expresión sombría, giró de nuevo el botón, y Anthor se estremeció débilmente una o dos veces y se quedó quieto. Estaba vivo; su agitada respiración sacudía su cuerpo.

—Llevémosle al sofá —dijo Darell, cogiendo la cabeza del joven—. Ayúdenme.

Turbor lo cogió por los pies. Era como si llevasen un saco de harina. Después, a los pocos minutos, la respiración se fue normalizando, y Anthor movió los párpados. Una terrible palidez cubría su rostro, tenía los cabellos y el cuerpo bañados en sudor, y su voz, cuando habló, era quebrada e irreconocible.

—No lo haga —murmuró—, ¡no lo haga otra vez! Usted no sabe..., usted no sabe..., ¡Oh-h-h! —Fue un largo y trémulo gemido.

—No lo haré otra vez —dijo Darell— si nos dice la verdad. ¿Es usted miembro de la Segunda Fundación?

—Déme un poco de agua —suplicó Anthor.

—Tráigasela, Turbor —dijo Darell—, y también la botella de whisky.

Repitió la pregunta cuando Anthor hubo bebido un trago de whisky y dos vasos de agua. El joven pareció relajarse...

—Sí —contestó—, soy miembro de la Segunda Fundación.

—Que está situada aquí, en Términus, ¿verdad? —continuó Darell.

—Sí, sí. Tenía usted razón en todos los detalles, doctor Darell.

—¡Bien! Ahora explique qué ha sucedido durante los últimos seis meses. ¡Díganoslo!

—Querría dormir —murmuró Anthor.

—¡Después! ¡Ahora hable!

Un trémulo suspiro; entonces las palabras, tenues y rápidas. Todos se inclinaron sobre él para escucharlas.

—La situación se estaba haciendo peligrosa. Sabíamos que Términus y sus científicos físicos estaban interesados en las pautas de ondas cerebrales y que ya habían madurado para desarrollar algo como el dispositivo de estática mental. Y que era creciente el odio contra la Segunda Fundación. Teníamos que detenerlo sin perjudicar el Plan Seldon. Intentamos... controlar el movimiento. Intentamos unirnos a él. Eso apartaría de nosotros los esfuerzos y las sospechas. Hicimos que Kalgan declarase la guerra como una distracción adicional. Por eso envié a Munn a Kalgan. La supuesta amante de Stettin era una de los nuestros. Ella se encargó de que Munn actuase convenientemente...

—Callia es... —exclamó Munn, pero Darell le hizo una seña para que guardase silencio.

Anthor continuó, ignorante de la interrupción:

—Arcadia le siguió. No habíamos contado con eso —no podemos preverlo todo—, así que Callia procuró que se fuese a Trántor para evitar su intromisión. Eso es todo. Excepto que hemos perdido.

—Usted intentó que yo también fuera a Trántor, ¿verdad? —preguntó Darell.

Anthor asintió.

—Tenía que alejarle de aquí. El triunfo creciente de su mente estaba muy claro. Iba a solucionar los problemas del dispositivo de estática mental.

—¿Por qué no me puso bajo control?

—No podía..., no podía. Tenía órdenes. Trabajábamos de acuerdo con un plan. Si yo hubiera improvisado lo habría estropeado todo. El plan sólo predice las probabilidades..., usted ya lo sabe... como el Plan Seldon. —Hablaba jadeando, y casi incoherentemente. Movía la cabeza de un lado a otro, inquieto y febril—. Trabajábamos con individuos..., no grupos..., eso implicaba probabilidades muy bajas... Además..., si le controlaba... otro inventaría el dispositivo..., era inútil..., tenía que controlar los *tiempos*... más sutil... El plan del propio Primer Orador... no conozco todos los detalles..., excepto que... no funcionó...

Se quedó silencioso. Darell le sacudió con violencia.

—No puede dormir aún. ¿Cuántos de ustedes hay?

—¿Qué? ¿Qué dice...? ¡Oh...!, no muchos..., se sorprendería..., cincuenta..., no hacen falta más.

—¿Todos están aquí en Términus?

—Cinco..., seis en el espacio..., como Callia..., tengo que dormir.

Se movió de repente, con un esfuerzo gigantesco, y su expresión adquirió más claridad. Era el último intento de autojustificación, de moderar su derrota.

—Casi le atrapé al final. Hubiese anulado las defensas y controlado su mente. Entonces habríamos visto quién era el amo. Pero usted me dio controles falsos..., sospechó de mí todo el tiempo...

Y finalmente se quedó dormido.

—¿Desde cuándo sospechaba de él, Darell? —preguntó Turbor con voz velada.

—Desde el primer momento en que llegó aquí —fue la tranquila respuesta—. Dijo que venía de parte de Kleise, pero yo conocía a Kleise y sabía en qué términos nos habíamos separado. Él era un fanático del tema de la Segunda Fundación, y yo le había abandonado. Mis propios motivos eran razonables, ya que consideraba mejor y más seguro perseguir solo mis ideas. Pero no podía decirle eso a Kleise, y tampoco me hubiera escuchado de habérselo dicho. Para él, yo era un cobarde y un traidor; tal vez incluso un agente de la Segunda Fundación. Se trataba de un hombre inflexible, y desde entonces y hasta casi el día de su muerte, no tuvo más tratos conmigo. Entonces, de repente, en sus últimas semanas de vida, me escribió, como un viejo amigo, recomendándome que aceptase como colaborador a su mejor y más prometedor discípulo, y que reanudase la antigua investigación.

»Esto no encajaba en su carácter. No podía haber hecho algo así sin hallarse bajo una influencia extraña, y empecé a preguntarme si el único propósito no sería que yo entregase mi confianza a un verdadero agente de la Segunda Fundación. Y así fue en realidad...»

Suspiró y cerró un momento los ojos. Semic inquirió con vacilación:

—¿Qué haremos con todos ellos..., con esos tipos de la Segunda Fundación?

—Lo ignoro —contestó Darell tristemente—. Supongo que podríamos desterrarlos. A Zoranel, por ejemplo. Podemos enviarlos allí y saturar el planeta de estática mental. Habría que separar los sexos, o mejor aún, esterilizarlos... y dentro de cincuenta años la Segunda Fundación sería cosa del pasado. O tal vez sería más misericordiosa una muerte tranquila para todos ellos.

—¿Cree usted que podríamos aprender el uso de ese sentido que poseen? —preguntó Turbor—. ¿O nacen con él, como el Mulo?

—No lo sé. Creo que se desarrolla mediante un largo entrenamiento, ya que existen indicios en la encefalografía de que sus potencialidades están latentes en la mente humana. Pero ¿para qué necesitamos ese sentido? A *ellos* no les ha ayudado.

Frunció el ceño. Aunque no dijo nada, sus pensamientos eran como gritos en su interior.

Había sido fácil..., demasiado fácil. Aquellos seres invencibles habían caído como los malvados de los cuentos, y eso no le gustaba.

¡Por la Galaxia! ¿*Cuándo* puede saber un hombre que no es un títere? ¿*Cómo* puede saber un hombre que no es un títere?

Arcadia volvía al hogar, y sus pensamientos querían desechar lo que tendría que afrontar al final.

Pasó una semana, y luego dos, desde su regreso, y Darell no conseguía apartar de sí aquellos pensamientos. ¿Cómo podía hacerlo? Durante su ausencia, Arcadia se había transformado de niña en mujer por una extraña alquimia. Ella constituía su vínculo con la vida; su vínculo con un matrimonio agridulce que apenas había pasado de su luna de miel.

Y entonces, una noche, ya tarde, preguntó tan casualmente como pudo:

—Arcadia, ¿qué te hizo llegar a la conclusión de que Términus contenía a ambas Fundaciones?

Habían estado en el teatro, en las mejores butacas, con visores tridimensionales para cada uno; Arcadia llevaba un vestido nuevo y era feliz.

La muchacha le miró fijamente durante un momento, y después contestó sin darle importancia:

—¡Oh, no lo sé! Se me ocurrió, simplemente.

Una capa de hielo aplastaba el corazón del doctor Darell.

—Piensa —dijo intensamente—. Esto es importante. ¿Qué te hizo pensar que ambas Fundaciones estaban en Términus?

Ella frunció ligeramente el ceño.

—Bueno, estaba la señora Callia, de quien yo sabía que era de la Segunda Fundación. Anthor también lo dijo.

—Pero ella estaba en Kalgan —insistió Darell—. *¿Qué te hizo decidir por Términus?*

Y entonces Arcadia esperó varios minutos antes de contestar. ¿Qué le había hecho decidirlo? ¿Qué podía ser? Tuvo la horrible sensación de que algo se escapaba a su comprensión.

—La señora Callia sabía ciertas cosas, y su información tenía que proceder de Términus. ¿No crees que será eso, papá?

Pero él negó con la cabeza.

—Papá —gritó ella—, yo lo *sabía*. Cuanto más lo pensaba, más segura estaba. Simplemente, tenía *sentido*.

En los ojos de su padre había una expresión extraña.

—Es inútil, Arcadia, es inútil. La intuición es sospechosa en algo relativo a la Segunda Fundación. Lo comprendes, ¿verdad? Pudo ser intuición, ¡y pudo ser control!

—¡Control! ¿Te refieres a que me cambiaron? ¡Oh, no! No, imposible. —Empezó a alejarse de él—. ¿No dijo Anthor que yo tenía razón? Lo admitió, lo admitió todo. Y has encontrado a todo ese grupo aquí en Términus, ¿no es verdad? ¿No es verdad? —terminó, respirando con fuerza.

—Ya lo sé, pero..., Arcadia, ¿me dejarás hacer un análisis encefalográfico de tu cerebro?

Ella agitó violentamente la cabeza.

—¡No, no! Me da demasiado miedo.

—¿Tienes miedo de mí, Arcadia? No hay nada que temer. Tenemos que saberlo. Lo comprendes, ¿verdad?

Después le interrumpió sólo una vez. Se agarró a su brazo antes de colocarle el último electrodo.

—¿Y si resulta que soy diferente, papá? ¿Qué tendrás que hacer entonces?

—No tendré que hacer nada, Arcadia. Si eres diferente, nos marcharemos. Volveremos a Trántor, tú y yo, y... y nos tendrá sin cuidado el resto de la Galaxia.

Jamás en la vida de Darell había sido tan lento un análisis ni le había costado tanto. Cuando estuvo terminado, Arcadia se quedó acurrucada, sin atreverse a mirar. Entonces oyó reír a su padre, y aquello fue información suficiente. De un salto se echó a los brazos abiertos de su padre.

Darell hablaba con entusiasmo mientras se apretaban el uno al otro.

—La casa está bajo la máxima estática mental, y tus ondas cerebrales son normales. Los hemos atrapado realmente, Arcadia, y ahora podemos volver a vivir.

—Papá —jadeó ella—, ¿ahora les permitiremos que nos den medallas?

—¿Cómo sabías que las había rechazado? —La contempló con fijeza unos instantes, y después volvió a reír—. No importa; tú lo sabes todo. Está bien, recibirás tu medalla sobre un podio, con discursos.

—Y... papá...

—¿Qué?

—¿Me llamarás Arkady en lo sucesivo?

—Pero... Está bien, Arkady.

Lentamente, la magnitud de la victoria le fue invadiendo, saturándole. La Fundación, la Primera Fundación, ahora la *única* Fundación, era dueña absoluta de la Galaxia. Ya no existía ninguna barrera entre ellos y el Segundo Imperio, el cumplimiento del Plan Seldon.

Sólo tenían que alargar la mano para que fuese suyo...

Gracias a...

22. LA RESPUESTA VERDADERA

¡Una habitación no localizada en un mundo no localizado!

Y un hombre cuyo plan había tenido éxito.

El Primer Orador miró al estudiante.

—Cincuenta hombres y mujeres —dijo—. ¡Cincuenta mártires! Sabían que significaba la muerte o una prisión perpetua, y ni siquiera podían ser orientados para impedir el debilitamiento... ya que la orientación hubiera podido ser detectada. Y, pese a ello, no se debilitaron. Llevaron a término el plan, porque amaban el Plan más importante: el de Seldon.

—¿No podrían haber sido menos? —preguntó el estudiante, dudando.

El Primer Orador movió lentamente la cabeza.

—Era el límite más bajo. Menos no hubieran podido aportar la convicción necesaria. De hecho, el objetivismo puro hubiese exigido setenta y cinco, para dejar margen al error. No importa. ¿Ha estudiado el plan de acción elaborado por el Consejo de Oradores hace quince años?

—Sí, Orador.

—¿Y lo ha comparado con los acontecimientos actuales?

—Sí. Orador. —Entonces, tras una pausa—: Sentí un gran asombro, Orador.

—Lo sé; siempre inspira asombro. Si supiera cuántos hombres trabajaron en él durante meses, años, en realidad, para darle un acabado perfecto, estaría menos asombrado. Ahora, cuénteme lo ocurrido... con palabras. Quiero su traducción de las matemáticas.

—Sí, Orador. —El joven ordenó sus pensamientos—. Esencialmente, era necesario que los hombres de la Primera Fundación estuvieran plenamente convencidos de haber localizado y *destruido* a la Segunda Fundación. De este modo se volvería a la situación original programada. Para todos los efectos, Términus lo ignoraría todo otra vez acerca de nosotros y no nos incluiría en ninguno de sus cálculos. Una vez más estamos ocultos y a salvo..., a costa de cincuenta hombres.

—¿Y el propósito de la guerra kalganiana?

—Demostrar a la Fundación que puede vencer a un enemigo físico, y borrar el daño causado a su amor propio y su seguridad en sí misma por el Mulo.

—En esto su análisis es insuficiente. Recuerde que la población de Términus nos miraba con una clara ambivalencia. Odiaban y envidiaban nuestra supuesta superioridad, y, sin embargo, confiaban implícitamente en nosotros para su protección. Si hubiéramos sido destruidos, antes de la guerra kalganiana, el pánico se hubiera extendido por toda la Fundación. Nunca habría tenido el valor de enfrentarse a Stettin cuando éste hubiese atacado; y lo habría hecho. La «destrucción» sólo podía tener lugar con un mínimo de efectos perjudiciales durante la euforia del triunfo. Incluso esperar un año más hubiera significado un gran enfriamiento del espíritu necesario para lograr el éxito.

El estudiante asintió.

—Lo comprendo. Ahora el curso de la historia continuará sin desviarse de la dirección indicada por el Plan.

—A menos —señaló el Primer Orador— que ocurran ulteriores accidentes, imprevistos e individuales.

—Y en tal caso —dijo el estudiante—, nosotros existimos todavía. Sólo que..., sólo que... Me preocupa una faceta del actual estado de cosas, Orador. La Primera Fundación posee el dispositivo de la estática mental..., un arma poderosa contra nosotros. Al menos eso es diferente de antes.

—Un buen argumento. Pero no tienen a nadie contra quien usarlo. Se ha convertido en un dispositivo inútil, del mismo modo que sin el estímulo de nuestra amenaza, el análisis encefalográfico se convertirá en una ciencia estéril. Otras clases de conocimientos darán, una vez más, importantes e inmediatos resultados. Así pues, esta primera generación de científicos mentales en la Primera Fundación será también la última... y, dentro de un siglo, la estática mental será un artículo casi olvidado del pasado.

—Bien... —El estudiante estaba calculando mentalmente—. Supongo que tiene razón.

—Pero lo que más me interesa que comprenda, amigo mío, en bien de su futuro en el Consejo, es la consideración prestada a los pequeños sucesos introducidos por la fuerza en nuestro plan de los últimos quince años, simplemente porque tratábamos con individuos. Por ejemplo, el modo en que Anthor tuvo que inspirar sospechas contra sí mismo de forma que madurasen en el momento apropiado, aunque eso fue relativamente sencillo.

»Hubo también la forma en que manipulamos el ambiente para que a nadie de Términus se le ocurriera, prematuramente, que el propio Términus podía ser el centro de lo que estaban buscando. *Ese* conocimiento tuvo que ser inspirado a esa joven, Arcadia, a la que nadie prestaría atención excepto su padre. Tuvo que ser enviada a Trántor para asegurarnos de que no tendría un contacto prematuro con su padre. Ambos eran los dos polos de un motor hiperatómico; cada uno de ellos permanecía inactivo sin el otro. Y tuvo que apretarse el botón y establecerse el contacto en el momento preciso. ¡Yo me encargué de ello!

»Y la batalla final tenía que librarse de manera adecuada. La Flota de la Fundación tenía que rebosar confianza en sí misma, mientras la Flota de Kalgan se aprestaba a huir. ¡También de eso me encargué yo!»

El estudiante dijo:

—Me parece, Orador, que usted... quiero decir, todos nosotros... contábamos con que el doctor Darell no sospechara que Arcadia era nuestro instrumento. Según mi cálculo, había un treinta por ciento de probabilidades de que lo sospechara. ¿Qué hubiera ocurrido entonces?

—Ya lo habíamos previsto. ¿Qué le han enseñado sobre planicies manipuladas? ¿Qué son? Ciertamente no son evidencia de la introducción de una tendencia emocional. Eso se puede hacer sin posibilidad de que sea detectado por el más refinado análisis encefalográfico. Es una consecuencia del Teorema de Leffert, como ya sabrá. Solamente la extracción de la tendencia emocional previa se puede notar. *Tiene que* notarse. Y, naturalmente, Anthor se aseguró de que Darell lo supiera todo sobre las planicies manipuladas. Pero... ¿cómo puede ponerse a un individuo bajo control sin que se note? Cuando no hay una tendencia emocional previa que se pueda borrar. En otras palabras, cuando el individuo es un recién nacido con la mente como una *tabula rasa*. Arcadia Darell nació aquí, en Trántor, hace quince años, cuando se trazó la primera línea de la estructura del plan. Ella jamás sabrá que ha sido controlada, y el hecho supondrá una ventaja para ella, ya que su control implicó el desarrollo de una personalidad precoz e inteligente.

El Primer Orador rió brevemente.

—En cierto sentido, lo más asombroso es la ironía de la cuestión. Durante cuatrocientos años, los hombres estaban cegados por las palabras de Seldon «al otro extremo de la Galaxia». Han dedicado al problema su peculiar reflexión de científicos físicos, midiendo el otro extremo con escuadras y reglas, y acabando eventualmente o bien en un punto de la periferia, a ciento ochenta grados alrededor del borde de la Galaxia, o en el punto de partida.

»Sin embargo, nuestro mayor peligro residía en el hecho de que *había* una solución posible basada en los cauces físicos del pensamiento. La Galaxia, como usted ya sabe, no es simplemente un ovoide achatado, como tampoco la periferia es una curva cerrada. En realidad, es una espiral doble, con al menos el ochenta por ciento de los planetas habitados en el brazo principal. Términus es el extremo exterior del brazo de la espiral, y nosotros somos el otro, ya que, ¿cuál es el extremo opuesto al punto exterior de inicio de una espiral? Pues claro, el centro.

»Pero esto es trivial. Se trata de una solución accidental y que carece de relevancia. La solución se habría alcanzado inmediatamente si los investigadores hubiesen recordado que Hari Seldon era un científico *social*, y no un científico físico, y hubiesen ajustado sus procesos mentales a este hecho. ¿Qué podía significar «extremos opuestos» para un científico social? ¿Extremos opuestos en un mapa? Claro que no. Ésta es sólo la interpretación mecánica.

»La Primera Fundación estaba en la periferia, donde el Imperio original era más débil, donde su influencia civilizadora era mínima, donde su riqueza y cultura estaban casi ausentes. ¿Y cuál es el *extremo opuesto social de la Galaxia*? Pues el lugar donde el Imperio original era más fuerte, donde su influencia civilizadora alcanzaba su punto máximo, donde su riqueza y cultura estaban presentes con más fuerza. ¡Aquí! ¡En el centro! En Trántor, capital del Imperio en la época de Seldon.

»Además, ¡es tan inevitable! Hari Seldon dejó tras él a la Segunda Fundación para que mantuviera, mejorara y extendiera su obra. Esto se ha sabido, o adivinado, durante cincuenta años. Pero ¿dónde se podía hacer mejor? En Trántor, donde había trabajado el grupo de Seldon y donde estaban acumulados los datos de muchas décadas. El propósito de la Segunda Fundación era proteger el Plan contra los enemigos. ¡Eso también se sabía! ¿Y dónde estaba la fuente de mayor peligro para Términus y el Plan?

»¡Aquí! Aquí, en Trántor, donde el Imperio moribundo aún podía, durante tres siglos, destruir a la Fundación si se hubiera decidido a hacerlo.

»Entonces, cuando Trántor cayó y fue saqueado y totalmente destruido, hace sólo un siglo, nosotros pudimos, naturalmente, proteger nuestro cuartel general, y, de todo el planeta, sólo la Biblioteca Imperial y los terrenos circundantes permanecieron intactos. Esto era un hecho conocido en toda la Galaxia, pero incluso una indicación aparentemente tan clara les pasó por alto.

»Fue aquí, en Trántor, donde Ebling Mis nos descubrió; y también aquí donde nos encargamos de que no sobreviviera al descubrimiento. Para hacerlo fue necesario organizar las cosas de modo que una chica normal de la Fundación venciera los tremendos poderes mutantes del Mulo. Ciertamente, tal fenómeno debería haber atraído las sospechas hacia el planeta donde ocurrió... Fue aquí donde empezamos a estudiar al Mulo y planeamos su derrota final. Fue aquí donde nació Arcadia y se inició el curso de los acontecimientos que condujeron al gran retorno del Plan Seldon.

»Y todos estos fallos en nuestro secreto, estos grandes fallos, pasaron inadvertidos porque Seldon había hablado "del otro extremo" a su manera, y ellos lo habían interpretado a la suya.»

Hacía mucho rato que el Primer Orador había dejado de hablar al estudiante. En realidad, se trataba de una exposición de los hechos para sí mismo, mientras permanecía en pie ante la ventana, contemplando el increíble fulgor del firmamento y la enorme Galaxia, que ahora estaba salvada para siempre.

—Hari Seldon llamó a Trántor «Extremo Estelar» —murmuró—, ¿y por qué no esa pequeña imagen poética? Todo el universo fue en un tiempo guiado desde esta roca; todos los caminos de las estrellas conducían aquí. «Todos los caminos llevan a Trántor —reza el viejo proverbio—, y aquí es donde terminan todas las estrellas.»

Diez meses antes, el Primer Orador había contemplado aquellas mismas estrellas, que en ninguna otra parte eran tan numerosas como en el centro de ese enorme núcleo de materia que el hombre llama la Galaxia, con un sentimiento de duda; pero ahora se reflejaba una sombría satisfacción en el rostro redondo y rubicundo de Preem Palver, Primer Orador.

ÍNDICE

LA BÚSQUEDA DE LA FUNDACIÓN